KB261147

편집된 죽음

TIRÉ À PART

by Jean-Jacques Fiechter

Copyright ⓒ Edition DENOËL, 1993
Korean Translation Copyright ⓒ 2009 by Munhakdongne Publishing Corp.
All rights reserved.

This Korean edition was published by arrangement with
Edition DENOËL through Imprima Korea Agency, Seoul.

이 책의 한국어판 판권은 Imprima Korea Agency를 통해
Edition DENOËL과 독점 계약한 (주)문학동네에 있습니다.
저작권법에 의해 한국 내에서 보호를 받는 저작물이므로
무단 전재와 무단 복제를 금합니다.

이 도서의 국립중앙도서관 출판예정도서목록(CIP)은
서지정보유통지원시스템 홈페이지(http://seoji.nl.go.kr)와
국가자료공동목록시스템(http://www.nl.go.kr/kolisnet)에서 이용하실 수 있습니다.
(CIP제어번호: CIP2009001472)

편집된 죽음

장 자크 피슈테르 장편소설 | 최경란 옮김

이 소설은 허구다.
여기 등장하는 인물들과 흡사한 사람들이
실제로 존재하거나 존재했다면
그것은 전적으로 우연의 일치일 뿐이다.

지크와 누르에게,
'노블레스 오블리주, 높은 위치에 있으면 덕이 있어야 한다.'

그러나 증오라는 감정은
사랑과 거의 분리할 수 없다.
_버지니아 울프, 『파도』

1

예감이란 과연 믿을 만한 것일까? 오늘 아침, 머릿속에서 파괴의 수레바퀴가 철커덕 소리를 내며 굴러가기 시작하는 것이 비몽사몽중에 느껴졌다.

나는 마음속의 괴물들을 쫓아내기 위해 손가락 하나 까딱하지 않았다. 그저 두 눈을 감은 채 그들이 내 주위를 빙글빙글 돌면서 끊임없이 말하는 것을 가만히 듣고만 있었다. ‘니콜라 파브리가 공쿠르 상을 수상할 것이다…… 니콜라 파브리가 공쿠르 상을 수상할 것이다……’ 나는 그들의 말이 맞다는 것을 잘 알고 있었다.

창을 통해 스며든 창백한 아침 햇살이 호텔 방의 볼품없는 장식들을 비추고 있었다. 나는 런던의 안개를 피해 매년 가을이면 프랑스, 그중에서도 비시에 오는 습관이 있었는데, 이번에는 내가 이곳까지 안개를 끌고 온 것만 같았다. 오늘은 만성절이었고, 호텔 창 밖으로 어슴푸레하게 보이는 정원의 오솔길 위에는 가을의 안개가 커튼처럼 드리워져 있었다.

니콜라가 가장 영예로운 문학상인 공쿠르 상을 수상하리라는 사실이 거의 확실해지면서 안개는 회한에 잠긴 나의 기분처럼 지저분한 잿빛을 띠었다. 수상자 발표일 전날부터 모든 라디오 방송에서 그가 가장 유력한 수상후보라고 떠들어대고 있었다. 사실 나는 내심 만족스러워했어도 좋았으리라. 그의 승리는 나의 예상과 딱 들어맞으며, 더욱이 나 자신도 그의 승리를 고대하고 있었으니 말이다. 또한 그의 승리는 내 운명을 시험할 때가 되었음을 의미했다. 이제 겁내지 말고 운명을 정면으로 직시해야 했다. 나 자신이 직접 이끌어온 그 운명을. 그러나 나는 우울했다. 가을이지만 아직 푸른 기운이 남아 있는, 깔끔하게 다듬어진 비시 공원을 산책하는 것도, 기둥들이 있는 작은 야외 음악당에 울려 퍼지는 소방대원들의 음악소리도, 심지어 신성한 온천물마저도 내 우울증을 한층 더 깊게 할 뿐이었다.

전화벨 소리가 울리는 바람에 나는 잠에서 완전히 깨어났다.

"안녕하십니까, 에드워드 경. 아침 일곱시 반입니다."

나는 푸짐한 아침식사를 주문했다. 오렌지주스, 차, 달걀과 베이컨 그리고 버터 바른 토스트. 배가 몹시 고팠다. 아침식사를 주문한 뒤에는 욕조에 물을 받았다. 오늘은 다른 어떤 날보다 원기 왕성해야 했다. 이번 비시 여행은 내 원기를 그다지 북돋워주지 못했다. 나는 욕실 거울을 들여다보았다. 거울에 비친 내 모습은 그다지 좋아 보이지 않았다. 혈색은 납빛이었고 눈 밑에는 그늘이 져 있었다. 그러나 두 눈은 범상치 않은 빛을 발하고 있었다. 아니, 오래전에 사라졌던 빛이 되살아났다고 하자. 엄숙한, 실로 진지하기 이를 데 없는 순간이었지만 나는 그런 내 모습에 미소를 보내지 않을 수 없었다. 내가 미리 계획해놓은 대로라면 얼마 지나지 않아 입장이 정반대로 바뀌게 될 니콜라와 나에게 미소를 보냈다고나 할까. 마치 종이라도 씹어먹은 표정이기는 했지만 어쨌든 내 모습은 그리 나쁘지만은 않았다. 이마가 점점 넓어지고 있기는 하지만 내 모습에서는 일종의 진지함이나 고귀함마저 풍겼다. 더구나 이런 초록색 눈은 상당히 보기 드물지 않은가. 자! 기운을 내, 에드워드. 조금만 수고하면 너도 사람들에게 매력적이고 유혹적인 인상을 줄 수 있어. 게다가 너 역시 작가로서의 재능을 지니고 있어. 이제 겨우 쉰 살이 되었을 뿐이고, 앞으로 걸작을 쓰면 돼. 그런데 걸작 이야기가 나와서 하는 말이지만, 니콜라가 써서 베스트셀러가 된 책들이 전부 다 '걸작'이라고 할 수 있을까?

룸서비스를 담당하는 웨이터가 문을 노크하고는 아침식사가 담긴 쟁반을 날라왔다. 전에 들를 때 몇 번 봐서 눈에 익은 포르투갈 출신의 바싹 마른 그 웨이터는 핀스트라이프 무늬의 호텔 유니폼 단추를 목까지 전부 채워 입고 있었다. 나는 백화점의 진열창을 구경하듯 그를 바라보고 있었다. 나는 그에게 알은체도 하지 않다가 그가 방문을 나설 때에야 손가락을 탁 튕겨서 거만하게 불러세웠다. 이집트에 있을 때 몸에 밴 습관이었다. 그가 조금 성가시다는 표정으로 돌아섰다.

나는 그에게 팁으로 50프랑짜리 지폐를 건네면서 "미안하오"라고 말했다.

그가 지폐를 주머니에 쑤셔넣으며 포르투갈어 악센트가 짙은 영어로 "감사합니다, 에드워드 경" 하고 매우 정중하게 중얼거렸다. 그가 작위를 붙여가며 영어로 대답해준 덕에 내가 미처 그를 배려하지 못한 상황이 잘 무마되었지만, 그 덕분에 나는 배운 것이 있었다. 앞으로는 늘 긴장하고 언행에 주의를 기울여야 했다. 지금껏 나는 어떤 상황에

처해도 영국 귀족다운 냉정을 잃지 않는 것으로 전설적인 명성을 지켜 왔다. 그리고 지금은 한층 더 그래야만 하는 순간이다.

여덟시 삼십분, 나는 계산을 끝낸 후 호텔을 나왔다. 문을 나서니 택시 한 대가 나를 기다리고 있었고, 나는 나답지 않은 알 수 없는 긴박감에 떠밀려 택시 안으로 몸을 들이밀었다. 몸에서 열이 나기 때문일까, 몹시 더웠다. 울퉁불퉁한 시트에 앉은 나는 심기가 불편했다. 택시 기사는 일부러 느리게 운전하고 있는 것 같았다. 이런 속도로 가다가는 과연 기차를 제대로 탈 수 있을지 걱정이 되어 안달이 난 나는 손가락으로 앞좌석 등받이를 신경질적으로 두들겨댔다. 틀림없이 택시 기사도 짜증스러웠을 것이다. 택시 기사는 아랍인이었다. 야스미나처럼. 야스미나, 야스미나……

역전 가판대에서 간신히 신문 한 무더기와 잡지들을 빼들고 허겁지겁 열차에 뛰어오르자 곧 뒤에서 문이 닫혔다. 나는 여행용 가방을 내려놓고, 세상 돌아가는 게 궁금해서라기보다는 긴장을 조금이라도 누그러뜨리기 위해 주간지들을 훑어보기 시작했다. 그런데 그게 쉽지가 않았다. 맨 처음 골라잡은 『파리마치』가 커버 스토리로 길게 다룬 인물이 누구였겠는가? 바로 니콜라 파브리였다.

잡지에 실린 사진들만으로도 소설 판매고를 엄청나게 올릴 수 있을 거라는 생각이 들었다. 상대방의 마음속을 꿰뚫어보는 듯한, 의미심장하고도 해맑은 시선에 과연 어떤 여자가 저항할 수 있을까. 그리고 오만함과 자기 멸시가 적절한 비율로 섞인 승리자다운 저 미소는 또 어떤가. 정복자를 연상케 하는 검은 고수머리가 늘어진 저 이마를 보고 어느 누가 무심할 수 있겠는가. 프랑수아 1세 풍으로 세심하게 손질한 턱수염은 다소 우스꽝스러워 보였지만 그의 인상을 잘 마무리해주고 있었다. 나르시시스트적인 분장이다. 캐주얼하게 보이도록 세심하게 연출된 그 사진들은 몇 달 전 리비에라에 있는 파브리의 별장 빌라 드 카뉴에서 찍은 것이었다. 아니, 리비에라 중에서도 보여줘야 할 부분만 보여준 것이라 하겠다. 가까운 배경에 지중해 소나무가 서 있는 게 보이고, 원경으로는 반짝이는 푸른 바다가 펼쳐져 있는 걸 볼 수 있는 그런 사진이다. 피사체인 그는 편안한 옷차림이었다. 매고 있는 넥타이는 옷깃 아래로 느슨하게 당겨져 있었다. 그는 긴 인터뷰의 초장부터 아예 자신의 '전직'을 깎아내리기로 작정한 듯한 태도를 취했다. 그가 자신의 외교관 시절에 대해 독자에게 말할 수 있는 게 있을까? 거의 없다고 봐도 될 것이다. 물론 그가 외교 단체에 몸담았던 건 사실이지만, 그건 정말 오래전 이야기이고, 게다가 딴 나라에서의 일이다. 자신을 T. S. 엘리엇에 비견하려는, 그리 섬세하다고는 할 수 없는 암시를 알아차릴 독자들이 만약 있다면 얼마나 될지 궁금해하지 않을 수 없었다. 다음 비교 대상은 조이스가 되겠군. 아니면 프루스트든가. 니콜라는 기자에게 자기가 외교관 경력을 갖게 된 것이 실은 집안 내력보다는 우연의 탓이 더 컸다고 털어놓았다. 하지만 외교관으로 일한 초창기부터 공적인 그 업무가 그의 내부에서 용솟음치는 창조의 욕구를 표출하는 데 방해가 되었다고 고백하고 있었다.

그는 자신의 최근작은 단순히 지금까지의 작품세계에서 멀리 떨어진 정도가 아니라 하나의 완벽한 단절을 의미한다고 설명했다. 그 다음부터는 인터뷰가 아니라 사적인 고백성사가 이어졌다.

"나는 이 책이야말로 나 자신에 대한 가장 절대적이고도 확실한 증언이 되기를 원했습니다. 아무런 가식도 필요 이상의 허세도 없이 나에 대한 올바른 이미지를 제공해주기를 바랐지요. 지금 여러분의 눈앞에 펼쳐진 이 광경만큼 확실하게 말입니다. 한쪽에는 에스테렐 산의 봉우리가 있고, 또다른 쪽으로는 눈 닿는 곳까지 끝없이 펼쳐진 바다와 천사의 만灣이 보이잖습니까……"

한껏 점잔을 빼면서도 자기애가 드러나는 바람에 거의 패러디에 가까운 그의 말들을 여기에 그대로 옮겨놓는 것은 정당하지 못한 일이 될 것이다. 오히려 나는 그의 말에서 용서와 구원에 대한 억누를 길 없는 욕망을 느낄 수 있었다. 물론 무의식적인 것이리라. 그런데 니콜라는 대체 무엇에 대해 용서를 구하는 것일까? 아마 자기 자신과 자신을 과장하는 데에만 온통 바쳐온 허울뿐인 삶에 대한 것이겠지. 나는 거기에 타인을 파괴한 죄를 덧붙이고자 한다.

열두시 정각, 나는 발루아 로路에 위치한 그의 아파트 초인종을 눌렀다. 그의 이기적인 변덕심이 가장 최근에 발현된 결과가 바로 이 아파트로의 이사였다. 그는 꽤나 놀란 듯 보였다. 사실 나 역시 그 못지않게 내 행동에 대해 놀라고 있었다. 내가 받은 교육이나 자란 환경에 비추어보면, 아무리 친한 사람의 집이라도 이렇게 갑작스럽게 방문하는 건 어림없는 일이었기 때문이다.

초인종을 누르자 니콜라의 집사인 에밀이 나왔다.

"안녕하십니까, 에드워드 경."

그는 나의 갑작스러운 방문이 세상에서 가장 자연스러운 일이라도 되는 양 나에게 인사를 건넸다.

"파브리 씨는 응접실에 계십니다."

나는 긴 복도를 지나갔다. 초인종을 누른 사람이 누구인지 궁금했던 니콜라가 문 앞에 서 있었다.

"아니, 이거 에드워드잖아! 소식도 없이 대체 어쩐 일이야?"

"이렇게 중대한 순간에 자네를 홀로 내버려둘 수가 없었지!"

"참으로 놀라운 일인걸! 그래도 반갑구먼!"

이렇게 말하는 그의 말투는 정작 썩 반갑게 들리지 않았다. 그는 악수나 겨우 하는 둥 마는 둥 하고 곧바로 안쪽으로 사라져버렸고, 파브리의 대접에 약간 얼떨떨해진 나는 잠시 문가에 멍하니 서 있었다. 여자 손님들을 접대할 때 니콜라가 가끔 상스러운 장난질을 치던 것이 기억났다. 하지만 그의 이런 천박한 매너 덕분에 일면 편하기도 했다. 나 역시 마음에도 없는 소리나 늘어놓을 기분이 아니었기 때문이다.

나는 니콜라가 여자들 무리에 둘러싸여 있을 응접실 쪽으로 슬슬 다가갔다. 거기에는 내가 전부터 알던 홍보 담당자와 한 번도 본 적이 없는 아름다운 여성 몇 명이 자리하고 있었다. 그들은 어마어마한 크기의 대형 텔레비전 앞에 모여서 수다스럽게 떠들고 있었다. 텔레비전에서는 어느 먼 곳에서 벌어진 전쟁에 관한 뉴스 프로그램이 막 끝나가고 있었지만, 그들은 그런 것 따위에는 관심도 없었다. 커다란 유리창을 통해 잘 다듬어진 팔레 루아얄의 정원이 내려다보였다. 나는 작가 콜레트가 여기에 살았었다는 사실을 떠올렸다. 문득 니콜라가 그걸 염두에 두고 이 아파트를 산 것은 아닌지 궁금해졌다. 그는 그 사실을 통해 문학적 계보 안에서 자신의 위치를 인정받으려 했는지도 모른다. 아니, 그런 위치임을 자처하려 했다고 해야 할까. 어느 쪽이든 간에, 모스크바 지하철역과 스위스 대형 은행의 홀을 기묘하게 뒤섞은 듯한 이 아파트는 아마도 새로운 유행의 실내장식을 따른 듯했다. 이브 클랭이 서명한 거대한 분홍색 그림 하나가 한쪽 벽에 걸려 있었다. 흑백의 대리석 마루에는 흰색 스웨이드 소파들과 검정색 래커를 칠한 매우

나지막한 테이블들이 놓여 있어서 마치 커다란 체스판 여기저기에 말들을 적절하게 배치한 것 같았다.

나는 니콜라가 마치 체스의 킹처럼 한 칸에서 다른 칸으로, 한 말에서 다른 말로, 한 여자에게서 다른 여자에게로 옮겨다니며 가는 길마다 입에 발린 달콤한 말과 치명적인 눈길을 뿌리는 것을 바라보며 즐겼다. 그가 무슨 말을 하는지 알아내려고 귀를 기울일 필요는 없었다. 천성적으로 사람들의 환심을 끌려는 강한 욕구를 타고난 그는 어떤 상황에서든 적절한 말을 찾아내는 데는 귀신이었다.

그 장관을 재미있게 지켜보고 있는데, 그의 홍보 담당자가 내가 와 있는 걸 알아차렸다. 그녀는 직업적으로 몸에 밴 반사작용에 따라 나를 재빨리 포옹하고는 외쳤다.

"아, 에드워드 경, 여기서 당신을 보게 되다니 정말 기쁘군요!"

그녀의 기쁨은 거짓이 아니었다. 내가 예기치 않게 이렇게 현장에 나타났다는 것은 길조를 의미했기 때문이다. 사실 나는 '재능의 발견자'로서 명성을 얻고 있었다. 나는 원고에서 냄새를 맡는 데 일가견이 있었다. 그러니 내가 여기에 와 있다는 사실 하나만으로도 이곳에 모인 사람들에게는 니콜라의 승리가 확실하게 여겨지는 것이다.

나는 홍보 담당자의 팔에 이끌려 한바탕 야단스러운 인사치레를 해야 했다.

그녀는 나팔을 불어댔다.

"이분은 에드워드 램 경이세요. 영국의 위대한 출판인이시죠. 여긴 『누벨 리테레르』지의 오렐리 다메쿠르. 그리고 여기는 『보그』지의 비르지니 코랑탱. 그리고 노라 아프나지……"

내 심장이 갑자기 쿵쿵 뛰기 시작했다. 나는 최면에라도 걸린 듯 중동 여인의 시선에 완전히 못박혀버렸다. 그녀의 움직임 하나하나, 그녀의 목소리 그리고 그녀의 사소한 동작 하나까지도 나를 깊이 사로잡았다. 그 모습들이 내가 이미 본 모습들처럼 느껴졌다. 그것들이 내 안 깊숙한 곳의 어떤 감정을 일깨우고 있는 걸까. 노라라는 이름의 이 여인이 오랫동안 묻혀 있던 내 기억의 어느 부분을 자극하고 있는 걸까. 단지 그녀가 여기, 내 옆에 있다는 사실 하나만으로도 말이다. 나는 까마득히 오래전에 여자들에 대한 관심을 포기했다. 그런데 어찌하여 이 여인은 하나의 예외로 받아들여지는가? 나는 도저히 해답을 찾을 수가 없었다. 내 심장은 여전히 제어할 수 없을 정도로 방망이질치고 있었다. 일련의 인상과 느낌들이 기억 속에서 엉망진창으로 솟아올라 스치고 지나갔다. 그것들은 붙잡으려 하지만 붙잡을 수 없는 꿈속의 장면들처럼 희미했다. 그 희미한 기억의 장면들에 점차로 초점이 모였다. 노라는 야스미나였다. 나의 야스미나. 그녀의 눈은 야스미나의 눈과 똑같았고, 야스미나처럼 상냥했으며, 야스미나처럼 야성적이고 날씬했다.

그녀가 그저 우연히 이 응접실에 나타났다고는 믿을 수 없었다. 그녀의 등장은 다름 아닌 운명의 신호였다.

전화벨이 울렸다. 니콜라는 급히 달려가 수화기를 집어들었다. 그의 얼굴에 떠올라 있던 미소가 갑자기 얼어붙더니 찌푸린 듯한 표정으로 바뀌었다.

몇 초가 흘렀다. 그 짧은 시간 동안 나는 그가 벼락이라도 맞아 죽어버릴 것 같은 생각이 들었다. 그는 전화기에 대고 "곧 가겠습니다"라고만 말했다. 그러고는 모인 사람들을 향해 몸을 돌렸다. 여름 햇볕에 탄 그의 얼굴이 창백하게 질려 있었다.

"이겼어."

그가 목구멍에서 겨우 끄집어낸 듯한 소리로 말했다.

동시에 그의 여성 찬미자들이 한몸처럼 벌떡 일어났고, 흥분의 감정을 폭발시키며 차례로 그를 포옹했다. 노라 아프나지만 그녀들에게 동조하지 않고 그 자리에 침착하게 앉아 있었다. 잠시 후, 그녀도 자리에서 일어나 월계관 수상자 및 그의 찬미자들과 함께 응접실을 나갔다. 나는 수상자에게 축하의 말을 건넬 시간적 여유도 갖지 못한 채 홀로 텔레비전 앞에 남았다. 그리고 공쿠르 상 수상자를 결정하는 투표가 이루어지는 드루앙 식당의 문이 열리는 것을 텔레비전을 통해 지켜보았다. 기자들과 카메라맨 그리고 호기심 가득한 구경꾼들이 식당 출구를 꽉 메우고 있었다. 여기저기서 카메라 플래시가 터졌다. 카메라맨들은 사진 찍기 좋은 자리를 확보하느라 몸싸움을 해댔다. 심사위원장이 눈을 찡긋해 보이며 마이크 앞으로 걸어 나와 말했다.

"여덟 번에 걸친 투표 결과, 올해의 공쿠르 수상작은 니콜라 파브리의……"

그가 한 나머지 말은 축하의 함성 속에 파묻혀 더이상 들리지 않았다. 니콜라와 그의 여성 찬미자들이 레인코트를 걸치고 우산을 든 채 서둘러 문 밖으로 걸어나왔다.

식장에서 벌어진 다음 장면들은 내게 중요하지 않았다. 완벽하고 침착한 집사 에밀이 서재로 통하는 문들을 닫기 시작했다.

내가 말했다.

"그러지 말게, 에밀. 문을 조금 열어둬."

하지만 에밀은 내 말을 듣지 못한 듯했다.

나는 되풀이했다.

"에밀, 문을 조금 열어둬. 부탁이네. 수상 소식에 관한 텔레비전 방송을 마저 보고 싶어서 그래."

사실 나는 남아 있는 행사에는 아무런 관심도 없었다. 내게는 서재에서 해야 할 다른 일이 있었다. 나는 텔레비전 스위치를 끄고 니콜라의 서재로 향했다. 그리고 가방에서 세 권의 빛바랜 책을 꺼내 이미 책들로 넘쳐나는 대형 붙박이 책장의 마지막 칸에 깊숙이 꽂아넣었다. 완벽을 기하기 위해 이미 꽂혀 있는 책 여러 권을 사이에 두고 세 권의 책을 각기 따로 꽂았다. 이식 작업에 쓰인 그 세 권의 책은 버지니아 울프의 『파도』, 클레멘스 데인의 『전설』 그리고 어윈 브라운이라는 작가의 『사랑은 의무』였다.

그러고 나서 팔레 루아얄의 그 아파트를 나와 가이용 광장 근처까지 걸었다.

드루앙 연회장은 계엄령이라도 내려진 것 같은 분위기였고, 출판업자 로랑 파르망티에의 팔에 매달린 니콜라 또한 금방이라도 숨이 넘어갈 것 같았다. 그러나 그는 자신이 느끼는 격한 감동을 훌륭하게 은폐하고 있었다. 그는 지난번 『파리마치』지와의 인터뷰에서 그런 것처럼 자신에게 경탄하는 무리들이 상납하는 영예를 별 감동도 없이 너그러이 받아주는 정복자 같은 태도를 취하고 있었으며 『파리마치』지의 기자에게 그랬듯이 거드름 피우는 태도로 기자들의 질문에 답변하고 있었다.

그는 이번에 낸 책의 성공을 통해 작가로서 구원받고 싶다는 이야기를 다시 한 번 되풀이했다. 이번 작품의 성공을 부인하는 것은 물론 아니지만 무엇보다도 이번 소설에서 자신이 오랫동안 추구해왔던 작품

세계의 혁신을 이루어내는 데 성공했다는 점이 더 중요하다고 피력하였다.

니콜라는 자신의 삶 전체를 되돌아보듯 지나간 과거에 대한 모든 이야기를 했다. 그에게 많은 영감을 주었던, 유목민의 생활과도 같았던 어린 시절, '진리를 탐구하기 위한 노력들', 늘 가까이에서 지켜보며 함께 생활할 수 없었던 그의 아들, 그가 사랑했던 여인들 그리고 그가 자신의 길을 끝까지 갈 수 있도록 도와주었던 여인들 등등······

"저는 이 책을 세상에 내놓으면서 제 진정한 모습을 공개했다고 생각합니다. 이제 『사랑해야 한다』의 지면에 모든 것을 맡기고 저는 뒤로 사라지고 싶습니다. 이 책에 쓰인 글들이 저 대신 많은 것을 말해줄 겁니다······ 네? 뭐라고 하셨습니까? 초판 부수요? 네, 그렇습니다. 하지만 그런 것이 뭐 그리 중요하겠습니까?······ 저는 무엇보다도 일종의 충만감 같은 것을 느낍니다. 인생에서 처음으로 내면 깊숙한 곳에 자리잡고 있는 내 자아와 완벽한 일치를 이루었다고 느낍니다······"

그때쯤 하늘에서 비가 내리기 시작했다. 그의 입을 향해 앞다투어 뻗어 있던 마이크의 숲이 조금씩 벌목되고 기자들도 대부분 흩어져버렸다. 마지막에는 몇몇 충성스러운 사람들만 그의 주변에 남아 그가 하는 말에 골똘히 귀를 기울였다. 주룩주룩 쏟아지는 빗속에 그대로 서 있는 그들의 모습은 금욕적인 인상마저 풍겼다. 보다 못한 홍보 담당자가 그의 소맷부리를 잡아끌면서 잔소리를 했다.

"니콜라, 서둘러야 해요. 라디오 방송국에서 사람들이 기다리고 있다고요."

사람들은 영광의 스튜디오를 향해 떠나는 자동차 안으로 니콜라를 밀어넣어야 했다. 나는 니콜라의 프랑스 출판업자 파르망티에와 함께 뒤에 덜렁 남았다. 니콜라의 프랑스 출판업자는 비에 쫄딱 젖어 있었지만 얼굴에는 희색이 가득했다. 그는 정말로 기뻐서 어쩔 줄 모르고 있었다. 정도가 조금만 더했다면 노래라도 한 곡조 뽑았을 것이다. 그러나 나는 그의 기분은 무시한 채 이 모든 소란 때문에 머리가 아프다고 퉁명스럽게 내뱉었다. 나는 시대에 뒤떨어진 사람이라 이런 식의 야단법석도, 우르르 몰려다니는 기자들도 별로 좋아하지 않는다고 말이다. 그런 말을 내뱉는 것이 그다지 상냥한 언사라고는 할 수 없을 것이다. 그래서 나는 그래도 이 영광은 우리가 이십여 년간 함께 노력한 결과가 아니겠냐고 덧붙여 말함으로써 내 실언을 덮어버렸다.

"여기엔 축제 이상의 의미가 있어요. 아니, 차라리 클라이맥스 혹은 대미大尾라고 해야 할 겁니다!"

파르망티에가 외쳤다.

그는 나에게 자기 차에 타라고 권했다. 센 강변을 따라 달리는 동안 우리는 차 안에서 연신 즐거워하고 기쁨의 환호를 울려댔다. 그리고 소설의 영국 출간 날짜에도 대충 합의를 보았다. 판권 양도에 대해 아무런 흥정이 없었던 것은 우리가 오래전부터 우리 공동의 작가를 위해 서로 협심하고 있으며 또 그렇게 함으로써 각자의 이익을 추구해왔기 때문이다. 어쨌든 이런 식의 연극에 구역질이 나기 시작한 나는 노라 쪽으로 화제를 돌렸다.

"아, 그 앙큼한 아가씨! 그 여자는 니콜라가 자기 리듬에 따라 행동하게 만들죠!"

곧이곧대로 믿기 힘든 말이었다.

내가 물었다.

"그 말은 다른 여자들과 달리 그녀는 유혹자 니콜라 앞에 무릎을 꿇지 않는다는 뜻이오?"

"아니죠, 그런 게 전혀 아니에요. 이번에는 좀 달라요. 역할이 서로 바뀌었다고나 할까요? 이번 관계에서 고통받는 사람이 있다면 그건 오히려 니콜라 쪽일 겁니다."

파르망티에가 천천히 고개를 끄덕이며 요약하듯 덧붙였다.

"흑마술이죠, 에드워드. 그건 바로 흑마술이라고요."

나는 내심 그것이 야스미나의 저주일 거라고 생각했다.

고작해야 아주 짧은 시간 동안 모습을 보았고 말 한마디 나누지 않았지만, 노라에 대한 생각이 내 머릿속을 떠나지 않고 계속해서 울림을 더해갔다. 그것은 내 과거, 내 청춘 그리고 내 유일한 사랑인 첫사랑에 대한 추억을 고통스럽게 환기시켰다……

2

"대단해요, 프랑스 앵테르 방송에서 십 분이나 시간을 할애하다니 말이에요. 이번 인터뷰 방송은 노벨상 수상만큼이나 의미 있는 일이에요! 니콜라에게는 재난인지도 모르지만요!"

홍보 담당자는 자신이 무슨 말을 하고 있는지 깨닫지 못했다. 그러나 그녀의 말 속에는 니콜라의 앞날을 예언하는 단어가 들어 있었다. 실제로 그날 니콜라는 국영 라디오 방송국에서 자신의 재난의 첫 장을 열었고, 그날 저녁에는 앙텐 2에서 그리고 그후로도 몇 날 며칠을 두고 모든 방송과 신문 지상을 통해 자신의 재난을 한 올 한 올 짜나갔던 것이다.

그는 자신이 바라던 것 이상을 해냈다. 항상 꿈꾸어왔던 것 이상을 해냈다. 즉, 지금까지 필사적으로 시도했으나 이룩하지 못했던 한 편의 완벽한 소설을 완성해냈다. 항상 쓸데없는 반복과 허세 속에서만 헤매던 그가 마침내 자연스러운 문체와 명확하고 적절한 언어를 찾아내는 데 성공한 것이다. 나는 그의 원고를 받아든 뒤 몇 페이지 넘겨보고 그런 사실을 금방 알 수 있었다. 그리고 그 순간 놀랍다는 느낌에 앞서 분노의 감정이 치밀어올라 숨이 막히는 줄 알았다……

그러나 이런 생각을 몰아내고 머릿속을 비워야 했다. 그러지 않으면 나 자신을 지탱할 수 없을 것 같았다.

로랑과 나는 라디오 방송국에서 니콜라와 다시 합류했다. 그리고 영광의 행렬을 이루며 출판사로 발길을 옮겼다. 출판사에서는 칵테일파티를 준비해두고 파리의 모든 문인들을 기다리고 있었다. 홍보 담당자의 차를 빌려 타고 출판사로 가는 동안 나는 니콜라와 함께 차 안에 단둘이 있게 되었다. 홍보 담당자는 앞으로의 영광된 계획들에 대해 함께 상의하려고 파르망티에의 차에 올라탔던 것이다.

니콜라가 나에게 원고를 가져온 날 이후로 우리 두 사람이 이렇게 단둘이 있기는 처음이었다. 센 강을 따라 강변도로를 달리는 동안, 우리는 상대방이 옆에 있는 것이 뭔가 불편하기라도 한 듯 서로 아무 말도 하지 않고 묵묵히 앉아 있었다. 나도 그랬지만 니콜라도 말을 하고 싶은 생각이 없는 듯했다. 물론 내가 침묵을 지킨 이유에 대해서는 나 스스로 잘 알고 있었다. 그러나 니콜라가 침묵을 지키는 이유는 무엇인지, 그의 심정이 어떠한지에 대해서는 알 수가 없었다.

어쨌거나 그도 나도 그 침묵을 깨뜨리려는 공연한 노력을 하지 않았고 그래서 우리는 그렇게 한마디도 나누지 않은 채 출판사에 도착했다. 차가 멈춰 서자 니콜라는 즉시 차에서 내렸고, 주차장을 찾아 차를 세우는 일은 나 혼자만의 일이었다. 그가 그렇게 행동한 것은 그리 친절하지 못한 처사였다. 더욱이 그 동네에는 차를 세울 만한 자리가 별로 없었다. 나는 차를 세울 자리를 찾아 삼십 분은 헤매고 나서야 출판사의 응접실로 들어갈 수 있었다. 응접실에 들어서자 기자들 무리에 둘러싸인 니콜라의 모습이 보였다. 모두 그를 차지하려고 아우성을 치고 있다고 해도 과언이 아니었다.

나는 한동안 가만히 서서 그를 관찰했다. 그는 여느 때와 마찬가지로 확신에 넘치고 여유로운 태도로 기자들을 상대했고, 자못 위풍당당함마저 느껴졌다. 그런 그의 모습을 보자 빠른 시일 안에 그에게 복수를 해야겠다는 내 결심이 더욱 확고해졌다.

그러나 사실 따지고 보면 과거의 어느 한순간, 내가 그에게서 시선을 거두고 그를 관찰하지 않은 적이 있었던가? 나는 때로는 찬미의 감정으로, 때로는 질투나 증오의 감정으로 그를 관찰했다. 어떠한 형태의 감정이든 나는 수년 동안 그에게서 자유로울 수 없었고, 그 사실로 인해 나 자신에 대한 혐오감만 더욱 커져갔다. 마치 자청하여 고행자의 거친 의복을 걸쳐입은 느낌이랄까. 그런데 오늘은 나 자신에 대한 혐오는 덜해지고 그에 대한 혐오가 더욱 강하게 느껴졌다. 아우성치는 여성 찬미자들에게 둘러싸인 그의 모습, 화려하고 희멀건한 미남인 그의 모습이 조금 희극적으로 보이기까지 했다. 맙소사, 저런 멍청한 질문들에 저런 멍청한 답변을 하면서 대체 얼마나 더 허풍을 떨 생각이란 말인가. 여성지 기자들이 묻는 늘 똑같은 질문들인데!

"제가 가장 좋아했던 여인이요? 오, 맙소사, 어떻게 말씀드려야 할까요. 내가 좋아했던 여인들은 모두 보편적인 우아함 같은 것을 지니고 있었습니다. 그리고 그 우아함이 내 영혼 깊숙한 곳에 의문 하나를 제시했지요. 매력이란 무엇이냐고요? 매력이란 우리가 신神이라 부를 수 있는 그 무엇에 근접하는 것으로, 결코 가까이할 수 없는 무엇인가에 대해 마력적인 현혹을 느끼게 하는 야릇한 힘이라고나 할까요. 그렇습니다, 신이라고 했습니다. 그렇게 말할 수도 있지 않겠습니까? ……네? 밤에 옷을 벗고 자냐고요? 그렇습니다. 그건 원시 상태의 육체로 다시 돌아가기 위한 행동입니다. 또한 내 안에 깊이 각인되어 있는 유목 생활의 추억을 되찾기 위한 것이라고도 할 수 있지요…… 아니오, 제 작품 속에서 혼외정사라는 주제는 육체만의 고유한 진리를 탐구하고자 하는 육체의 방황으로만 해석되지는 않습니다…… 아, 발 밟지 마세요……"

파르망티에의 아내 크리스티안이 좌중을 조용히 시키지 않았다면 니콜라는 많은 여성들 앞에서 그런 식의 노골적인 스트립쇼를 한동안 계속해야만 했을 것이다. 크리스티안이 무선 전화기를 손에 들고 미소 띤 얼굴로 니콜라에게 다가갔다. 그러고는 "피터예요"라고 알려주었다.

"오, 피터, 너로구나. 놀랍고 반갑다."

텔레비전 방송국 카메라의 붉은 표시등에 불이 들어왔다. 니콜라가 아버지로서 사랑하는 아들과 대화를 나누는 가슴 뭉클한 장면을 놓치지 않으려고 다시 한 번 마이크들이 몰려들었다. 이 영광스러운 날에도 그의 아들은 학업 때문에 아버지와 멀리 떨어져 있을 수밖에 없었던 것이다.

사랑하는 피터, 나의 대자! 나는 알프스 산맥 저편에 있을 피터의 모습을 상상해보았다. 니콜라는 이혼한 후 아들을 스위스의 기숙학교에 보냈다. 일종의 유배라고 할 수 있었다. 니콜라로서는 스스로 인정하기 두려운 일이지만, 지나치게 빛나는 황금빛 머리카락과 지나치게 수려한 외모를 지닌 아들은 그에게 결혼생활에 실패했다는 패배감을 환기시켰기 때문이다. 그는 패배라면 죽기보다 싫어하는 사람이었다. 피터는 엄청나게 호화로운 중학교 기숙사에서 아랍 왕족의 자제 그리고 전 세계 백만장자의 자녀들과 함께 어울려 지냈지만, 주위에 있는 부잣집 자제들도 그슈타트의 눈 덮인 스키장도 부모에게 버림받았다는 외로움으로부터 소년을 위로해줄 수는 없었다. 나는 내가 할 수 있는 한 최대의 노력을 기울여 피터를 감싸주었고, 급기야 피터를 마치 내 아들인 양 사랑하게 되었다. 게다가 피터 역시 나를 자기 아버지보다 더 따르는 것 같았다. 그런데 그 사실이 니콜라에게는 참을 수 없는 일이었다.

전화선을 통한 부자간의 정겨운 이중창은 십여 분간 계속되었다. 그러던 중 돌연 니콜라가 뱉어낸 한마디가 계곡에 눈사태라도 난 것 같은 효과를 불러일으켰다.

"뭐라고? 내 수표를 못 받았다고? 하지만 그랬다면 은행에서 전화로 나에게 알려줬어야 하는데! 뭐? 에드워드가 지불을 했다고? 그 말을 왜 이제야 하는 거야, 이 멍청아!"

파르망티에의 아내가 니콜라의 인간적인 면을 부각시켜 좌중에게 더 큰 감동을 불러일으키려는 의도로 미리 계산하고 연출해낸 부자간의 대화는 그렇게 좌초하고 말았다. 수표에 대한 대화가 오감으로써 그들의 대화는 니콜라가 어쩌면 사람들이 생각하는 만큼 아들을 끔찍이 사랑하는 아버지가 아닐지도 모르며 부와 명성을 다 가졌으면서도 아들의 학비를 지불하는 데 매우 인색하게 구는 아버지일지도 모른다는 인상을 풍겼던 것이다. 그가 세상 사람들에게 각인시키고자 하는 것과는 확실히 동떨어진 이미지였다. 당연히 그 뒤로 기자들의 질문은 그런 이미지에 더욱 올가미를 씌우는 은근한 질문들로 변했다. 사생활을 더 확실하게 밝히도록 강요하는 질문들. 그토록 사랑한다는 아들을 왜 가까이에 두고 함께 살지 않는가? 한때 센세이션을 불러일으킨 신문기사처럼 그의 아내는 자살을 한 것인가? 아니면 니콜라가 항상 말하듯이 그저 이혼한 것뿐인가?

궁지에 몰린 니콜라는 옆에서 보기에도 민망할 정도로 당황하여 쩔쩔매고 있었다. 그는 해명을 늘어놓고 자신을 정당화하느라 바빴다. 그 재난에서 그를 구해내기 위해 파르망티에와 그의 아내 크리스티안이 구원군으로 달려왔다. 그 장면들을 보면서 나는 입맛이 싹 달아나는 느낌이 들었다. 꼬꼬댁거리며 수다를 떨던 파리의 명사들은 만족해서 돌아갔고 텅 빈 식탁은 마치 쓰레기 하치장 같았다. 모든 것에서 축제 다음날 같은 처량한 분위기가 풍겼다. 그러나 축제는 또다른 장소에서 계속될 것이다. 파르망티에가 각별히 초대한 절친한 친구들끼리 카스텔 식당에서 우정 어린 축하파티를 열기로 되어 있었다. 물론 나도 거기에 초대를 받았다.

아무런 회한도 느끼지 않을 수 있을까?

그날 저녁, 나의 오랜 친구이자 존경하는 동료 파르망티에가 기뻐서 어쩔 줄 몰라하는 모습을 보면서 나는 입 다물고 가만히 있어야겠다고 생각했다. 파르망티에는 기분이 좋고 의기양양하고 자부심 넘치는 얼굴로 마주치는 모든 사람에게 내가 영국에서 가장 훌륭하고 가장 위대한 출판업자라고 고래고래 외쳐댔다. 그날 밤 파티 동안 그는 두 번이나 나를 포옹하고는 이렇게 되뇌었다.

"에드워드, 당신이 와서 나는 정말 기뻐요…… 얼마나 기쁜지 말로 표현하기 힘들 정도예요. 오늘 저녁의 이 축하파티는 우리의 작업에 대한 보상입니다…… 우리가 함께 쏟아부었던 노력에 대한 보상이요……”

　　그런데 나는 이 사람에게 상처를 주려 하고 있다. 이 충실한 동반자에게 엄청난 고통을 주려 하고 있다. 나는 나 자신이 부끄러워졌다. 한순간, 모든 것을 반대 방향으로 돌이켜버릴까 하는 생각이 들었다. 나 자신이 작동 스위치를 켠 이 파괴의 기계를 그만 멈추어버릴까 하는 생각이 들었다. 마음만 먹는다면 그건 정말 식은 죽 먹기가 아닌가.

　　그 순간, 니콜라가 노라 아프나지를 대동하고 다시 등장했다. 그는 친구들의 환호에 둘러싸여 모습을 드러냈고, 나의 증오심은 다시 한번 불타올랐다. 아들과의 전화 통화 때문에 잠시 균형을 잃었던 그는 그새 자신만만한 태도를 되찾았는지 얼굴에 교만한 미소를 띤 채 초대된 친구들과 인사를 나누었는데, 그 모습이 내게 이루 말할 수 없는 절망을 안겨주었다. 또한 그는 내가 자기 아들의 기숙사 비용으로 몇천 프랑을 지불했다는 사실이 매우 거북한지 내 시선을 교묘히 피하고 있었다. 친구들과 인사를 나눈 그는 곧바로 식탁 저쪽 끄트머리에 자리를 잡고 앉았고, 곧이어 웨이터들이 우리 주변을 돌면서 시중을 들기 시작했다.

　　노라…… 야스미나…… 손재주 좋은 이 바람둥이, 이 유혹자에게 빼앗겨버린 내 사랑…… 내 인생의 유일한 여인 야스미나의 화신 같은 노라는 그날 얼마나 아름다웠던지! 하지만 그녀는 니콜라의 오른쪽 옆자리에 앉아 있고, 내 옆에는 얼굴에 덕지덕지 화장을 한 사십대의 물렁물렁한 살덩어리가 앉아 있었다. 그녀의 목소리는 우레 같았고 그녀가 긴 팔찌는 웨스트민스터 사원의 종소리보다 더 요란한 소리를 내며 달그락거렸다. 그녀는 바로 문학평론계의 대모 마기 로샤였다.

그때까지 나는 그녀에 대해 별반 아는 것이 없었다. 내가 아는 것은 그녀가 가끔 독설적인 비평을 발표하는 평론가이며, 그게 아니라 해도 대개의 경우 늘 혹평만 쓴다는 것 정도였다. 하긴 식탁에 앉아 있는 그녀의 모습만 봐도 입이 어지간히 험할 거라는 것쯤은 상상하고도 남았다.

그녀는 자기 접시에 얼굴을 숙이고 게걸스럽게 먹어대고 있었는데, 먹는 소리도 대단해서 마치 턱 전체로 음식을 씹는 것 같았다. 그녀는 니콜라의 소설을 칭찬하는 몇 마디를 하는 외중에도 음식 씹기를 그치지 않았다.

그녀는 캐비아를 잔뜩 문 채 입을 우물거리며 말했다.

"이 책은 대단한 발견이에요. 나는 천재성을 식별할 줄 안다니까요. 정말이에요."

그녀의 목소리는 기관지 질환을 앓는 흡연자처럼 쉬어 있었다. 나는 환영에 사로잡히기라도 한 듯 그녀가 카나페의 절반과 바다송어 두 마리 그리고 자기 몫의 오리 스테이크를 몽땅 먹어치우는 것을 구경했다. 그것들로도 모자랐는지 그녀는 마치 정복지에 자국의 깃발을 꽂듯 내 접시에 놓인 오리 스테이크에 자신의 포크를 쿡 찔러넣고는 음식물이 가득 찬 입으로 "안 드세요?" 하고 물었다.

그러고는 내 대답을 기다리지도 않고 내 접시에 놓인 오리 스테이크를 두 입에 덥석 삼켜버렸다. 그녀의 대단한 식욕을 구경하는 동안 처음의 혐오감이 일종의 경이감으로 변했다.

그녀가 짐짓 애교스러운 말투로 나에게 물었다.

"제가 너무 게걸스럽게 먹는다고 생각하지 않으세요?"

아니었다. 이상한 일이지만 그런 그녀의 모습이 오히려 내 식욕을 북돋워주고 있었다. 그래서 나는 그렇게 생각하지 않는다고 대답했다. 그런데 그 대답이 여성으로서 그녀의 가장 민감한 부분에 자극을 준 것 같았다. 그녀는 내 대답을 되씹어 음미하는 듯하더니, 나에게 더 잘 보이고 싶은 듯 뭔가를 계속 입에 넣고 씹으면서도 내게서 눈길을 떼지 않았기 때문이다. 대식가들에게서 볼 수 있는 커다란 입, 내 다리에 비벼대는 기름진 허벅지 그리고 식탁 위에 눌린 그녀의 가슴이 막연한 혐오감을 주었지만, 한편 나를 흥분시키기도 했다. 나는 그녀의 접시가 빌 때마다 음식을 덜어주었다. 아마도 나 자신에 대한 혐오감과 자학 그리고 그녀를 소유하겠다는 더러운 욕망이 나의 내부에서 계속 솟구쳐올랐기 때문일 것이다.

나는 술을 마시기 시작했다. 그녀가 내게 던지는 추파의 파도에 몸을 맡기기 위해, 쓸쓸한 회한을 잊기 위해 그리고 니콜라를 향한 증오의 불길을 더욱 부채질하기 위해 계속 마셔댔다. 나는 니콜라와 눈길을 마주치려고 끊임없이 그에게 눈길을 주었지만, 그는 번번이 내 눈길을 피해버렸다. 그도 어떤 예감을 느꼈기 때문일까?

설탕으로 만든 펜대로 장식한 커다랗고 화려한 '주방장 특선 케이크'가 식탁에 오르자, 다시 환호성이 터졌고 축하객들은 영광의 수상자 니콜라에게 한마디 해달라고 청했다. 니콜라는 그것이야말로 고대하던 바였다는 듯 곧바로 자리에서 일어났고, 덕분에 축하객들은 기다릴 필요가 없었다. 그는 경탄스러울 정도로 겸손한 태도로 일어나서 짐짓 너그러운 어조로 말했다. 수많은 그렇고 그런 작가들이 그보다 앞서 공쿠르 상을 수상했지만 자기는 공쿠르 상을 타기까지 삼십 년이라는 세월이 필요했다고, 그리고 그들에게 감사한다고.

결코 만족할 줄 모르는 마기 로샤가 낄낄 웃으며 나에게 말했다.

"전직 외교관의 연설치고는 썩 기교적이라고는 할 수 없군요!"

그의 연설은 계속되었다. 그리고 이내 의미 없는 단어들, 듣기 괴로운 음절들, 혼돈스러운 반복들로 가득 차버렸다. 급기야 그는 다음과 같은 결론으로 연설을 끝맺었는데, 내게는 그야말로 절망적인 말이었다.

"이제는 동양의 색채가 제 펜을 이끌고 있습니다. 지금 돌이켜보면 여태까지 발표한 제 작품들은 희끄무레한 납빛만 돌았던 것 같습니다. 저는 이제껏 세상을 응시하는 시선만 가졌을 뿐입니다. 마치 유령처럼 제가 지나간 자리에 아무런 흔적도 남기지 못한 채 텅 빈 세계, 투명한 세계를 홀로 방황했습니다. 그러나 이제 저는 처음으로 수채화 물감을 선물받은 아이 같은 느낌입니다. 과거에 발표한 제 작품들을 모두 부정하는 것은 아니지만 그 작품들은 미래의 작품이 탄생하는 데 필요한 준비작업 수준이었습니다……"

오, 이 무슨 자만이란 말인가! 오만 죄를 저지른 자들을 수감하는 형무소에 처넣어도 시원치 않으리라!

연설을 마친 니콜라는 자신의 새로운 위신에 걸맞은 위엄 있는 태도로 아름다운 노라와 함께 자리를 떴다.

그가 자리를 뜨자 축하파티도 파장 분위기였다. 어쨌거나 사람들은 얼근하게 취해 있었고, 나는 열기까지 느꼈다. 마기 로샤의 동물적 식욕이 도발한 일종의 에로틱한 열기였다. 파르망티에가 호텔까지 데려다주겠다고 호의를 베풀었지만 나는 거절했다. 우리는 우정 어린 포옹을 나누고 헤어지면서 내일 내가 런던으로 돌아가기 전에 점심식사를 함께 하기로 약속했다.

프랭세스 로를 채 열 걸음도 걷기 전에 마기 로샤가 나를 붙들어 세우고는 내 팔에 매달렸다. 그녀의 흐트러진 머리칼과 붉게 칠한 입술이 고르곤을 연상시켰다. 고르곤은 인간을 쫓아다니는 괴물로, 인간의 일그러진 모습의 반영이며 인간 자신의 죄악이 형상화된 존재이다. 운명적인 그날, 나는 그녀의 모습에서 운명의 사신使臣을 보았다. 그녀는 내가 수치심을 느끼도록 그리고 나를 얽어매고 있던 지금까지의 운명으로부터 나를 해방시키려고 온 것인지도 몰랐다.

그런데 운명이 내게 보낸 또 한 번의 눈짓이 있었으니, 그것은 호텔의 바가 닫혀 있었다는 사실이다. 나를 따라온 마기 로샤에게 술 한 잔을 대접하려면 어쩔 수 없이 샴페인 한 병을 내 방으로 주문하는 수밖에 없었고, 나는 그렇게 했다.

내가 여자와 잠자리를 한 것은 삼십 년 전이었다. 야스미나가 죽은 뒤로는 여자와 잠자리를 한 적이 한 번도 없었다. 나는 슬픔 때문에 그리고 죄책감 때문에 거세되어 있었다.

그런데 마기 로샤가 나타나 푸덕거리를 한 것이다. 그녀의 성적 욕구와 음탕한 자세 그리고 외설스러운 말들이 나의 욕구를 부추겼다. 나는 그녀의 육체 위에서 몸을 더럽히면서 치유되었다. 나는 악마 같은 광기와 병적인 환영에 사로잡혀 정신나간 사람처럼 그녀를 소유했다. 한 번, 두 번, 세 번, 내 몸 아래에서 조금씩 파괴되는 것은 니콜라였다.

행위를 마치자, 그녀는 세면대 마개를 뽑았을 때 물 내려가는 듯한 소리를 내면서 잠에 곯아떨어졌다. 그 요란한 코고는 소리 하나만으로도 세상에서 가장 아름답고 극적인 사랑도 꼬리를 감추기에 충분했다. 나는 그녀의 코고는 소리를 불에 태워 바치는 희생 제물로 간주했다. 그것은 내가 받는 벌의 일부일 뿐이었다. 나는 밤새 잠을 이루지 못했다. 삼십 년 동안 나를 붙들고 있던 마귀는 확실히 도망갔고 나는 치유되었다. 그렇긴 하지만 나 자신에 대한 그리고 내 옆에서 뒹굴고 있는 저 육중한 몸뚱어리에 대한 역겨운 감정은 숨길 수 없었다.

내가 간신히 잠이 든 바로 그 순간, 전화벨이 울렸다. 아침 여덟시였다. 요란하게 코를 골던 마기 로샤는 즉시 코고는 소리를 그치고 늙은 술꾼 같은 눈으로 나를 바라보았다.

나는 성배를 마셨다. 그리고 그녀가 벌거벗은 외설스러운 모습으로 교태를 부리면서 침대 위에서 아침식사를 게걸스럽게 집어삼키는 것을 지켜보았다. 나는 그녀가 오렌지색 정장 안으로 살을 구깃구깃 우겨넣는 모습을 굳이 외면하지 않았다. 그녀가 욕실에서 내는 소리도 다 듣고 있었다. 이 뚱보 마기 로샤는 내 속죄의 방편이기도 하고 또한 언젠가 그녀가 내게 유용한 존재가 되리라는 예감 때문에 나는 모든 것을 참아냈다. 언젠가 필요에 의해 그녀를 찾아가게 될 거라는 예감이 들었다.

나는 끝까지 예의를 지켰고 그녀를 문 앞까지 전송하면서 이렇게 말했다.

"다음번에 내가 파리에 오면 저녁식사를 함께 합시다."

시원하게 샤워를 하고 나니 기분이 좀 나아졌다. 나는 사무실에 전화를 걸어 지극히 충실한 내 비서 도리스에게 즉시 런던으로 돌아가겠다고 알렸다. 어젯밤 모든 면에서 시험에 들었던 탓인지 파르망티에와 함께 점심식사를 하고 싶은 마음이 눈곱만큼도 없었다. 그래서 나는 갑자기 급한 일이 생겨 즉시 런던으로 돌아가게 되었다는 핑계를 대고 그와의 점심식사 약속을 취소했다.

런던으로 가는 비행기 안에서 나는 프랑스 조간신문들을 죽 훑어보았다. 공쿠르 상 수상 소식이 『피가로』지의 1면을 장식하고 있었으나 짤막한 기사로 실렸을 뿐이었다. 니콜라 파브리의 간단한 연대표와 드루앙 연회장에서 있었던 수상식 그리고 파르망티에가 주관한 축하연에 대해 몇 줄 적혀 있었다. 니콜라의 아들 피터가 걸어온 전화에 대해서는 아무런 언급도 없었다. 사실 그런 유의 정보는 상당히 소문이 퍼지고 나서야 신문잡지들의 목표물이 되는 법이다. 내 직관에 따르면, 아마도 어젯밤 내가 정복한 그 외설스런 여자가 그 정보를 기사화할 것이다.

거기에 생각이 미치자 대번에 몸이 불편해졌다. 갑자기 가슴속이 텅 비는 것 같고 현기증이 이는 것 같았다. 그러한 느낌은 내 골수, 그리고 영혼 깊숙이까지 파고들었다. 니콜라와의 이번 만남은 나를 극도의 허탈 상태로 몰고 갔다. 사실, 파리로 그를 찾아오면서 나는 무엇인가를 기대했었다. 정확히 무엇을 기대했을까? 니콜라가 나팔이라도 불면서, 자기에게 없어서는 안 될 소중하고 충실한 친구라도 되는 양 나를 환대해주기를 바랐던 걸까? 어쩌면 그랬는지도 모른다. 만일 그가 나를 그렇게 맞이했다면 나는 그의 그런 환대에 감동하고 복수하려는 생각을 포기했을까?

아마도 그러지는 않았을 것이다. 어쨌든 나는 이번에도 예전과 다름없이 저주받은 시나리오 속에서 어리석은 희생자 역할만을 했을 뿐이다. 내가 백치처럼 그에게 바쳐온 헌신은 오로지 그의 허영심을 부추겨주는 데 기여했다. 내 방문은 그저 그의 빈 시간들을 채워주었을 뿐이다. 그는 내가 자기 운명을 위해 봉사하는 것을 늘 너무나 당연한 일로 여겼다.

그러나 그가 나를 하인처럼 붙잡아둔 지난 세월 동안, 나는 나 자신이 몹시 수치스러웠다. 니콜라는 찬란한 스포트라이트를 잔뜩 받고 있었고 나는 늘 그의 그늘 속에 가려져 있었다. 그것은 알렉산드리아에서도 마찬가지였다.

3

이집트 알렉산드리아, 삼십오 년 전.

"에드워드, 너는 어쩌면 그렇게 사교성이 없니? 정말 걱정스럽구나, 애야. 그래, 너는 친구가 한 명도 없는 거냐?"

"없어요, 엄마."

나는 엄마가 끔찍이도 싫어하는 미국식 억양을 흉내내며 입 속으로 웅얼웅얼 대답했다.

사실이었다. 알렉산드리아의 스포츠클럽에서 나는 친구가 한 명도 없었다. 나는 내 나이 또래의 영국 아이들을 기피했다. 그 아이들이 지독히 속물스럽고 경박했으며 그러면서도 견디기 힘들 만큼 잘난 척을 했기 때문이다. 무엇보다도 나는 천성적으로 소심한 성격이었고 사교적이지 못했다.

나는 저녁에 파티에 가서 춤을 추기보다는 저주받은 시인들의 시를 읽는 것을 더 좋아했다. 양갓집 소녀들 앞에서 뽐내고 다니는 것보다는 스탠리 만의 파도에 몸을 맡기거나 콤 엘 슈가파 지하묘지를 찾아가 어슬렁거리며 시간을 보내는 것을 몇백 배 더 좋아했다.

나에게 많은 기대를 걸고 계시는 어머니에게는 좀 미안한 일이지만 내 유일한 친구라면 시리아 출신의 유대인 상인 아들 엘리아스 자라니와 그리스 과자점 딸 이렌 파스트로디스뿐이었다. 그 아이들이 영국 아이들이 모이는 스포츠클럽의 댄스파티에 참석한다는 것은 두말할 것도 없이 불가능했다. 당시 알렉산드리아에는 마치 성서에 나오는 바벨 탑처럼 수많은 민족들이 모여살고 있었지만, 각각의 민족들은 돈이 지배하는 미묘한 규칙에 따라 서로 기피하고 있었다.

우리 세 사람, 그러니까 엘리아스와 이렌 그리고 나는 문학에 대한 열정으로 똘똘 뭉친, 떼려야 뗄 수 없는 삼인조였다. 우리는 『동방의 편지』라는 이름의 문학 동인지를 창간하기에 이르렀다. 당시 사춘기 청소년이었던 우리는 그 잡지에 우리가 직접 번역한 이집트 시인들의 시와 우리 자신의 작품들을 발표했다. 정확히 날짜를 맞추어 정기적으로 잡지를 발간하지는 못했지만, 우리 잡지의 정기 구독자는 백 명이나 되었다. 편집위원회는 장소를 가리지 않고 아무 데서나 열렸다. 그래도 주로 해변이나 바다 위를 선호했는데, 그것은 그런 장소 특유의 분위기 덕분에 우리가 비교적 덜 까다롭고 덜 비판적일 수 있었기 때문이다. 18세의 청소년들이란 그다지 관용적이지 못한 법이니까.

어느 날, 나는 혼자 댄스파티에 참석했다. 아니, 정확히 말하면 어머니의 성화에 떠밀려 울며 겨자 먹기로 참석했다고 하는 편이 옳으리라. 어머니는 내가 그곳에서 참한 영국 아가씨를 만나 내 행복도 찾고 당신의 위신도 세워줬으면 하고 내심 바라셨던 것이다. 그런데 막상 댄스파티에 참석하고 보니, 뜨겁고 아름다운 여름밤, 활기가 넘쳐흐르고 햇불과 화려한 촛대가 휘황찬란한 빛을 발하고 있는 아름다운 여름밤을 감상하는 것만으로도 거기에 간 것이 조금도 아깝지 않았다. 상록수 냄새와 어우러진 재스민 향기만으로도 거기에 간 보람이 충분히 있었다. 그 향기는 빈곤의 냄새와 어우러진 호사의 냄새이기도 했다. 그 상반되는 냄새 속에서 알렉산드리아라는 도시 전체가 내 후각을 자극하는 것 같았다.

그날 밤의 파티는 제대로 격식을 갖춘 댄스파티였다. 기다랗고 납작한 몸매의 영국 소녀들과 이집트 부잣집 여자들 그리고 얼굴을 붉힌 그녀들의 젊은 여자 친척들까지 모두 모여 있었다. 어쩌면 나는 그곳에서 미래의 내 행복을 건져낼 수도 있었으리라. 그러나 나는 춤을 잘 추지 못했고, 소녀들의 환심을 사려고 노력하지도 않았다.

그때의 기억이 지금도 생생하다. 나는 어느 뚱뚱한 여자애가 엉덩이를 흔들어대면서 팽이처럼 뱅글뱅글 도는 모습을 지켜보고 있었다. 그리고 바로 그때, 그가 처음으로 내 시야에 들어왔다.

그는 자신 있는 걸음걸이로 길을 가로질러 내가 있는 테이블로 걸어왔다. 걸어오는 동안 그는 줄곧 내게서 시선을 떼지 않았다. 그가 지나오는 길 위의 공기마저도 그에게 길을 내주기 위해 환히 열리는 것 같았다. 그 소년은 내게 가까이 다가와서 미소 띤 얼굴로 악수를 청하며 자신을 소개했다. 마치 정복자 같은 당당한 태도에 티끌 하나 없이 완벽한 아름다움을 지닌 소년이었다.

"나는 니콜라 파브리라고 해. 파리에서 아버지와 함께 막 여기에 도착했어. 아버지가 이번에 알렉산드리아 주재 프랑스 총영사로 부임하게 되셨거든."

그렇게 말하는 그의 목소리는 마치 첼로를 연주하는 소리 같았다.

"나는 에드워드 램이야."

어쨌든 나는 그렇게 대답을 해버렸다. 내 머릿속에 이런 아름다운 소년이 나에게 관심을 보이는 것은 있을 수 없는 일이라는, 분명 뭔가 잘못되었을 거라는 멍청한 생각이 언뜻 스쳤다. 그러나 잘못된 것은 아무것도 없었다. 그가 찾고 있는 사람은 내가 틀림없었다. 아니, 『동방의 편지』의 편집인을 찾고 있었다고 하는 것이 더 정확할 것이다. 그는 우리가 펴내는 문학 동인지가 "찬사를 받아 마땅한 훌륭한 작업"이라고 칭찬을 아끼지 않았고, 나는 당황해서 더듬거리면서 "고…… 고마워"라고 대답했다. 백한번째 구독자를 얻었다는 사실, 더구나 그가 너무도 찬란한 미소년이라는 사실에 내 가슴이 마구 떨려왔다.

그는 내 옆에 앉았다. 그때부터 나는 그를 위해서라면 무엇이든 할 준비가 되어 있었다. 그가 사실 자기도 시를 조금 쓰고 있다고 말했다. 나는 내심 쾌재를 부르며 우리 동인지에 그의 시를 발표해주겠다고 나섰다. 그가 나와 함께 작업하고 싶다고 운을 떼자마자 나는 '당연한 일이지. 당장 시작하도록 할게'라는 식으로 반응했다. 그와 함께 있고 그를 보고 있으면 그에게 완전히 빠져들고 예속되어버리는 것이었다. 그는 서서히 내 위에 군림하기 시작했고, 나는 조금씩 그에게 속한 존재로, 어떤 의미에서는 그의 노예로 변해갔다.

니콜라와 나는 새벽빛이 어슴푸레 비칠 때까지 베란다에 앉아 이야기를 나누었다. 우리는 마치 짐승 무리를 일일이 검사하듯 현대문학 작품들을 죽 훑으며 하나씩 상세히 파고들었다. 그는 프랑스 문학에서 중요하다고 여겨지는 작가들의 작품은 거의 다 읽었다고 했다. 그는 그 작가들에 대해 마치 법정에서 선고를 내리듯 단호하게 평가했다.

그런 그의 모습이 정말이지 나에게 강렬한 인상을 주었다. 현대문학 작품들에 대해 이야기한 후, 우리는 문학 동인지『동방의 편지』에 대해서도 이야기했다. 나는 그의 비판을 귀 기울여 들었다. 사실을 말하자면 그가 우리의 문학 동인지를 난도질했다고 말해야 옳을 것이다. 그의 주장과 비판들은 리본이 달린 투우사의 창이 황소의 몸을 찔러대듯 우리의 문학 동인지를 찔러대 핏방울을 쏟게 했다. 심지어 그는 내가 사랑하는 친구 엘리아스의 시를 처참하게 짓밟았는데, 나는 거기에 한마디 응수도 반격도 하지 못했다. 그런 나 자신이 비참하게 느껴졌다. 나는 내 친구 엘리아스의 시를 너무나 좋아하면서도 그의 비판에 대해 아무 말도 할 수 없었던 것이다.

자신의 비판이 조금 지나쳤다고 생각한 것일까? 갑자기 그가 나를 마구 몰아세우던 지성의 폭탄세례를 거두고는 해 뜨는 광경을 보러 가지 않겠느냐고 제안했다.

나는 그가 그런 제안을 하는 것이 매우 기뻤다. 나는 파로스 섬 카이트 만에 있는 고성古城으로 가보자고 말했다. 니콜라는 내 의견을 흔쾌히 받아들였고, 가는 길에 여남은 명쯤 되는 남녀 아이들을 긁어모아 스포츠클럽 앞에서 주인님의 처분만 기다리고 있는 거대한 리무진 안에 태웠다. 니콜라는 운전석에서 코를 골며 자고 있는 운전사를 흔들어 깨워 고성까지 데려다달라고 말했다.

그리고 그때부터는 문학도『동방의 편지』도 더이상 문제가 되지 않았다. 나는 니콜라의 또다른 모습을 발견했다. 여자를 유혹하는 사랑의 마술사, 사랑의 모든 기교에 정통하고 오직 여성을 위해서만 존재하는 남자로서의 니콜라의 모습 말이다. 나는 워낙 성격이 소심한 탓에 몇 해 전부터 눈여겨본 아름다운 소녀 나탈리 레르비에에게 말 한

마디 건네지 못하고 있었다. 그런데 니콜라는 그날 처음으로 나탈리를 만났는데도 무슨 달콤한 말들을 그녀에게 속삭였는지 벌써 차 한구석에서 그녀를 팔에 안은 채 그녀가 그의 어깨에 머리를 기대고 몸을 내맡기게 하고 있었다.

파로스 섬에 내리자 니콜라는 온통 나탈리에게만 관심을 쏟았다. 고성으로 올라가는 길 위에는 통나무들이 나뒹굴고 있었는데, 니콜라는 오르막길을 걷는 것을 도와준다는 핑계로 나탈리를 꼭 껴안고 있었다. 그가 나탈리와 함께 그런 달콤한 시간을 보내는 동안 나는 그저 그들의 안내자 역할이나 해야 했다. 영국 해군의 사격전 이야기를 해주기도 하고, 장엄한 아름다움을 자랑하는 하얀 대리석탑이 보이자 예전에는 저 안에서 불을 크게 지펴 멀리서도 그 찬란한 빛을 볼 수 있게 했다는 설명도 했다. 그리고 나는 니콜라에게 좋은 인상을 주고 싶은 욕심에 성벽에 부딪혀 부서지는 파도 소리를 배경으로 내가 영어로 번역한 엘 데라우이의 시를 큰 소리로 낭독했다.

높이 세워진 이 테라스에서 보이는
바다는 마치 구름과 같았고,
거기서 또 나는 내 친구들의 모습을 보았으니
그들은 마치 별들과 같았다······

연회복 차림이었던 친구들은 추위에 몸을 떨고 있었고 니콜라는 내가 읊은 시를 가볍게 조롱하고는 나탈리를 끌어안았다. 새벽빛을 받으며 거대한 화강암 위에 서 있는 그들의 모습은 디오스쿠로이를 연상시켰다. 그들은 빛의 신이 낳은 쌍둥이 아들로, 2천 년 전 알렉산드리아의 등대가 그들에게 바쳐진 바 있다. 어찌 됐건 나는 더이상 그의 눈에 띄는 존재가 아니었다. 니콜라는 어젯밤 파티에서 나를 정복했고 다음 날 아침 나를 팽개친 것이다. 그 순간 나는 이루 형언할 수 없는 고독 감에 휩싸였고, 부당하게 유배당한 자들의 심정을 이해할 것 같았다. 그때부터 내 마음속에 하나의 상처가 생겨났고 그것은 결코 아물 수 없는 상처로 확고히 자리를 잡았다.

그걸 어떻게 묘사하면 좋을까? 그렇다. 바로 그때부터 나는 니콜라 의 의지에 복종하기 위해 나 자신의 내부를 텅 비우기 시작했고 내 자 아와 욕망들을 포기했다. 그가 어디에 함께 가주기를 원하면 나는 당장 그의 시간에 내 스케줄을 맞추었다. 그가 뭔가 부탁하면 무슨 일이든 거절하지 않고 들어주었고, 그가 나를 필요로 한다는 사실에 자부심마 저 느꼈다. 나는 그런 일종의 겸손한 자부심을 갖고 그의 온갖 변덕에 봉사했다. 나보다 훨씬 나은 누군가 니콜라의 관심을 끌지도 모른다는 생각에 늘 조바심마저 났다. 젊은 시절에는 누구나 자기만의 영웅을 필요로 한다. 그리고 나의 경우, 나 자신에게서 사랑할 만한 부분을 하 나도 발견하지 못했기 때문에 내가 가진 사랑을 그에게만 집중시켰다. 나는 기꺼이 그의 제단 앞에 나 자신을 바쳤다. 어쩌면 그는 자신의 권 력을 과시하기 위해 한 명의 노예를 필요로 했던 것은 아닐까?

그런 상황이었으니 내 친구들인 엘리아스와 이렌에게 니콜라를 소 개하기까지 내가 얼마나 고민했는지는 굳이 설명하지 않아도 충분하 리라.

그들의 만남은 추위가 풀리고 날씨가 따뜻해질 즈음에 처음 이루어 졌다. 우리는 새 봄을 축하하기 위해 사막과 맞닿아 있는 조그만 종려

나무 숲 속의 마리우 호숫가에서 호화로운 피크닉을 하기로 했다. 나는 부모님의 랜드로버를 빌려왔고, 니콜라는 영사관의 요리사 모하메드를 데려왔다. 엘리아스는 양고기 꼬치구이를 하기 위해 양고기를 가져왔고 이렌은 포도주를 가져왔다. 그녀는 클로마리우 한 병과 백포도주 한 병 그리고 나일 강변에서 나는 샤토 마르고의 일종인 맛이 기가막힌 적포도주 마타미르 두 병을 가져왔다. 얼마 전에 비가 내린 덕분인지 사구砂丘 위에는 수천수만 각양각색의 꽃들이 피어 있었다. 그 기적과도 같은 그러나 순간적인 개화는 머지않아 죽음으로 치닫게 될 사막의 젊은이들의 운명을 예고하는 것 같았다.

군인들이 군홧발로 행진하는 소리나 세계의 운명을 결정짓게 될 뮌헨 회의 같은 것은 우리에게 별로 중요하지 않았다. 국가의 대표자들이야 마음대로 자기들이 원하는 조약을 만들고 서명하라지. 우리는 당당하게 굴고 코웃음도 치지 않을 작정이었다.

양고기 꼬치구이 냄새가 공기를 가득 채우고 포도주가 잔에 채워졌다. 그러나 우리의 피크닉은 완전히 실패였다. 엘리아스와 이렌이 나의 새 친구 니콜라를 싫어한다는 사실을 금세 눈치챌 수 있었기 때문이다. 사실 니콜라가 너무 지나쳤던 것이 사실이다. 니콜라는 문학에 종사하는 사람들과의 친분에 대해서만 오랫동안 떠벌려대 우리를 재미있게 해주기는커녕 마냥 지루하게만 했으니 말이다. 니콜라 때문에 모두 짜증이 났다. 그런 상황을 지켜보면서 마음이 몹시 불편해진 나는 상황을 호전시켜보려고 잔에 포도주를 채우고 농담을 지껄였다. 아, 그 세 사람이 서로에게 호감을 갖고 서로를 인정해주기를 내가 얼마나 바랐던지!

나로서는 그런 바람이 간절할 수밖에 없었다. 그 전날 니콜라가 자신이 영어로 썼다는 단편소설 한 편을 나에게 가져왔고, 나는 그 단편소설을 『동방의 편지』 다음 호에 실어주겠다고 거의 호언장담했기 때문이다. 그 소설을 읽어보지도 않고 그저 그에 대해 갖고 있던 확고한 믿음만으로 그렇게 약속을 해버린 것이다.

나중에 나는 내가 잘못 생각했다는 것을 알게 되었다. 그의 소설은 레이몽 라디게의 『육체의 악마』를 그대로 베껴 쓴 파렴치한 모작이었다. 적은 분량으로 축소된 그의 글 속에는 심지어 라디게 작품의 한 대목이 고스란히 옮겨져 있었다. 감히 어떻게 그런 짓을 할 수 있었을까? 하지만 나는 그의 작품이 형편없다거나 파렴치한 모작이라고 솔직하게 말해줄 수가 없었다. 나는 혼자 고심에 고심을 거듭했고, 내가 그의 작품을 손보면 표절한 부분을 감출 수 있을 것이고, 그러면 엘리아스와 이렌도 그 작품을 우리 동인지에 싣는 데 동의할 거라고 생각했다. 그뿐이 아니었다. 앞으로 세 사람 사이에 싹트게 될 우정에 호소해보자는 계산도 있었다. 그런데 이 무슨 낭패란 말인가?

나는 걱정스럽고 비참한 심정으로 피크닉을 마치고 알렉산드리아로 돌아오자마자 즉시 작업에 착수했다. 니콜라가 가져온 단편소설을 처음부터 끝까지 속속들이 살펴보면서 도둑질해온 부분을 찾아 삭제해버렸다. 그러나 아무리 고쳐 썼어도 그의 작품은 우스꽝스러운 모작에 불과했다. 이렌은 그 작품을 『동방의 편지』에 싣는 것을 강경하게 반대하고 나섰다. 엘리아스 또한 동양적인 구석이라고는 조금도 없는 그의 작품을 우리 동인지에 실을 이유가 없다고 이렌의 의견에 동조했다. 두 사람의 반대로 나는 곤란한 입장에 처했다. 하지만 니콜라와의 약속을 지키기 위해서는 어떤 해결책이든 찾아내야만 했다. 고민 끝에 내가 생각해낸 것은 모든 작업이 끝난 후 혼자서 잡지의 지면 구성을 수정하여 니콜라의 작품을 슬쩍 끼워넣는 방안이었다. 다음날, 나는 우리가 거래하는 인쇄업자인 아르메니아 사람 파파지안의 작업실로 원고를 들고 갔다.

평소에 그는 두 팔을 벌리고 뛰어나와 나를 환대하곤 했다. 교양이 풍부한 그는 이집트의 시문학에 대해 내게 많은 이야기를 해주었고, 그래서 나는 그를 방문할 때마다 새로운 보물을 하나씩 발견할 수 있었다. 게다가 그는 우리 동인지 제작에 무척 신경을 써주었다. 『동방의 편지』가 유럽의 다른 잡지들에 비해 그리 수준이 떨어지지 않고 오히려 어떤 면에서는 꽤나 미적 감각을 갖춘 채 출간될 수 있었던 것은 전적으로 그의 덕분이었다.

그러나 그날은 사정이 좀 달랐다. 파파지안은 나를 떠들썩하게 맞이하지 않았다. 자동 식자기에서 눈도 들지 않은 채 테이블 한쪽에 원고를 놓으라고 쌀쌀맞게 말했을 뿐이다. 그것은 벌써 몇 달 전부터 우리가 그에게 빚지고 있는 50파운드를 갚아달라고 요구하는 그의 방식이었다. 나는 엘리아스나 이렌에게는 말하지 않은 채 돈을 꼭 갚겠다고 그에게 약속했었다. 하지만 그 금액은 상당한 액수였고, 나는 기적이라도 일어나기를 바라면서 돈 갚는 일을 차일피일 미루고 있었다. 나는 일주일 내에 그 돈을 갚겠다고 파파지안에게 약속해버렸다.

나의 이런 딱한 처지를 어찌 니콜라에게 호소하지 않을 수 있었겠는가? 내 이야기를 들은 니콜라가 말했다.

"뭐라고? 왜 진작 나에게 이야기하지 않았어?"

그는 즉시 주머니에서 지폐 뭉치를 꺼내 탁자 위에 올려놓고는 이렇게 물었다.

"이 정도면 충분하겠어?"

나는 더듬거리며 대답했다.

"하지만…… 난 돈을 달라고 부탁한 건 아니야!"

그러나 결국 나는 그 돈을 받고 말았다. 니콜라가 이렇게 덧붙였던 것이다.

"『동방의 편지』는 무슨 일이 있어도 살려야 해. 그 잡지가 단지 재정적인 문제 때문에 사라진다는 것은 말도 안 돼. 내가 있는 한은 말이야."

나는 니콜라의 말에 너무나 감동하고 고마운 나머지 어쩔 줄 몰라했다.

사실, 그는 자기가 가진 돈을 통해 『동방의 편지』에 깊숙이 관여하고 싶어했다. 기가 막힌 수법으로 우리의 문학 동인지를 잠식하는 데 일보를 내디딘 셈이다. 그때부터 우리의 동인지는 상당 부분 그에게 예속되었다. 우리 셋은 그에게 빚을 지고 있는 셈이었다. 그러나 처음에 나는 니콜라의 성의를 순수하게 받아들였고 그의 속셈을 눈치채지 못했다.

그 저주받을 잡지가 출판되어 나온 그날은 나에게 다시는 생각하고 싶지 않은 기억으로 남아 있다. 그날은 엘리아스, 이렌 그리고 나 사이의 아름다운 우정에 마지막 작별을 고한 날이었다. 삼십 년도 더 된 일이지만 그 일은 지금까지도 매우 치욕스러운 기억으로 남아 있다.

엘리아스와 이렌의 차가웠던 박대를 나는 영원히 잊을 수 없다. 우리는 신간이 나오면 자축하는 뜻으로 종종 이렌의 아버지가 경영하는 과자점 파스트로디스에서 모임을 열곤 했다. 그날도 나는 그곳으로 그들을 찾아갔지만, 아무런 기쁨도 느낄 수 없었다. 리쾨르도 없었고 색색으로 장식된 과자도 없었다. 컵 주위에 찌꺼기가 말라붙은 터키식

커피 한 잔이 고작이었다. 나는 그보다 더한 상황도 감수할 각오를 하고 테이블로 가서 앉았다. 먼저 입을 연 사람은 이렌이었다.

"너 왜 그랬어?"

그녀의 목소리는 얼음장처럼 차가웠다.

나는 떨리는 목소리로 대답했다.

"왜냐하면, 그렇게 하지 않을 수 없었기 때문이야."

엘리아스가 말했다.

"해명을 해봐."

나는 다음과 같은 말로 서두를 꺼냈다.

"사실 나는 너희들이 아무것도 모르기를 바랐어. 하지만 이제는 진실을 말할 수밖에 없구나. 너희들은 우리 동인지가 제작비 때문에 인쇄업자에게 큰 빚을 지고 있다는 사실을 몰랐겠지?"

나는 그런 식으로 나 자신이 한 짓을 해명했다. 니콜라에게 약점을 잡혔노라고 고백하는 대신, 비굴하게도 나 자신을 억지로 정당화하고 더럽히고 있었다. 나는 빚더미에 눌려 고민하는 나에게 니콜라가 고맙게도 돈을 변통해주었다고 필사적으로 설명했다. 그런 상황에서 어떻게 그의 작품을 싣는 것을 거부할 수 있었겠냐고 동조도 구해보았다.

그러나 엘리아스와 이렌은 내 말을 믿지 않았을 뿐만 아니라 나를 용서해주지도 않았다.

엘리아스가 선언했다.

"네가 『동방의 편지』에 새로운 색채를 가미하고자 한다면 우리는 더 이상 참여할 수 없다는 점만 알아둬. 우리의 동인지를 너한테 맡길 테니 더 심하게 전락하지는 않도록 노력해주기 바란다. 그리고 너의 새로운 사부님에게 인사나 전해주렴."

이야기가 끝나자 그들은 내게 악수도 청하지 않고 나가버렸다. 나는 홀로 남았다. 슬픔으로 가슴이 찢어지는 것 같았다. 나는 내 가장 절친한 친구들, 아니, 내 유일한 친구들인 그들과 이별한 것이다. 그때 내가 느끼는 고통과는 아무런 상관 없이 태평스럽게 돌아가던 선풍기 소리가 지금도 귓가에 들리는 듯하다.

친구들과 헤어진 후, 나는 눈시울이 붉게 물들고 큰 충격을 받은 표정으로 파스트로디스에서 나오다가 니콜라와 마주쳤다. 니콜라는 새로 사귄 여자친구와 다정한 포즈로 길을 가고 있었다. 그의 새 여자친구는 내가 몇 년 동안 가까이 지내면서도 말 한 번 건네보지 못했던 아름다운 소녀들 중 한 명이었다. 아름다운 초록빛 눈동자를 가진 잔브리송이라는 이름의 소녀, 뭇 남자아이들의 가슴을 흔들어놓던 소녀였다.

니콜라가 나를 보고는 달려와서 큰 소리로 말했다.

"아니, 에드워드, 무슨 안 좋은 일이라도 있었어? 무슨 일인지 나에게 말해봐!"

나는 그를 죽이고 싶었다. 하지만 눈이 좀 아파서 그렇다고 둘러댔다. 처절한 심정을 숨기기 위해 다른 핑곗거리를 찾아내야 했다. 간신히 마음을 가라앉힌 나는 가방에서 『동방의 편지』 한 부를 꺼내 그에게 내밀었다.

"이게 뭐야?"

그는 짐짓 놀라는 척했다.

"잘 알면서 그래. 우리 잡지의 최신호야. 3페이지를 펼쳐봐. 아마 거기서 음…… 그러니까, 네가 잘 알고 있는 글을 볼 수 있을 거야."

니콜라는 지면 아래쪽에 저자로 인쇄되어 나온 자기 이름을 보려고 서두르지 않았다. 여유로운 그의 태도가 퍽이나 경탄스러웠다. 니콜라는 감정이 풍부하다고는 할 수 없었지만 자신이 느끼는 감정의 표현을 기가 막히게 조절할 줄 알았고, 자신이 느끼는 기쁨을 최소한으로 표현할 줄도 알았다. 그 기쁨이 자아도취적인 기쁨이라 할지라도. 그는 일단 서문을 찬찬히 읽어내려갔다. 옆에 있던 잔 브리송도 그의 어깨 너머로 그가 읽는 것을 따라 내려갔다. 먼저 소리를 지른 것은 그녀였다. "어머, 니콜라의 단편소설이 실렸어! 정말 굉장하구나!"

그러자 그는 짐짓 놀란 척하면서 이렇게 말하는 것이었다.

"어라? 에드워드, 너 이제는 내 사물함까지 뒤지는 모양이지?"

"뭐라고? 이건 네가 나한테 가져다준 원고야. 너도 잘 알잖아……"

그러나 그는 이렇게 잘라 말했다.

"말도 안 돼. 정말 말도 안 되는 일이야. 이건 내가 열다섯 살 때 쓴 글이야, 사정이야 어쨌든 간에 에드워드, 출판하기 전에 나한테 동의를 구할 수도 있었잖아!"

"하지만 나는…… 아니, 네가 나한테 그렇게 해달라고……"

그러나 니콜라는 내 말을 잘라버렸다.

"그만 해, 에드워드!"

그것은 정말이지 예기치 못한 반격이었다. 사실, 그때 나는 어떻게든 반응을 보여야 했다. 그의 얼토당토않은 말에 반박하거나 아니면 화를 내거나 기타 등등…… 더구나 그때 나는 니콜라 때문에 가장 친한 친구들을 잃은 마당이었다. 바로 그 녀석 때문에 눈물이 글썽한 채 이렇게 길거리에 서 있게 된 것이다. 그런데 약삭빠르게도 그는 자기의 새 여자친구 앞에서 짐짓 분개한 것처럼 행동했다. 더 심한 것은 내가 자기를 위해 그 치욕스러운 모작을 수정해준 것도 모른 척했다는 점이다……

그러나 나는 생전 처음으로 마치 두들겨맞은 개처럼 다리 사이로 꼬리를 감추고 말았다. 슬프게도 나에게는 나 자신을 변호할 힘이 없던 것이다.

『동방의 편지』 그 다음 호는 두 달도 채 되지 않아 발간되었다. 예전에 나는 출판할 만한 작품들을 찾아내어 고르고 그것들을 편집위원들에게 제출하는 일을 맡았었는데, 니콜라가 들어오고 나서는 그가 잡지의 목차를 혼자서 결정했다. 그 목차는 주로 그의 작품들로 구성되었다. 내 주된 임무는 그의 작품들을 손질하는 것이었다. 다소 서투른 그의 영작을 교정한다는 핑계로 말이다. 그 대가로 나는 내 작품을 몇 편 '실을' 수 있었다. 내 작품을 실었다는 사실을 이렇게 강조한 것은 니콜라가 어떤 목적을 갖고 그것을 허용했기 때문이다. 무슨 말이냐 하면, 그렇게 함으로써 그는 내가 단순히 자기의 편집비서에 불과하며 그 일을 하면서 한몫을 보고 있다는 인상을 주려 했다는 뜻이다.

그나마 그는 얼마 가지 않아 새로운 장난감에 싫증을 냈고, 나도 곧 손을 떼고 말았다. 그렇게 하여 『동방의 편지』는 발행이 중단되었다.

4

　문학 동인지에서 손을 뗀 후 나는 사금파리 언덕에 자리잡은 콤 엘 슈가파 지하묘지에 잠적하는 횟수가 더욱 잦아졌다. 나는 그곳을 내 아지트로 삼다시피 했다.

　거기에 있으면 나를 둘러싸고 있는 잔인한 세계나 얼마 전 유럽에서 발발한 전쟁으로부터 안전하게 보호받는 느낌을 받을 수 있었다. 덴마크와 노르웨이는 이미 항복했고, 히틀러는 자신의 계획대로 정복을 조금씩 성취해나가고 있었다. 이집트를 방문한 대부분의 관광객들이 관광을 중단하고 고국으로 돌아가버린 뒤에도 나는 경이로운 고고학적 유산인 텅 빈 지하묘지에 혼자 남아 주인 행세를 하고 있었다.

　지하묘지의 계단은 나선형으로 뱅글뱅글 돌아가게 설계되어 있었고, 그 주위로 묘실과 작은 방들이 배치되어 있었다. 그 계단을 한 단씩 밟아 내려가면서 나는 내 내면의 고통과 내 삶을 짓누르는 슬픔들을 차례로 잊어갔다. 암석을 깎아 누울 자리를 만들어놓은 그곳에서 나는 지고의 평온을 맛보았다. 어디선가 새어드는 가느다란 빛은 고르곤 가면과 로마인들의 유물인 헤르메스의 지팡이 그리고 파라오 시대에 만들어진 오벨리스크들에게 생명을 불어넣는 듯했다.

그러한 분위기 속에서 나는 과거의 시대로 거슬러 올라가 명상에 잠겼다. 그곳의 수위를 맡고 있던 만수르가 유리창을 두드려 문 닫을 시간이 되었다고 알릴 때까지, 나는 향연실에 있는 내 것으로 점찍어둔 돌침대 위에 앉아 몇 시간이고 공상을 하면서 시간을 보냈다. 그러다가 폐문 시간이 되면 어쩔 수 없이 역사 속의 방랑을 멈추고 씁쓸한 마음으로 내가 살고 있는 시대로 다시 거슬러 올라갔다.

일 년 동안 채 열 마디도 말을 나누지 않았지만 만수르와 나는 좋은 친구가 되었다. 정통 베두인족 족장이었던 그는 전쟁이 확산됨에 따라 여러 명의 아내와 셀 수 없이 많은 아이들을 이끌고 리비아 사막을 탈출하여 알렉산드리아로 오게 되었고, 살길이 막막했으므로 그 지하묘지의 수위를 하며 가족들과 함께 빈곤한 생활을 영위하고 있었다. 언젠가 그가 자신의 집에 나를 초대하여 베두인 사람들이 귀한 손님에게 대접한다는 박하차를 만들어준 적이 있다. 그것은 엄숙한 의식이었으며 그의 몸짓은 마치 제관의 몸짓 같았다. 그러나 아마도 그는 양철과 판자로 만든 그 보잘것없는 집에서 죽는 날까지 살아야 하리라.

그러던 어느 날이었다. 평소와 달리 만수르의 모습이 어디에도 보이지 않았고, 그것을 몹시 이상하게 여긴 나는 그의 수많은 아이들이 시간을 보내는 널따란 삼각 텐트로 발길을 옮겼다. 맨발의 야성적인 소녀 한 명이 나를 맞이했다. 그녀는 잿빛이 도는 초록빛 눈동자와 아몬드처럼 가늘고 긴 눈을 가지고 있었고, 이마와 콧날 그리고 광대뼈 위쪽에는 베두인족의 고유한 상징인 섬세한 파란색 문신이 반짝이고 있었다.

텐트 바로 옆에는 그들이 기르는 가축 무리가 있었다. 갈색 피부의 그 소녀는 그 가축 무리에 섞여 있는 야생 염소만큼이나 생기가 넘쳐 흘렀고, 복장은 야생 염소보다 조금 더 나은 정도였다.

나는 아랍말로 그녀에게 물었다.

"만수르는 어디 있지?"

"우리 아버지는 아파."

"무슨 병이지? 설마 심각한 병은 아니겠지?"

"심장이 안 좋아."

소녀는 그렇게 중얼거리면서 넝마가 다 된 저고리 안 왼쪽 가슴에 손을 넣어 보였다.

내가 깜짝 놀라 외쳤다.

"심장마비!"

"아니, 두 가지야."

"두 가지라니? 좀더 자세히 말해줘."

"심장병 그리고 방황하는 영혼. 그의 심장은 죄어들었어. 그리고 그의 영혼도 아파."

"지금 병원에 계시니?"

"응, 어제부터. 묘지의 열쇠는 내가 가지고 있어."

그녀는 내게 지하묘지의 문을 열어주고는 사라졌다.

나는 향연실의 돌침대 위에 앉아 그 옛날 이 지하묘지의 주인이자 죽은 자를 보호한다고 여겨졌던 두 아누비스 신 앞에서, 이 미로 같은 기둥들 사이에서 행해졌던 민간종교 제전에 대한 수만 가지 공상에 빠져들었다.

죽은 자의 영혼은 영원의 계곡에 이를 때까지 어디를 헤매고 다니는 걸까?

소리 없는 내 질문에 대답이라도 하듯 낭랑한 웃음소리가 들려왔다. 둥근 천장 아래의 공기를 꿰뚫고 진동시키는 웃음소리였다. 내 앞에서 불과 몇 발자국 떨어진 곳에 누더기 옷을 걸친 소녀가 돌연 모습을 나타냈다. 참으로 비현실적인 출현이었다. 나는 눈을 깜박여보았다.

그녀의 갑작스러운 출현에 조금 어리둥절해진 나는 그녀에게 물었다.

"여기서 뭘 하고 있는 거야?"

"너를 보러 왔어, 램 나리. 아버지가 네 이름을 알려줬어."

"그럼 여기 와서 앉아."

그녀는 발레리나처럼 우아하게 몸을 빙글 돌리더니 돌침대로 걸어와 내 옆에 앉았다.

"오래전부터 너를 지켜보고 있었어. 내 이름은 야스미나야."

뭔가 말해야 한다는 의무감이 든 나는 "너 몇 살이니?" 하고 물었다. 그녀가 대답했다.

"열여섯 살."

그것은 거짓말이었다. 기껏해야 열네 살이나 되었을까? 하지만 그녀가 어린아이가 아니라는 것은 느낄 수 있었다.

내가 말했다.

"거짓말!"

그녀는 그렇게 말하는 내 입술을 엄지와 검지로 살짝 꼬집으면서 내가 더이상 말을 못 하도록 막았다. 그녀가 미소를 지었고, 그녀의 두 눈이 빛을 발했다. 그녀가 두 팔로 내 목을 감싸안았다. 나는 돌침대 위에서 움찔 뒤로 움직였다. 그녀의 입술이 내 입술 위에 포개졌다. 그녀의 혀가 내 입술과 뺨 위를 이리저리 오가며 장난을 치기 시작했고, 헤나로 노랗게 물들인 그녀의 두 손은 어둠 속에서 춤추는 도깨비불처럼 내 주위를 날아다녔다. 그녀가 내게 몸을 바싹 붙이더니 내 셔츠 자락을 풀어헤치고는 내 가슴에 자기 얼굴을 묻었다. 나는 어찌할 바를 몰랐다. 나는 이미 숫총각은 아니었다. 가끔 친구들과 함께 유명한 '자매들의 거리'에 가서 돈을 주고 여자를 산 경험이 있었다. 그러나 알렉산드리아에 주둔하고 있는 군인들에게 혹사당하던 그 씩씩한 창녀들은 내 꿈이나 동경을 자극하지 못했다. 사실 나의 여자 경험이라는 것은 기계적인 것에 불과했다. 감각이 혼돈된다거나 현기증을 느낀다거나 한 적이 한 번도 없었다. 그런데 이상하게도 야스미나는 나를 뿌리부터 뒤흔들어놓는 것이었다. 나는 야성적으로 그녀를 원하기 시작했다.

이제 그녀를 소유하고 싶다는 절박한 욕망 외에는 아무것도 존재하지 않았다. 나는 그녀의 누더기 옷을 풀어 헤치고 돌침대 위에 그녀를 눕혔다. 나는 그녀의 허벅지 사이에 손을 넣었다. 그리고 세심한 주의도 기울이지 않고 사납게 그녀를 소유했다. 아랫배 깊숙한 곳에서 치밀어오르는 파도에 내 몸 전체가 전복되는 것 같았다. 나는 몸을 부르르 떨었다. 바로 그때, 그녀가 고통에 못 이겨 큰 비명을 질렀다. 그제야 나는 그녀가 처녀였음을 알았다.

그후로 나는 그녀와 사랑에 빠졌다. 그것도 넋이 나간 사람처럼. 하루에도 셀 수 없이 내 입술 위에 떠오르는 이름은 그녀의 이름뿐이었다. 야스미나…… 야스미나…… 나는 수도 없이 그녀의 이름을 되뇌었다. 그녀를 만나지 않는 시간들은 그녀에 대한 기다림으로 채워졌다. 그녀는 알 수 없는 곳에서 불쑥 솟아오른 존재였다. 나는 진심을 다해 그녀를 사랑했다. 내 신경조직은 매우 예민하게 곤두섰고 온몸의 피는 부글거리며 타올랐다. 나는 불타오르는 가슴으로 그녀를 만날 순간을 기다리면서 사랑의 전주를 음미했다. 그러는 동안 나는 감미로운 고통을 맛보았다. 나는 과자를 한아름 안고 야스미나와의 약속 장소에 도착했고, 미친 사람처럼 그녀를 안아주었다. 내가 집에서 빼내온 낡은 여행용 담요 위에서 우리는 몇 시간이고 사랑을 나누었다.

그러나 그녀의 아버지가 병에서 회복하자, 우리는 우리의 사랑을 숨기기 위해 향연실이 아닌 다른 약속 장소를 찾아야 했다. 아직 이집트에 남아 있는 관광객들에게 우리의 사랑을 들킬 염려도 있었다. 지하묘지는 수많은 피신처를 숨겨둔 곳이었고, 우리는 그곳에 있는 열쇠로 문을 잠글 수 있는 조그만 기도실 하나를 새로운 약속 장소로 삼았다. 기도실 벽을 장식한 프레스코화에 그려진 프톨레마이오스 왕조 시대의 신들만이 그곳에서 우리의 사랑을 지켜볼 수 있었다.

나는 만수르가 괜한 의심을 품지 않게 일주일에 한 번씩은 향연실을 찾아가 예전처럼 공상에 잠겼다. 공상하는 시간이 점점 짧아진다는 것과 내 공상이 오직 야스미나에 대한 생각으로 가득 찬다는 것 외에는 달라진 것이 없었다. 때때로 나는 어두운 생각에 사로잡히곤 했고, 그런 생각을 하게 되면 몸이 부르르 떨려왔다. '어쩌면 그녀는 나를 사랑하지 않는지도 몰라. 그저 폐쇄적인 자기 부족에서 탈출하려는 생각으로 내게 몸을 준 것인지도 몰라.' 그런 생각이 들면 나는 마치 고문을 당하는 것 같았다. 언젠가 그녀가 아버지와 함께 시내에 가본 적이 있다는 이야기를 했다. 그녀는 그때 휘황한 불빛과 상점들 그리고 시장

여기저기에 널려 있는 오만 가지 유혹에 눈이 부셨다고 했다. 그녀는
자신이 갇혀 있는 사막에서 탈출하고 싶어했다. 그녀 이전에 살았던
수많은 여인들이 감내해야만 했던 운명, 즉 가족이라는 울타리 아래에
서 강제로 결혼을 하고, 줄줄이 아이를 낳고, 힘든 노동을 하는 것은
자신으로서는 도저히 불가능한 일이라고 말했다.

영리한 그녀는 진열장에서 물건을 훔쳐 소유하는 것으로는 자기가
엿보았던 천국의 문이 열리지 않는다는 것 또한 잘 알고 있었다.

때때로 나는 그녀가 자신의 매력을 팔고 다니지는 않을까 겁이 났
다. 거기에 생각이 미치면 별의별 끔찍한 영상들이 떠올라 나를 고문
했다. 나는 그런 생각이 떠오를 낌새만 보이면 즉시 쫓아버렸다. 나는
그 지옥 같은 환경에서 그녀를 구출하기 위해서라면 무슨 일이든 다
할 각오가 되어 있었다. 나는 영원한 사랑을 믿었고, 그녀 말고는 어떤
여인도 사랑하지 못할 거라는 사실을 막연하게나마 감지하고 있었다.

그해 여름, 우리는 매일 새로운 감동을 가지고 만났다. 우리가 함께
보낸 몇 달은 내 몇 가지 근심거리를 제외하고는 어떤 슬픔도 어떤 우
울도 끼어들지 않았다. 우리는 미래에 대한 계획도 함께 세웠다. 마치
급류에 휩쓸리듯 사랑에 휩쓸려 뒹굴던 그 조그만 기도실은 우리가 소
유한 우주의 전부였다. 나는 그녀를 사랑하기 위해서만 살았다. 그녀
와 헤어지고 난 뒤에도 그녀의 부드러운 몸과 나를 애무하던 그녀의
몸짓, 사랑을 나눌 때 나를 바라보던 그녀의 부드러운 눈길을 떠올리
며 방금 전 우리가 함께 보낸 몇 시간을 되새기고 또 되새겼다. 그런
도취 속에서 그녀와의 만남을 더욱 연장시켰다.

우리를 갈라놓는 모든 것, 즉 계층이나 나이, 인종 같은 것은 전혀
중요하지 않았다. 나는 모든 것을 걸고 그녀를 사랑하고 있었으니까.

그러던 어느 날, 야스미나가 약속 장소에 나타나지 않았다. 그때 나는 기다림의 극심한 고통이 무엇인지 알게 되었다. 그럴 만한 사정이 생겨서 오지 못했을 거라고 위안을 하고 그럴듯한 이유들을 상상하며 나 자신을 안심시키려고 노력했지만 집으로 돌아가는 내 마음은 이루 말할 수 없이 고통스러웠다. 하늘이 무너지는 듯한 절망감을 느끼는 동시에 마음 한구석에는 막연한 걱정이 싹텄다. 다음날, 나는 콤 엘 슈가파까지 단숨에 뛰어갔다. 그러나 거기에도 야스미나는 없었다. 나는 침울한 기도실 안에서 빙빙 맴을 돌면서 미궁 같은 지하묘지에서 들려오는 온갖 소리에 귀를 기울였다. 누군가의 인기척을 들은 듯한 착각에 나선형 계단으로 달려가보기도 했다. 천만 년 같은 그 기다림을 잊기 위해 그리고 그녀가 달콤한 입맞춤으로 나를 깨우는 꿈을 꾸기 위해 잠을 청해보기도 했다. 그렇게 오랫동안 그녀를 기다렸지만 결국 그녀는 오지 않았다.

길고 긴 기다림의 나날은 나흘 동안이나 계속되었다. 나는 토요일이 되어서야 그녀를 다시 볼 수 있었다. 그녀를 보자마자 나는 뭔가가 변했다는 것을 직감적으로 느꼈다. 그녀의 미소는 예전과는 달라졌고 눈길은 우수에 젖어 있었다. 그녀는 내게서 빠져나가려고 했다. 하지만 나는 너무나도 절박하게 그녀를 필요로 했다. 우리의 행복이 끝날 수 있다는 것은 꿈에도 상상할 수 없었다. 그날 나는 매우 조심스럽게 애정을 담아 그녀와 사랑을 나누었다. 그러나 그날은 내가 그렇게도 좋아하던 그녀의 웃음소리, 장난기 어린 그 웃음소리를 전혀 들을 수 없었다.

사랑이 끝난 뒤, 야스미나는 조용한 목소리로 나에게 말했다. 그녀의 아버지가 한 유럽인 가정에 자기를 하녀로 맡겼기 때문에 이제는 예전처럼 자주 만날 수 없다는 것이었다. 일주일에 한 번 토요일마다 만날 수 있지만 그나마도 확실치 않다고 했다. 그녀의 말로는 고용주들이 한시도 눈을 떼지 않고 그녀를 감시하기 때문이라는 것이었다. 그녀는 그 유럽인 가정이 어디인지, 자기가 일하는 집이 어디인지 말해주지 않았다. 그저 재빨리 나에게 입맞춤을 한 뒤 다음 토요일에 만나자고 하고는 가버렸다.

두 달 동안, 나는 토요일만 기다리면서 지냈다. 집 밖으로는 거의 나가지도 않았다. 다른 방향으로 생각을 분산시키기 위해 독서와 습작에만 몰두했다. 다행히도 내게는 니콜라가 있었다. 『동방의 편지』와 관련하여 불미스러운 사건이 있었지만, 나는 여전히 그와 함께 문학적 영광에 대한 꿈을 나누고 있었다. 영원에 도달하는 길은 오직 문학을 통한 길뿐이라는 생각이었다. 나는 니콜라의 힘과 매력에 압도당해 그의 그림자 속에서 지내기는 했지만, 그래도 습작에서만은 그와 동등한 수준이라고 생각했다. 아니, 오히려 내 문체가 그의 문체보다 뛰어나다고 여겼고, 내 사고가 그의 사고보다 더 독창적이라고 믿었다.

그런데 그런 그가 오늘날 세계에서 노벨 문학상 다음으로 명예로운 문학상인 공쿠르 상을 받다니…… 영광을 누리는 자가 바로 그라니! 반면 나는 여전히 그의 그림자 속에 가려져 있다. 그가 작품을 쓰면 나는 교정을 보고 그것을 영문판으로 출판한다. 그는 유명하다. 그런데 내가 누구인지는 아무도 모른다.

문학을 벗 삼아 보내는 우울한 일주일이 끝나가는 토요일이면 행복이 나를 기다리고 있었다. 나는 거칠게 뛰는 가슴을 안고 나의 야스미나를 찾아 지하묘지의 기도실로 달려갔다. 나는 항상 그녀보다 먼저 기도실에 도착했다. 기다림이 선사하는 육감적인 불안을 즐기기 위해 그리고 지하묘지의 어슴푸레한 빛 속에 불쑥 나타나는 그녀의 아름다운 모습을 마음껏 바라보기 위해서였다.

그러던 어느 토요일, 그녀는 하얀 타르하*로 목부터 발목까지 전신을 가린 차림새로 나타났다. 그런 그녀의 모습이 마치 이교도들이 숭배하는 여신 혹은 동정녀 같았다. 그녀는 나와의 신체접촉을 거부했다. 그리고 겨우 오 분 정도만 머물 수 있다고 말했다. 나는 필사적으로 그녀를 붙잡으려 했고, 그녀는 부드러운 손길로 나의 머리를 어루만지면서 위로해주었다. 그리고 내 귓가에 대고 이렇게 속삭이는 것이었다.

"다음주 토요일에 잊지 말고 나와."

그리고 그녀는 모습을 감추었다.

그후, 다시는 그녀를 볼 수 없었다.

나는 두 번의 토요일에 연달아 우리의 약속 장소를 찾아갔다. 그러나 그녀는 끝내 나타나지 않았다. 내 영혼은 극심한 고문을 당하고 있었다. 나는 그곳에서 하염없이 그녀를 기다렸다. 일어날 법한 모든 가설들이 내 머릿속을 하나씩 스치고 지나갔다. '사막의 소녀들은 본래 야성적이고 매인 데가 없는 법이지'라고 생각하며 스스로를 위로하기도 했다. 어쩌면 그녀는 모래언덕과 바람 그리고 사막을 찾아 떠났는지도 모른다는 생각도 들었다. 그러나 그런 상상은 나 혼자만의 것이었고 그것이 사실일 가능성도 희박했다. 만수르가 자기 자식들에 대해

---

* 북아프리카 이슬람권 국가의 여성들이 몸에 두르는 일종의 스카프.

서만큼은 얼마나 철두철미한지 잘 알고 있었기 때문이다.

혹시 일하는 집에서 토요일에도 일을 시키는 걸까? 나는 우연히라도 그녀와 마주치지 않을까 하는 일말의 바람을 품고 유럽인들이 거주하는 호화로운 구역을 이리저리 배회했다. 혹시나 그녀가 나를 배신한 것은 아닐까 하는 공포감에 몸을 떨기도 했다. 그런 생각이 들 때면 견딜 수 없는 고통이 나를 사로잡고는 놓아주지 않았다.

마지막으로 나는 최후의 비극까지 생각해보았다. 누군가가 그녀를 살해한 것은 아닐까? 그녀가 정조를 잃었다는 것을 알게 된 아버지나 오빠가 그녀의 오욕을 씻어주기 위해 그녀를 죽인 것은 아닐까? 펠라족이나 베두인족 사회에서는 그때까지도 명예를 지키기 위한 그런 식의 살해가 심심치 않게 일어났다. 그러나 그런 사건은 대체로 외부에 잘 알려지지 않았고 처벌받지 않은 채 넘어가곤 했다. 때때로 신문의 사회면에 신분을 확인할 수는 없는, 목이 졸리거나 칼에 찔려 죽은 소녀의 시체가 발견되었다는 기사가 나올 뿐이었다. 그들 부족들은 항상 가변적이었고 인구조사도 제대로 되어 있지 않을뿐더러 부족 밖의 행정력보다는 집단 내의 규칙과 공모 어린 침묵이 우월했으므로 아무도 그런 사건에 대해 이의를 제기하지 않았다.

나는 낮에도 밤에도 그녀를 찾아 헤맸다. 그리고 미친 사람처럼 괴로워했다. 아, 그녀를 다시 만날 수만 있다면, 단 한 번만이라도!

저녁이 되면 나는 사금파리 언덕에 올라갔다. 그곳 지하묘지 입구의 기둥에 몸을 기댄 채 야스미나를 처음 만난 곳, 어둠에 싸인 텐트에 눈을 고정하고 서 있었다. 절망감에 가득 차고 불행으로 화석이 되어버린 나는 그렇게 기다리고 또 기다렸다. 검은색 모직 텐트 자락에 그녀의 움직임이 비치는 것 같았고, 그녀의 목소리, 그녀의 외침, 그녀의 웃음소리가 들리는 것 같았다. 그러나 아니었다. 내 착각이었다. 나는 그렇게 몇 시간을 보내고 터덜터덜 걸어서 집으로 돌아왔다. 욕지기가 치밀어 속이 뒤집힐 것 같았고, 쿵쿵거리던 심장박동 소리와 멀리서 들려오던 파도소리가 머릿속에 계속 울려 퍼졌다.

그러던 어느 날 아침, 신문에 그녀의 사진이 실렸다. 죽음조차 범하지 못한 아름다운 얼굴 아래에는 '운하에서 발견된 신원미상의 소녀'라고 적혀 있었다. 그녀는 마흐무디 운하에서 칼에 찔린 시체로 발견되었다. 부검 결과 임신중이었다고 했다.

야스미나가 죽었다니! 그녀가 죽었다니! 그것도 내 잘못 때문에! 큰 충격을 받은 나는 길거리를 마구 헤매고 다녔다. 다시는 만날 수 없는 야스미나를 떠올리며 이 세상의 모든 슬픔을 짊어진 늙은이처럼 하염없이 울었다. 그녀를 잃은 순간, 나는 모든 것을 잃어버렸다. 크나큰 절망에 사로잡힌 나는 몇 번이나 자살을 기도했다. 창문에서 뛰어내리기도 하고 물에 뛰어들기도 했다. 나는 살인자였고 죽어 마땅한 놈이었다.

삼십 년이 넘는 세월 동안 나는 만수르가 우리의 사랑을 눈치채고 가족의 명예를 지키기 위해 자기 딸을 죽인 거라고 믿어왔다.

5

뒹케르크…… 쏟아지는 화염 아래에 퇴각한 영국군과 폴란드군, 벨기에 군대의 항복, 몽투아르에서의 수치스러운 악수…… 전쟁의 패배에 대한 이 모든 기억이 내 머릿속에서는 나 자신이 겪은 불행의 기억과 함께 어우러져 있다.

이집트에서도 모든 것이 와해되기 시작했다. 먼저 프랑스에 대한 이미지부터 시작해서 시리아인, 유대인, 레바논인 그 외 모든 프랑스어권 국가들이 심어놓은 좋은 인상이 한꺼번에 무너지기 시작했다. 그들은 패배를 믿지 않았고, 이건 반역이라고 외쳐댔으며, 기적이 일어나기를 바라고 있었다.

그 와중에 행해진 드골 장군의 애국적 호소는 정계 인사들과 지중해의 프랑스 함대를 지휘하던 장교들 사이에 그리 큰 반향을 불러일으키지 못했다. 기회주의의 소산이었을까? 아니면 절대복종이라는 군대의 속성에서 비롯된 결과였을까? 아무튼 정권은 페탱의 손에 쥐여 있었다. 페탱이 곧 프랑스였다. 비시에 수립된 페탱 정권은 모든 면에서 프랑스의 명예를 실추시켰다. 그러고 보니 샤토브리앙의 문장 하나가 머릿속에 떠오른다. "패배의 영광과 포기의 영예 그리고 모욕받은 조국에 대한 자부심을 말하는 무릎 꿇은 정부를 떨리는 목소리로 여러분께 추천합니다."

그러나 그 와중에도 몇몇 사람들이 드골 장군 편에 모여들었다. 니콜라의 아버지도 그런 사람 중 한 명이었다. 니콜라의 아버지는 런던으로 떠났다. 그리고 자유 프랑스의 사령부에 최초로 참여한 인물 중 한 사람이 되었다. 그는 그 예외적인 행동으로 일약 스타로 부상했다. 일 년 후에는 내 아버지도 런던으로 자리를 옮기게 되었다.

니콜라는 철학 과목으로 대학입학 자격증을 취득하고는 자기 아버지를 따라갔다. 그래서 나는 야스미나의 죽음을 알게 된 후 끔찍스러운 몇 주를 혼자서 보내야만 했다. 엘리아스와 이렌도 나를 피했고, 나는 함께 이야기를 나눌 사람이 한 명도 없었다.

나는 그녀가 어디에 묻혔는지조차 알지 못했다. 아니, 과연 그녀가 어딘가에 묻히기는 했을까? 나는 우리가 정신없이 사랑을 나누던 기도실에서 그녀가 안식을 취하고 있다면 얼마나 좋을까 하는 바람을 가져보았다.

그러면 나는 그녀에게 가서 그녀를 따뜻하게 덥혀주고 그녀에게 이야기를 들려줄 수도 있을 텐데…… 그러나 나에게는 그런 식의 위안조차 허락되지 않았다. 그녀를 기억할 수 있는 유물이 내게는 아무것도 없었다. 가슴에 대고 꼭 껴안을 수 있는 헝겊 조각 하나, 손수건 한 장 남아 있지 않았다.

리비아 사막에 폭탄이 비 오듯 쏟아진다 해도, 패전과 승전이 엎치

락뒤치락 번갈아가며 이어진다 해도 나에겐 아무런 의미가 없었다. 야간 경계경보가 울리면 어머니는 대피소로 내려가라고 나를 재촉하셨다. 하지만 모든 것이 시들하게만 느껴졌다. 겉창을 두들겨대는, 이제는 익숙해진 폭격소리도, 멀리서 혹은 가까이서 터지는 대형 폭발물 소리도 내 주의를 끌지 못했다. 오직 한 가지 생각이 어머니와 내 뇌리를 떠나지 않고 맴돌았다. 바로 아버지와 합류해야 한다는 생각이었다. 그래서 어머니와 나는 내가 빅토리아 칼리지에서 공부를 마치고 학위를 따자마자 첫 후송선을 타고 이집트를 떠났다.

나는 영국으로 향하는 그 배 안에서 전쟁을 처음 피부로 느꼈다. 그 낡은 수송선은 군인들과 군수품을 이집트에 내려놓고 휴가병과 부상자들을 본국으로 후송하는 중이었다. 곳곳에서 독일과 이탈리아의 순찰 잠수함이 출현했다. 또한 영국 해군의 가장 큰 군함인 로열 아크가 빛나는 과거의 전적과 함께 바닷속으로 가라앉아버렸다는 소식도 들려왔다. 상징적인 의미를 갖고 있던 그 군함의 종말은 비참하기는 했지만 함장의 행위에 대한 영웅적 일화를 듣자 미소를 짓지 않을 수 없었다. 그 일화는 영국인의 냉철함을 다시 한 번 과시하는 믿기 힘든 일화였다. 당시 그 함장은 막 제독으로 승진한 참이었는데, 구조원들이 몇 명 되지 않는 생존자들을 물 위로 끌어올렸을 때, 그는 자신의 제독 모자를 물 밖으로 치켜들고 한 손으로만 헤엄을 치고 있었다고 했다. 모자에 달린 금제 휘장을 훼손시키지 않기 위해서였다. 사실 그것은 전시에 그 무엇과도 바꿀 수 없는 귀중한 것이기도 했다. 영국은 바다를 지배하리라!

그때까지 나는 나만의 슬픔에 푹 빠져 있었고 나만의 고통을 통해 전쟁이라는 현실을 보고 있었다. 그러나 그때부터는 타인의 고통을 통해 현실을 직시하게 되었다. 온몸을 붕대로 친친 감은 부상자들은 말 그대로 살아 있는 미라였다. 아니면 뒤틀리고 부어오른 살덩어리에 불과했다. 들것 위에 누운 부상병들은 탈진 상태로 혹은 사지가 절단된 채로 끊임없이 신음하고 끊임없이 구조를 요청했다. 그러나 간호사들의 수가 많지 않았고 그나마 돌보아야 할 환자가 너무나 많았기 때문에 이리저리 부산하게 허둥대고 있었다. 나라는 존재는 그곳에서 아무런 쓸모가 없었다. 부상병들의 고통을 덜어주는 데 속수무책이었던 나는 나 자신의 무력함을 뼈저리게 실감했다. 내가 할 수 있는 일이란 고작 그들의 옆에 앉아 이야기를 들려주거나 그들의 이야기를 들어주는 것 정도였다. 그때 그들에게서 들은 이야기들은 내게 두려움에 대한 새로운 인식을 심어주었다. 좁디좁은 알렉산드리아 백인사회에서 보호받으며 살던 나는 실제로 벌어지고 있는 역사적 폭풍의 실상이 어떤지 그제야 알게 된 것이다. 지옥의 묵시록을 연상시키는 그들의 이야기보다 그들의 침묵이 나를 더 공포에 떨게 했다. 멍한 그들의 시선에서는 오로지 공포만 읽혔다. 나는 그들에 비교되는 햇볕에 그을린 내 얼굴과 멀쩡한 사지 그리고 가슴을 짓누르는 사랑의 상처에 말할 수 없는 수치심을 느꼈다.

런던은 도시 자체가 악몽이었다. 나는 절망감에 휩싸인 채 고통으로 신음하는 도시 이곳저곳을 헤매고 다녔다. 시커멓게 타서 잔해만 남은 건물 벽들 사이에 세인트 폴 사원과 웨스트민스터 사원이 기적처럼 우뚝 서 있었다.

지금까지 나는 이기적으로 살아왔다. 하지만 이제는 낭만적인 슬픔에서 벗어나, 내 이기적 슬픔에서 벗어나 좀더 큰 것을 위해 살아야겠다고 마음먹었다. 나는 조국이라는 개념을 그때 발견한 것이다. 나는 전체의 불행을 해소하는 일에 봉사하기 위해 개인적 불행은 잠시 잊기로 결심했다.

그 같은 영웅적 열정은 내 마음에 군인으로서의 소명감을 일깨워주었다. 의식하지는 못했지만 그것은 예전부터 나의 꿈이기도 했다. 우리 선조들이 워털루에서 그랬던 것처럼, 나도 포탄의 화염에 휩싸인 전쟁터로 나가고 싶었다. 그런 애국적 정열이 내 정신을 승화시켰다.

그러나 내 운명은 그리 장엄하지도 그리 영광스럽지도 않았다. 내 애국적 정열은 고작 지하 사무실에 착륙하고 말았다. 조국의 군대는 지적 능력을 가진 병사를 필요로 한다는 구실 아래 나를 지하 사무실의 책상 앞에 못박아두었던 것이다. 조국은 내 몸이 아니라 내 뇌세포와 내 언어능력을 활용하기를 원했다. 결국 나는 내 의사와는 정반대로 '자료부'라는 곳에 배치되었다. 도체스터의 어느 건물 지하 3층에 위치한 그 부서는 지극히 평범해 보이는 명칭의 이면 아래 군사기밀과 관련된 수많은 활동, 이를테면 문서 위조, 스탬프 위조, 암호문 해독을 비롯해 온갖 종류의 술책을 행하는 곳이었다.

우리는 어둠침침한 사무실에서 주로 중동과 아프리카 북부 마그레브를 무대로 한 수많은 음모들을 만들어냈다. 그 지역의 상황이 특히 복잡 미묘했던 것은 주축국의 세력에 맞선 투쟁뿐만 아니라, 암암리에 벌어지고 있던 유대인 집단의 지하운동에 대해서도 맞서야 했기 때문이다. 이르군*을 수뇌로 한 그 테러 집단은 이집트에서 시작해 팔레스

---

* 1931년 팔레스타인에 설립된 유대인 우익 지하운동 조직. 히브리어로 '민족군사조직'이라는 뜻이다.

타인 지방에 이르기까지 파괴 공작의 조직망을 확보하고 있었다. 그런 상황 속에서 첩자들과 음모자들은 뒤죽박죽 서로 얽히고설켜 상상을 초월하는 혼란스러운 양상을 띠고 있었다. 상황을 명확히 파악하기 위해서는 동양적인 섬세함이 필요했다. 실들은 얽히고설켜 모순적 요소들로 이루어진 직물을 짜내고 있는 것 같았으며, 겉으로 보기에는 도저히 풀리지 않을 것처럼 보였다. 그러한 가운데 우리가 해야 할 일은 적들이 만든 조직망 사이를 교묘히 빠져나오는 일이었다.

내가 맡은 임무는 그들에게 필요불가결한 가짜 신분증을 만들어주는 일이었다. 진짜와 구분이 되지 않을 정도로 정교하게 만들어야 했다.

매우 빠르게, 그렇다, 나는 정말이지 매우 빠르게 전쟁의 이면에 어둡게 가려져 있는 미묘한 게임에 빠져들어갔다. 몇 달 지나지 않아 나는 문서를 위조하는 기술 습득에 엄청난 발전을 보였고 상사들은 그런 나를 보고 경탄했다. 잉크병, 종이, 타자기, 스탬프 등이 내 기술에 날개를 달아주었다. 인내심과 뛰어난 후각이 그리고 절묘한 기술이 뒷받침된 내 지식은 잘된 가짜와 서투른 가짜를 구별하게 해주었다. 작업의 질을 높이기 위해 수감중 감옥에서 나와 우리 부서에 배치된 직업적 위조 전문가들조차 내 실력을 인정했다.

우리의 조국이 위험한 상황에 처해 있었고, 나는 나에게 요구되는 헌신적 열정을 가지고 하루에 열다섯 시간씩 어떤 때는 스무 시간씩 일했다. 육체적 피로는 비극적으로 끝난 야스미나와의 추억을 내 의식 깊숙이 묻어두는 데 도움이 되었다. 나는 불현듯 치솟는 연애감정을 철저히 죽이려고 노력했으며 내 개인적 불행을 잊으려고 애썼다. 지금까지는 온실 속의 화초처럼 나약하고 쓸모없는 존재로 살았지만, 이제는 나도 어딘가에 꼭 필요한 존재가 되었음을 느낄 수 있었다.

당시 니콜라 역시 영국에 있었다. 그는 런던에서 그리 멀지 않은 공군기지에서 복무하고 있었다. 자유 프랑스 공군의 조종 연수생 복장을 하고 있을 그의 모습을 상상하자, FRANCE라고 새겨진 작은 방패꼴 모양의 장식이 달린 진한 청색 군복을 입은 그의 모습이 눈앞에 떠올랐다. 거기서도 그는 열정적이고 모험적인 청년이라는 평판과 함께 많은 갈채를 받고 있을 것이다. 휘몰아치는 바람에 깎인 장 메르모즈*와도 같은 그의 옆모습을 수많은 여인들이 추앙하고 있을 것이다. 아슬아슬한 모험도 많이 했을 것이다. 한마디로 그는 하늘에서 승전가를 부르고 있었던 것이다. 그런데 나는 밀폐된 지하에서 먼지 냄새나 맡으며 햇볕도 보지 못한 채 지하실의 쥐새끼처럼 허옇게 뜬 얼굴을 하고 있었다. 그늘, 내게는 항상 그늘만 주어졌다. 찬란한 빛은 언제나 니콜라 차지였다.

나의 아버지는 몬테 카시노에서 장렬하게 전사했다. 아버지가 돌아가신 후, 어머니는 하루가 다르게 무너졌다. 인생에서 아버지와 나에 대한 사랑밖에 가진 것이 없었던 어머니는 이제 거의 종교적 헌신을 가지고 나를 사랑하셨다. 어머니의 생활은 현실세계에서 완전히 격리되었다. 세상도, 전쟁도, 다른 사람들의 고통도 어머니와는 상관없는 일이었다. 어머니는 조그만 아파트에 칩거하면서 자신의 세계 속에 침잠한 채 그저 숨만 쉬고 있을 뿐이었다. 어머니는 항상 방문을 반쯤 열어둔 채 혹시 내 발걸음 소리가 들리지 않나 하여 복도에서 들리는 온갖 소리에 귀를 기울였고, 혹시 내 목소리를 들을 수 있을까 하여 떨리

---

* 프랑스의 전설적인 조종사(1901~1936).

는 손으로 전화기를 움켜쥐었다. 그곳은 무無의 변방이었다. 남편에 대한 애도와 아들에 대한 기다림으로 점철된 생활 속에서 어머니는 당신 고유의 화사한 미소까지 잃어버렸다. 이마에 깊은 주름이 파였고 그것은 어머니를 더욱 늙어 보이게 했다. 내가 만일 전방으로 발령을 받았다면 그 사실 하나만으로도 어머니는 돌아가시거나 아니면 정신을 놓으셨을 것이다. 아닌 게 아니라 내가 이틀 정도만 밖에서 지내도 어머니는 끔찍한 공포에 사로잡혔다.

그러나 오해할 만한 수준은 아니었다. 어머니가 도가 지나치게 나에게 집착한 것은 아니라는 뜻이다.

단지 어머니는 나를 사랑하셨다. 그뿐이었다. 그러나 어머니의 그런 사랑은 나를 가두고 나를 숨막히게 했다. 어머니가 나에게 원한 것은 그녀와 함께 있어주는 것뿐이었다. 더도 덜도 아닌 그것뿐이었다. 나는 어머니를 깊이 사랑하고 있었다. 그런데도 어머니의 그런 요구가 때로는 무겁게 느껴졌다.

지금 돌이켜보면 당시의 내 모습을 안개에 싸인 듯 흐릿하게나마 그려볼 수 있다. 문서 위조 기술에서 완벽한 경지에 이르기 위해 매일 노력을 쏟아부으며 지하 사무실과 어머니가 계시는 두 칸짜리 아파트 사이를 왔다갔다하던 젊은이의 모습이 그려진다. 나는 목을 빼고 내 귀가를 기다리는 어머니를 위해 종종 꽃이나 과자 등 작은 선물을 들고 귀가하곤 했다. 어머니의 얼굴에 미소를 되찾아주기 위해, 어머니를 허탈한 상태에서 구해내기 위해 재미있는 이야기를 지어내 들려주기도 하고, 신경 써서 기억해둔 재미있는 농담을 들려주기도 했다.

그렇게 몇 달이 흘렀다. 그 동안에도 전쟁은 계속되었다. 전쟁에 대해 내가 아는 거라고는 포탄 소리와 경계경보를 알리는 귀청을 찢는 사이렌 소리뿐이었다. 그러던 어느 날, 내 피를 다시 끓어오르게 한 일이 벌어졌다.

그날도 여느 때와 다름없이 피곤한 하루 일과를 마치고 귀가하던 중이었다. 내 머릿속은 문서 위조 문제로 복잡했다. 나는 집으로 가는 버스에 올랐다. 내 옆에 어떤 여자가 앉아 있었는데, 그녀는 내 얼굴을 잠시 쳐다보더니 "실례지만 제 치마를 깔고 앉으셨어요" 하고 말하는 것이었다.

나는 약간 놀라기도 하고 당황스럽기도 해서 벌떡 일어서서 "죄송합니다"라고 말했다.

그녀는 살짝 웃어 보이고는 "고마워요. 그런데 왜 다시 앉지 않으세요?" 하고 물었다.

내가 대답했다.

"아, 예, 앉아야죠. 제가 정신이 나간 것 같군요."

그러자 그녀가 응수했다.

"그게 아니라 제가 보기에는 몹시 지쳐 보이시는데요."

그 일을 계기로 우리는 지극히 평범한 이야기부터 시작하여 자연스럽게 대화를 이어나갔다. 내성적인 내 성격을 아는 사람이 그때의 내 모습을 보았다면 퍽이나 의아하게 여겼을 것이다.

그때 갑자기 경계경보가, 귀를 먹먹하게 하는 엄청난 사이렌 소리가 울리기 시작했다. 뒤이어 거대한 폭발음이 들려왔다. 그 어마어마한 기운에 버스가 기우뚱하기 직전, 나는 반사적으로 그녀를 팔에 끼고 버스 바닥에 몸을 던졌다. 그리고 의식을 잃었다.

살이 타는 끔찍한 냄새에 정신을 차려보니 내 옷이 온통 피투성이였다. 얼굴을 알아볼 수 없을 정도로 잔혹하게 머리가 깨져 내 옆에 뒹굴고 있는 그녀의 피였다.

나는 공포심에 몸을 떨면서 오랫동안 딸꾹질하듯 훌쩍거리며 울었다. 그녀가, 내가 그리고 삶이 비탄스러웠다.

그런데 신기하게도 그 충격이 나에게 일종의 구원의 손길이 되어주었다. 그 일은 나로 하여금 전쟁의 현실을 직시하게 해주었고, 나를 점점 유령으로 만들어가던 무감각 상태에 맞설 힘을 주었다. 나는 스코틀랜드에 사는 명랑하고 혈기왕성한 사촌누이 집으로 가서 지내시라고 어머니를 설득했다. 결국 어머니는 매일 편지를 보내겠다는 약속을 받아낸 뒤 나와의 이별을 받아들였다.

나는 어떤 식으로든 열심히 살아야겠다고 결심했다. 나는 살아 있다는 몸짓을 보이려고 애썼다. 밤이면 선술집에 가서 술을 한잔 걸치기 위해 런던 시내를 돌아다녔다. 주머니 사정 때문에 두세 번쯤은 여자들이 나오는 군인 술집에 들어간 적도 있다. 그러나 야스미나를 잊기 위한 처절하고도 우스꽝스러운 시도들은 번번이 처절한 모욕감과 패배감만 안겨주었다.

처음으로 실패를 맛보았을 때, 나는 오랫동안 금욕 생활을 한 탓이려니 하고 생각했다. 야스미나 이후로는 어느 여자와도 잠자리를 해본 적이 없었으니 말이다. 음식을 먹으면 식욕도 자연히 돌아오는 법이려니 하고 간단히 치부해버렸다. 두번째 시도에서는 파트너의 오톨도톨한 엉덩이가 내 흥분감에 찬물을 끼얹었고, 나는 그녀의 엉덩이에서 원인을 찾았다. 그후로는 심각하게 걱정이 되기 시작했다. 겨우 스무 살 나이에 그렇게 무기력하다는 것이 말이 되는가? 야스미나의 죽음이 나의 생식본능까지 빼앗아갔단 말인가? 이제는 정녕 다른 여자를 원할 수도 소유할 수도 없는 것인가? 내가 마법에라도 걸린 것일까?

덜컥 겁이 난 나는 별의별 방법을 다 동원해보았다. 추하고 외설적인 성적 환상까지 실현해보려고 시도했다. 그러나 무슨 짓을 해봐도 소용이 없었다.

그러던 어느 날 밤이었다. 그날도 나는 내 고질적인 무기력을 질질 끌면서 혹여 내 몸을 전율하게 만드는 여인을 발견할 수 있을까 하는 일말의 기대감을 갖고 웰링턴을 헤매고 있었다. 그날 밤 내가 찾은 곳은 비행사들이 많이 모이는 선술집이었는데, 거기서 나는 니콜라를 보았다. 그의 모습이 번쩍이는 후광 속에 다시 한 번 나타났다. 그것은 아마도 부러움과 경탄으로 왜곡된 내 시선이 만들어낸 후광이었을 것이다. 그를 보고 있으면 게리 쿠퍼와 로맹 가리가 동시에 연상됐다. 그는 영화의 주인공이면서 동시에 전쟁 영웅이었다. 유니폼을 입은 그의 모습은 정말 일품이었다. 가죽혁대로 상의의 허리 부분을 바싹 조인 탓인지 어깨가 한층 돋보였고, 전체적인 골격은 마치 늘씬한 육상선수 같았다. 그때까지만 해도 나는 내 중위복이 상당히 근사하다고 느꼈는데, 그의 군복을 보는 순간 몸이 움츠러드는 것 같았다.

게다가 그는 에디트 피아프의 상송 가사에 나오는 것처럼 멋지게 주름이 잡힌 하얀 실크 스카프를 어깨에 두르고 있었다. 그렇다. 그는 진정 돋보이는 주인공이었다. 그리고 그가 눈에 넣어도 아프지 않을 듯 바라보던 붉은 호박색 머리의 진저 로저스는 또 얼마나 아름다웠던가.

나는 그 자리를 피하고 싶었다…… 수줍음 때문이었을까? 아니면 나 자신이 초라하게 느껴졌기 때문일까? 그러나 이미 늦었다. 니콜라가 벌써 나를 알아본 것이다.

내가 사람들 사이를 지나 문 밖으로 나가려고 할 때, 그가 큰 소리로 내 이름을 불렀다.

"에드워드! 에드워드!"

그는 다가와서 나를 다정하게 포옹했고, 우리가 다시 만난 것을 축하해야 한다며 샴페인 한 병을 주문했다. 그러고는 자신이 겪은 전쟁 이야기를 풀어놓기 시작했다.

그에게 전쟁은 커다란 모험이자 러시안 룰렛 같았다. 그가 생각하는 전쟁은 오로지 저 높은 곳에서만 행해지고 있었다.

"죽음? 좋지. 하지만 진흙탕에 뒹굴면서 죽음을 맞이한다거나 지하의 골방에서 죽는 것은 사절이야. 만약 죽음을 맞이한다면 저 높은 하늘에서 맞이해야지. 창공의 영웅! 그래, 그 정도는 돼야 근사하지 않겠어?"

진저 로저스가 그의 무용담이라면 골백번도 더 들었다는 표정으로 자리에서 일어나 엉덩이를 흔들며 춤을 추러 갔다. 그때부터 니콜라는 자신의 연애담을 아무 거리낌 없이 떠벌려댔다. 비행기에서 내리기만 하면 귀여운 여자애들이 정신을 못 차리고 달려들어서는 그의 팔에 매달려 까무러치더라는 것이다. 게다가 항상 죽음의 위기를 느끼며 하루하루 지내다보니 욕구가 점점 가중된다고 했다. 신경을 다른 데로 돌리고 기분을 전환하기 위해 항상 여자를 끼고 산다고 했다. 다음날이라도 저 높은 창공에서 삶을 하직해야 할지도 모르는 그에게 여자는 삶에 대한 의욕을 재충전시켜주는 존재라고도 했다. 그래서 그는 간호사, 여자 조수, 남편을 전쟁터에 보내고 홀로 남은 부인, 과부 등 아무 여자에게나 닥치는 대로 덤벼들었다고 했다. 참으로 어마어마한 섭렵이었고 그 자신도 그 엄청난 욕망에 스스로 놀랄 정도라고 했다.

그는 내 어머니에 대해서는 한마디도 묻지 않았다. 그저 내가 하는 일에 대해 몇 마디 물었을 뿐이다.

사람은 누구나 자기 일을 가장 중요하게 생각하는 법이지만, 특히 그는 스스로 생각하는 '자기'가 너무나 대단해서 다른 사람에게 신경을 쓸 여유가 전혀 없었다. 나는 그의 존재가 내 생활에 아무런 도움이 되지 않으리라 확신했고, 다시는 그를 만나고 싶지 않다고 생각했다.

그러나 나는 내 바람과는 달리 몇 주 후 또다시 그를 만나게 되었다. 바로 퀸 빅토리아 병원에서였다. 그는 비행기를 타고 가다가 사고를 당했고, 파손된 비행기를 불시착시키다가 심한 부상을 입었던 것이다. 내가 병원으로 찾아갔을 때, 그는 사흘간의 혼수상태에서 막 깨어난 참이었다. 의료진이 싸늘한 천으로 온몸을 식혀주었지만 열이 40도를 넘나들었다. 그의 병상 주변에서 나는 전에 영국으로 돌아오는 후송선에서 목격한 것과 같은 아비규환의 현장을 다시 한 번 목격했다. 병실은 극심한 화상 환자, 불구자, 얼굴을 알아볼 수 없을 정도로 머리가 깨진 환자들로 넘쳐났다.

나는 영국 왕실 소속의 특수부서에서 상당히 중요한 임무를 수행하고 있었으므로, 런던의 군사병원을 포함해 웬만한 곳은 마음대로 드나들고 책임자들과도 자유롭게 면담할 수 있었다. 나는 니콜라의 진단 결과에 대해 군의관에게 질문했다. 군의관은 니콜라가 여러 종류의 마비 증세를 보이고 있으며 이번 사고로 인해 다양한 후유증을 앓을 가능성이 있다고 설명했다.

내가 처음 병원을 방문했을 때, 그는 미라처럼 온몸에 붕대를 친친 감고 있었고, 약물과 열에 시달린 탓에 몹시 초췌한 모습이었다. 그는 나를 알아보지도 못했다. 그저 침대에 깊숙이 파묻힌 채 퀭한 눈으로 나를 쳐다보았을 뿐이다.

나는 시간이 날 때마다 그를 찾아갔다. 그도 나의 방문을 기쁘게 여기는 것 같았다. 그는 조금씩 원기를 회복했고 체온도 정상을 찾아갔다. 그는 비행기 사고가 났던 상황을 정확하게 기억하지 못했다. 막연히 비행기 동체에 폭발이 일어났다는 것만 기억할 뿐, 그 외의 것은 전혀 기억하지 못했다. 그의 바로 옆 침대에서는 죽음이 임박한 중환자가 음산하게 신음을 하고 있었고, 조금 멀리 떨어진 침대에서는 중상을 입은 부상병이 잠든 상태에서 헛소리를 하고 있었다. 그 낡은 병원에는 하루가 멀다 하고 상한 몸뚱어리와 부서진 뇌들이 운반되어 왔다. 수술실은 한시도 비어 있을 때가 없었고, 의사들은 하루에 스무 시간씩 수술을 해야 했다. 들것들로 꽉 찬 복도에서는 페놀 냄새가 진동했다.

머칠이 지난 후, 니콜라는 몇몇 특별 환자에게 주어지는 특별 대우 덕분에 악취와 고통스러운 아우성에서 벗어나 조용한 독실로 옮겨졌다. 그 특별 대우는 그가 건강을 회복하는 데 다른 어떤 치료보다도 큰 효과를 발휘했다. 열이 내렸고 횡설수설하던 말투도 급속히 정상을 찾아갔다.

니콜라가 부상을 입고 입원해 있던 그 기간은 우리 둘 사이의 관계에서 유일하게 축복받은 기간이었다. 그를 향한 내 감정에도 사악한 생각이나 질투심이 전혀 섞여들지 않았다. 그는 몇 년 동안 전쟁에서 받은 정신적 긴장감에서 해방되고 싶은 듯, 끝도 없이 전쟁에 대한 일화들을 풀어놓았고, 나는 기꺼이 그의 이야기를 들어주었다. 심지어 그의 허세까지도 내 마음을 울렸다. 그는 정말로 심각하고 중대한 일은 자기에게 일어나지 않을 거라고 굳게 믿고 있었다. 자기는 언제나 운이 좋은 사람이고 죽음이라는 것은 다른 사람들과 관련된 일이라고 말했다. 사실, 그는 이집트에서 가져온 수많은 부적과 마스코트들을 지니고 전쟁터에 나갔다. 솜을 넣어 만든 조그만 코알라 인형도 그의 조종석을 떠나지 않았다. 빛나는 전투복을 입고 출정할 때마다 그는 최악의 경우가 닥친다 해도 "투우사 망토만 뿔에 받힐" 거라고 믿었다. 이건 그의 표현이다. 물론 니콜라에게도 다른 사람들과 마찬가지로 두려움이 있었다. 그러나 그에게는 두려움 자체가 게임의 일부였다. 니콜라의 비행기는 수도 없이 격추의 표적이 되었고 화염에 휩싸여 불시착한 경험도 상당히 많았지만 그때마다 무사히 위기를 넘겨왔던 것이다.

그의 말에 따르면, 전투는 빛의 발사, 폭발, 불덩어리라는 세 단어로 요약된다고 했다. 1914년에 발발한 제1차 세계대전 당시에는 상대방의 눈을 응시할 수 있을 정도로 가까이 마주 보는 상태에서 공중전이 벌어졌다면서 자신이 1차 대전에 참전하지 않은 것을 하늘에 감사드린다고 말하기도 했다.

그가 냉정하게 말했다.

"나는 절대로 적의 눈을 보지 않아. 얼굴도 보지 않지. 조금 후면 내가 저승사자로 만들어버릴 상대니까 말이야. 그저 조종석에 앉은 사람의 형체만 감지해. 그러면 한 인간을 죽인다는 느낌보다는 기계를 격추시킨다는 느낌을 받게 되지."

니콜라는 비눗방울 같은 투명한 막에 둘러싸인 채 그 안에서 보호받고 있었다. 그는 자기가 원하는 색으로 채색한 그 막을 통해 현실을 바라보았다고 해도 과언이 아닐 것이다.

비행하면서 V-1을 따라잡아야 했던 이야기를 해주면서 그때의 재미가 아주 기막혔다고 회상하기도 했다. 실제 전투에서의 성공도 그에게는 운동경기의 승리와 같았으리라. 실제로 전투 경험담을 이야기할 때 그의 태도는 마치 그것이 스포츠 정도에 불과하다는 투였다.

"상상을 좀 해봐! 폭탄을 따라잡기 위해서는 먼저 비행기를 전속력으로 날게 해야 해. 그 다음에는 모터를 낮추고, 신에게 기도를 하면서 비행기의 날개 끝을 V-1의 조그마한 지느러미 아래에 살짝 밀어넣는 거지. 무슨 일이 일어날지는 아무도 모르는 거니까…… 그후의 과정은 더럽게도 복잡해. V-1 자이로스코프의 균형을 교란시키기 위해 비행기를 옆으로 기울여 한 바퀴 공중곡예를 하는 거야. 그야말로 근사한 발레 아니겠어? 폭탄을 살짝 스치고, 잘 겨냥하고, 그 다음에는 발사하고. 마지막으로는 충격의 범위에서 최대한 벗어나도록 아래쪽으로 급강하해야 해. 나머지는 운에 맡겨야지. 정말 머리가 돌지 않고서는 할 수 없는 짓이야, 안 그래?"

정신이 그리 맑지 않았던 어느 날, 니콜라는 기계장비 담당 특무상사가 기르던 '달러'라는 이름의 폭스테리어가 자기에게 얼마나 헌신적인 애정을 보여주었는지 장황하게 늘어놓기도 했다. 그가 조종석에서 무사히 내려오는 것을 보고 그 개가 너무나 기쁜 나머지 뱅글뱅글 돌면서 춤추던 모습까지 상세히 묘사해가면서. 그때 그의 목소리에는 흐느낌마저 어려 있었다.

니콜라의 성격은 야릇하고 복합적인 데가 있었다. 그 누구보다도 냉혹한 한편 감상적인 면도 있었는데, 전쟁이 그 감상적인 면을 더욱 부채질해놓았다. 그 감상적인 부분은 생명을 가진 모든 존재에게 발휘되었다. 아주 작은 벌레에서 커다란 고래까지. 그 중간에 악어를 거쳐서.

당시 니콜라는 부상의 충격 때문에 정신이 썩 맑지 못했고 거의 광인 같은 상태이기는 했지만, 마침내 전쟁이 끝났을 때는 10여 건의 공인된 전훈을 세웠다. 달리 말하면 전쟁영웅이라고 할 수 있었다. 나는 그의 그런 이카로스적 면모에 내심 감탄했다. 왜냐하면 그런 전훈은 내게는 절대로 불가능한 영광의 꿈이었기 때문이다.

한번은 그가 마음속에 있던 이야기를 이것저것 털어놓던 중에 소설을 한 편 쓰기 시작했다고 고백했다. 자전적 성격이 강한 소설로 전쟁을 주제로 한 것이라고 했다. 그는 단지 전쟁의 소용돌이와 파티에만 휩쓸려 살았던 것이 아니라 그러는 사이사이 많은 생각을 하고 있었던 것이다. 그는 "열정을 가지고"라고 설명했다.

"밤이 되면 덮쳐오는 피로와 추위에도 불구하고 조금씩 짬을 내어 내가 느끼는 단상들을 기록해두었어."

가끔씩 그의 기억이 뒤죽박죽 섞일 때도 있었다. 다시 말해, 단편적 기억만이 산재해 있을 뿐 그 기억들의 연대가 마구 뒤섞였던 것이다. 그런 증세는 그가 자신의 마지막 임무에 대해 이야기할 때 특히 심각했다.

"브레멘 상공에서 독일군의 폭격을 맞고 심하게 파손된 보잉 17기를 영국으로 끌고 올 때였어. 그때 나는 그 전투기를 몰고 가는 선도 역할을 한 거지. 그 전투기는 완전히 부서져서 거의 잔해라고 말해도 좋을 정도였어. 동체에는 강력한 폭격에 찢긴 흔적들이 은빛 줄무늬를 그리며 죽 이어져 있었지. 미사일 발사구는 완전히 못 쓰게 망가져 있었고…… 모터 하나에서는 기름이 줄줄 새고 연기가 나서 그렇지 않아도 정면으로 공격을 당한 조종석의 시야를 가리고 있었지. 부조종사와 항공사는 죽었고, 조종사는 부상당한 상태였어. 나는 파손된 부분에서 피어나는 검은 연막 때문에 거의 앞을 보지도 못하는 그 유령 같은 비행기를 멀쩡한 내 비행기로 유도해서 아군 진영으로 데려가야 했어. 나는 그 전투기 주위를 맴돌면서 그 전투기의 느린 속도에 맞춰 날고 있었어. 하지만 그렇게 느리게 전투기를 몰면 적의 표적이 되기 십상이라고. 나는 조종간을 꼭 붙들고 이를 악물었어. 욕설을 뇌까리면서도 이는 악물고 있었지. 폭발하기 일보 직전인 그 통닭을 이끌고 발트 해를 가로질러 날아야 했어. 영국 상공에 다다라 해안의 절벽이 눈에 들어올 때까지 말이야. 그곳에는 비상시에 활주로로 사용되는 고속도로가 있었는데, 그 고속도로 끝에서 사람들이 우리를 기다리고 있었지.”

“그래서? 그래서 어떻게 되었는데?”

갑자기 시선이 흐려진 니콜라가 내 얼굴을 쳐다보며 반문했다.

“응? 뭐라고?”

“그래서 그 일이 어떻게 되었냐고 물었어.”

“뭐라고, 뭐가 어떻게 되었냐는 거야?”

“니콜라 네가 하던 그 이야기 말이야……”

니콜라가 중얼거렸다.

“네가 도대체 무슨 얘기를 하는 건지 모르겠다. 나는 이제 잠을 좀 자야 할 것 같은데……”

니콜라의 대답에 나는 어리둥절해졌다. 이제 사고의 충격에서 거의 회복되었다고 생각하고 있었는데 그의 기억에 다시 혼란이 찾아온 것을 깨달았으니 말이다. 그때 나는 그런 혼란이 사고의 충격 때문일 거라고 간단히 치부해버렸다. 워낙 큰 사고였으니 충격에서 회복되기가 쉽지 않을 거라고 생각했다. 그러나 시간이 흐르면서 나는 부인할 수 없는 사실을 깨달았다. 니콜라가 부분적으로 기억을 상실했다는 사실이었다. 더 정확히 말하면, 그는 끊어져나간 기억들 때문에 고통을 받고 있었는데, 특히 사고가 나기 몇 주 전의 기억들이 그랬다. 물론 겉으로 보기에는 그다지 심각한 문제 같지 않았다. 나는 세월이 흐르면 그가 모든 기억을 되찾을 수 있을 거라 믿었다. 사고의 충격으로 인한 기억 상실증 환자들이 대부분 그렇듯이 말이다.

나는 도체스터에서의 내 위치가 부여하는 특권을 활용해 수간호사에게 니콜라의 진단서를 좀 보여달라고 부탁했다. 그 수간호사는 나의 세심한 주의와 정성에 호감을 갖고 있던 터라 내 부탁을 들어주었다. 어느 날 저녁, 그녀는 전적으로 비밀에 부친다는 조건하에 니콜라의 진단서를 나에게 넘겨주었다. 이해할 수 없는 의학용어들로 가득한 서류였지만, 퀸 빅토리아 병원의 한 전문의가 니콜라의 증상에 대해 특별한 염려를 표명하고 있다는 사실을 알아낼 수 있었다. 그 의사는 니콜라의 증상 중 염려되는 부분들을 아주 상세히 기록해놓았다. 특히 후유증의 위험을 강조하면서 그가 전투기 조종사로 계속 근무하는 것에 대해 매우 조심스럽게 우려를 피력했다. 반면 다른 의사들의 기록은 기억 상실증의 재발 위험에 대해서는 언급하지 않고 니콜라의 급속한 쾌유만 특기해두고 있었다. 서류를 덮으면서 나는 뼈저린 슬픔을 느꼈다. 그러나 그 슬픔에는 내 마음속 깊숙한 곳으로부터 솟아나는 만족감 같은 것이 은밀히 섞여 있었다. 그 의사의 진단이 사실이라면, 니콜라는 창공의 영웅 역할은 더이상 하지 못할 것이 아닌가. 스핏파이어*의 명령을 받아 창공을 비행하는 일은 다시는 할 수 없을 것이다.

갑자기 어떤 충동이 나를 사로잡았고 나는 덮었던 서류를 다시 열었다. 그리고 그 잔인한 진단서를 빼내어 주머니에 넣었다. 그렇지 않아도 니콜라는 이 병원에서 지내면서 기가 많이 죽어 있었다. 그런 마당

---

* 제2차 세계대전 때 사용된 영국 전투기.

에 그의 사기를 완전히 꺾어놓을 수는 없었다. 이 서류가 존재한다는 것을 그가 알아서는 안 되었다.

이 주일 후, 니콜라는 퇴원했고 드골 장군은 그의 가슴에 손수 군사 훈장을 달아주었다.

도대체 나는 왜 그 서류를, 니콜라가 뇌에 손상을 입었다고 기록한 그 서류를 보관하고 있었을까? 맹세컨대 그 순간에는 오로지 그에 대한 연민 때문에 그렇게 행동했다. 그러나 내 무의식 깊은 곳에는 언젠가 필요한 경우에 대비해 니콜라에게 대항할 무기를 확보해둬야겠다는 의도가 있었는지도 모르겠다.

지금 그 서류는 내 책상 서랍 안에 다른 기념품들과 함께 보관되어 있다. 자신이 무대에 등장할 순간만을 차분히 기다리고 있다.

6

비행기는 오후 세시 삼십분에 히스로 공항에 도착할 예정이었다. 그런데 갑자기 폭풍우가 몰아치는 바람에 정해진 시간에 도착하지 못했다. 하늘은 시커먼 먹구름에 뒤덮이고, 바람이 너무 세차게 불어와 비행기가 마구 흔들릴 정도였다. 사람들은 갑작스런 기상변화에 몹시 불안해했다.

나 또한 언제 어떻게 될지 모른다는 급박함에 가슴이 떨려왔다. 자칫하면 비행기가 추락할 수도 있다. 만약 그런 상황이 닥치면 나도 니콜라처럼 탈출할 수 있을까?

니콜라는 축복받은 자의 운명을 타고났다. 그러나 나는 사람들에게 호감은 고사하고 본의 아닌 악감정만 불러일으켰다. 만일 니콜라가 이 자리에 있었다면 아마도 그는 영광스러운 죽음을 맞이할 것이다. 그를 위해 사후 훈장이 수여되고 추모연설도 있을 것이다. 하지만 나의 죽음은 어느 사건의 희생자 중 한 사람이었다는 것 정도로 사람들의 머릿속을 스쳐 지나갈 것이다. '어제 오후 영불해협 상공에서 파리에서 런던 히스로 공항으로 오던 브리티시 에어웨이 비행기가 추락했습니다. 비행기는 예기치 않은 기상변화 때문에 추락한 것으로 보입니다. 네 명의 승무원과 서른여섯 명의 승객이 전원 사망한 것으로 추정됩니다. 희생자 중에는 영국 출판업계의 저명인사 한 사람이 끼어 있는데……'

내가 지나간 자리에는 아무것도 남지 않을 것이다. 나는 독신이기에 아내도, 나를 빼닮은 아이도 없다. 내 이름으로 발표된 문학작품도 존재하지 않는다. 아무것도 남기지 못한 남자의 죽음이 무슨 의미가 있겠는가? 그런 죽음은 무화과 열매가 땅에 떨어져 말라빠지는 것과 다를 바가 없다.

내 비서만 눈물 몇 방울을 흘리겠지. 어쩌면 니콜라의 아들, 내가 사랑하는 피터가 눈물을 흘릴지도 모른다. 피터는 나를 필요로 한다. 나는 피터가 나를 필요로 하도록 최선을 다해왔다.

어수선한 마음을 가라앉히고 기다려야 했다. 기장이 기내 방송을 통해 안전한 착륙을 위해 착륙을 한 시간쯤 미루겠다고, 한 시간 동안 기체가 조금 흔들릴 테니 걱정하지 말고 안전벨트를 채우고 기다리라고 말했다. 착륙이 지연되는 한 시간 동안 나는 복수의 시나리오를 한 번 더 재고해보았다. 나는 증오의 감정을 되씹어가며 나 자신의 감정을 북돋울 필요를 느꼈다. 이제 몇 시간 후면 내 친구 니콜라를 매장해버릴 폭탄이 투하될 것이기 때문이다. 겨우 몇 시간만 지나면…… 하늘이 원한다면 나는 무사할 것이다.

내 머릿속에는 전쟁의 기억과 전후의 기억이 한데 뒤섞여 있다. 전쟁은 1945년에 끝이 났다. 군에서 나온 나는 난방도 제대로 안 되고 폭격으로 다 허물어졌지만 커다란 창문을 통해 정원을 내다볼 수 있는 어느 대학의 강의실로 터를 옮겼다. 그곳에서는 전쟁에서 살아남은 늙은 교수들이 무척이나 지루한 강의를 하고 있었다.

거기서 석사학위를 딴 나는 곧 진로를 모색하기 시작했다. 전쟁중에는 내 역량을 과시할 기회가 없었지만 문학 분야에서 내 진가를 발휘할 수 있으리라 생각했다. 곧 나의 천재적인 능력이 세상을 깜짝 놀라게 할 판이었다. 나는 하루 종일 세상에서 가장 특별하다고 여겨지는 주제들을 찾아냈고, 가장 침울한 줄거리들을 구상했으며, 가장 신랄한 대화들을 고안했다. 나는 그 모든 것이 너무나 이상적으로 어울리고 잘 맞아떨어진다고 생각했다. 나는 마음속으로 시인도 되었고, 희곡작가도 되었고, 소설가나 수필가도 되었다. 그리고 그때마다 내 능력이 정말 대단하다고 자평했다. 그러나 내 딴에는 최선을 다해 쓴 작품들이 대학 문학잡지 등에 발표된 후 다시 읽어보면 너무나 보잘것없어 보이는 것이었다. 내 문체는 싱겁기 그지없었고, 구성도 모자이크 식으로 여기저기서 뜯어다 맞춰놓은 것 같았다. 불필요한 것투성이였고 요크셔 지방의 무어족처럼 진부하기만 했다.

대대적이고 찬란하게 시작했던 나의 반항기는 조금씩 힘이 미약해지더니, 마침내 풀밭에 떨어진 잉어의 팔딱거림으로, 불규칙적이고 경련적인 발작으로 변해갔다. 결국 나는 명백한 사실 앞에 무릎을 꿇지 않을 수 없었다. 그랬다. 내 발목을 붙잡는 것은 바로 나 자신이었다. 야스미나의 죽음에 대한 죄의식 때문에 나 스스로 내 문학성에 더 이상 발전을 가져다주지 못한 것이다. 말하자면 나 스스로 내 운명을 결정지어놓은 것이다. 그 운명의 사슬에서 벗어나지 못하는 한, 나는 음감이 아무리 예민해도 음정이 맞지 않는 노래만 불러댈 수밖에 없었다.

이러한 사실을 명확히 직시한 나는 문학에 대한 열정을 뒤로 미루고 출판계에 투신하기로 결심했다. 기회란 누구에게나 일생에 한 번쯤은 주어지는 것인지도 모른다. 나에게도 황금의 기회가 주어졌다. 매우 독창적이고 박식하며 다소 기이한 데가 있는 늙은 출판업자 아치볼드 터너를 만난 것이다. 그는 훌륭한 비판능력을 지닌 동료를 구하고 있었다. 나는 그 기회를 놓치지 않고 달려들어 터너 출판사에 몸을 담았다. 나는 열정적으로 일에 몰두했고, 그런 덕분에 시간이 얼마 흐르지 않아 아치볼드 터너의 부성애적 애정을 담뿍 샀다.

인쇄소에서의 수련 기간 동안 그에게서 배운 지식을 내가 훗날 어디에 써먹을지 그 불쌍한 늙은이가 내다보았다면, 그는 아마도 몹시 공포를 느꼈을 것이다! 나 자신도 그럴 때가 있으니 말이다.

나는 새롭게 시작한 출판 일에 금세 매료되었다. 그러나 다른 사람들의 원고를 읽고 다른 사람들의 책을 출판하는 과정에서 질투심에 사로잡히지 않기 위해 무척 노력해야 했다. 매우 잘 쓴 작품을 만났을 때는 씁쓸한 느낌마저 들었다. 물론 나는 그들에게 방향을 제시해주었고 그들의 글을 수정해주기도 했다. 그것은 어떤 점에서는 작가가 되지 못한 나 자신의 뼈아픈 고통을 가라앉히는 방편이기도 했다.

어머니는 전쟁이 끝나자마자 스코틀랜드에서 런던으로 돌아오셨다. 나는 어머니를 다시 보게 되어 매우 기뻤다. 직장 일을 마치고 집에 돌아가면 어머니를 위로하고 간호해드려야 했다. 어머니의 건강은 하루가 다르게 악화되었다. 나는 어머니의 생명이 조금씩 단축되는 것을 하루하루 공포의 눈길로 지켜보았다. 어머니를 홀로 내버려두고 싶지 않았다. 더구나 어머니는 내가 출장을 가거나 여행을 가야 할 때면 직감적으로 알아차리고 끔찍한 발작을 일으키는 것이었다.

나는 어머니의 무조건적 애정이 만들어낸 무기력 속에 조금씩 빠져들었다. 나는 꼼짝 않고 한 곳에 앉아 미소만 띠고 있는 어머니의 손을 붙잡고 내 하루 일과에 대해 몇 시간씩 이야기를 하면서 어머니에게 점점 더 속박되었다. 그런 생활이 정말로 지긋지긋했다면 반항하고 뛰쳐나갔겠지만, 나는 그런 생활이 견딜 수 없을 정도로 갑갑하지도 않았고 뛰쳐나갈 힘도 없었다. 아마도 다른 욕망이나 현실적인 초조감이 없었기 때문일 것이다.

눈부신 태양도 한껏 물오르는 봄날의 푸르름도 나를 자극하지 못했다. 마치 내 피가 얼어붙은 듯했다. 나를 감동시키는 일은 아무것도 없었고, 드물게나마 환희를 느끼는 일도 없었으며, 어떤 일에 대해서도 광적인 욕구를 느끼지 못했다. 그저 조용히 숨을 쉬고, 나 자신, 즉 내 자아가 진정 무엇을 갈구하고 있는지 알게 되기를 두려워하면서 나 자신 속에 침잠되어 지낼 뿐이었다. 어떤 때는 내 안에 나와 똑같은 피가 흐르는 또 하나의 내가 있는 것은 아닌가 하는 생각이 들 때도 있었다. 나는 그가 나에게 뭐라고 이야기해주기를 그리고 나를 지켜봐주기를 원했다. 어떤 변화를 추구하고 싶지만 나 자신이 능동적으로 움직이지는 못하고 알 수 없는 뭔가가 나타나 나를 부추기고 떠밀어주기를 절실하게 바랐는지도 모른다.

여자 문제에서도 내 가슴은 여전히 황폐한 사막이었다. 나는 야스미나의 빛나는 이미지와 애무의 추억에 갇혀 있었다. 다른 모든 여자들은 추하고 음란하게만 보였다. 나는 여자라는 족속 전체에 대해 혐오감과 권태가 뒤섞인 감정을 지니고 있었다.

어쨌거나 덕분에 환호하는 여성 팬들로부터 나를 보호해야 할 필요는 없었다. 나는 오로지 비서들에게만 호감을 주는 남자에 속했다. 내 비서 도리스는 일 처리가 완벽했다. 미모가 뛰어난 것은 아니지만 언제나 부지런하고 꼼꼼하게 일했으므로 내가 신임할 만한 인물이었다. 그녀의 얼굴은 다소 말상이었지만 그 얼굴에서는 나를 몹시도 감동시키는 어떤 부드러움이 발산되고 있었다. 물론 우리의 관계에 열정적인 부분은 전혀 없었다. 어느 해 겨울, 다급한 원고 교정 때문에 밤늦게까지 편집실에 남아 작업을 했던 그날 밤까지 나는 그렇게 믿고 있었다. 일을 마치고 헤어질 때, 나는 동료로서의 우정 혹은 신임의 감정이 북받쳐올라 그녀를 살며시 끌어안았다. 그런데 그 행동을 오해한 그녀는 내 목에 매달리더니 입을 반쯤 벌린 채 흔들리는 시선으로 나를 쳐다보았다.

불빛 아래에 보이는 도리스의 얼굴에 너무나 사랑했던 야스미나의 얼굴이 겹쳐졌다. 다음 순간, 구토의 물결이 나를 사로잡았다. 나는 난폭하게 그녀를 밀쳐버렸고, 깜짝 놀란 그녀는 훌쩍이며 울기 시작했다. 나는 눈물을 끔찍이도 싫어한다. 눈물을 멈추기 위해서라면 무엇이든 한다. 단순히 연민의 감정에 넘어가 굴복하는 일은 절대 없다. 나는 부드럽고 진실된 말로 도리스를 달래면서 마음속에 간직한 비밀을 털어놓았다. 야스미나 이후로는 어떤 여자도 사랑할 수 없었고 앞으로도 그럴 거라고 그녀에게 말했다. 그녀가 내 말을 믿었을까? 아니면 그날 이후로도 나를 사랑하고 있는 것일까? 나로서는 알 수 없는 일이지만, 어쨌든 오늘날까지 나는 도리스의 헌신적인 도움을 받으며 일하고 있다.

무슨 운명의 장난인지, 바로 그날 저녁 나는 소호의 한 술집에서 만난 그리스 태생의 젊은 해군 소위 후보생을 집으로 데려갔다. 지금 그때의 일을 돌이켜보니, 당시 내가 어떻게 그런 일탈 행위를 할 수 있었는지 나 스스로도 놀라울 뿐이다. 잘못된 기억은 전혀 아니다. 그때 나는 술에 취하지 않았고, 그날 밤의 일은 내 육신과 영혼에 영원히 기록되어 있을 것이다.

나는 변명하고 싶지 않다. 아니, 변명하려고 애쓰고 싶지 않다. 내 의식의 거울에 비춰진 내 모습을 바라보며 수치심을 느끼지도 않는다. 결국 한 남자 아니면 한 여자일 뿐이다. 남자든 여자든 무슨 상관이란 말인가? 사랑 없이 하는 행위, 그저 욕구를 해소하기 위해 하는 행위는 상대가 누구든 마지막에 가서는 구역질이 나게 마련이다. 나로 말하자면 야스미나의 환영에서 벗어나기 위해 무엇이든 해야 했다. 내 기억 속에 남아 있는 그 소위 후보생은 고독한 내 환상의 파트너였을 뿐, 남성으로서의 모습은 간직되어 있지 않다. 그러나 니콜라를 생각하면 질투심에 사로잡히고, 흥분과 동요 속에서 그의 성생활과 나의 성생활을 자꾸만 비교하게 되는 것이었다. 게다가 과거를 돌이켜보면 니콜라의 잘못으로 인해 내가 평범하고 정상적인 생활에서 잔인하게 분리되어버렸다는 생각에 엄청난 증오심을 느꼈다.

내가 별다른 열정도 없이 그리스 태생의 소위 후보생과 함께 밤을 보내고 다른 사람들의 원고를 출판하고 있던 사이 니콜라는 세상을 두루 편력하면서 글을 쓰고 뭇 사람들의 가슴을 설레게 하고 있었다.

1945년 그의 부모가 자동차 사고로 세상을 떠나자, 그는 상당한 유산을 상속받았다. 그는 외무고시에 응시해 우수한 성적으로 합격했다. 보나마나 모험의 충동에 사로잡혀 응시했을 테지만, 그의 합격은 그의 부친의 명예를 빛내주었다. 그가 우수한 성적으로 외무고시에 합격한

것은 '배경이 좋은' 젊은이들을 임용하고자 하는 외무성의 방침에서
나온 결과였을 거라는 생각이 든다. 다시 말해 외무성의 고관들은 '자
유라는 대의를 위해 모범적으로 헌신한' 젊은 영웅에게 매우 관대한
눈길을 보냈던 것이다. 합격의 이유가 무엇이든 간에 나는 그가 순전
히 실력만으로 그런 훌륭한 성적을 얻었으리라고는 결코 생각하고 싶
지 않았다.

그의 첫 부임지는 그에게는 잔인하리만큼 실망스러운 곳이었다. 모
험이라고는 눈을 씻고 찾아봐도 없으며 납작한 지형만큼이나 별 볼일
없는 곳이었다. 바로 벨기에였다. 그 와중에도 그는 발로니 지방의 안
개와 그곳의 지루한 생활을 활용해 회고록 한 편을 썼다. 그곳은 전쟁
중 영국 공군기지의 안개 낀 분위기를 속속들이 재현하는 데는 딱 들
어맞는 곳이었다. 전투 경험이 있는 사람이라면 모두 그 경험을 한 번
쯤 이야기하지 않고는 못 배기듯, 그도 자신이 겪은 전쟁에 대해 이야
기했다. 가끔 원고가 잘 진행되지 않을 때면 파리에 와서 자신의 원고
를 출판해줄 출판사를 물색하고 다녔다. 그러나 출판사들은 그의 원고
에 쉽사리 호감을 보이지 않았다. 당시 프랑스 독자들이 읽고 싶어한
것은 개인의 전투 경험보다는 장렬한 전사담이었던 것이다.

그러나 니콜라는 쉽게 포기하는 성격이 아니었고, 사람들이야 원하
든 원하지 않든, 전쟁에 참여한 젊은이들이 그들 인생의 많은 부분을
희생하면서 그들이 추구한 자유의 이념을 위해 용감하게 투쟁했다는
그 이야기를 출판하겠다는 고집을 굽히지 않았다. 그러던 어느 날, 행
복에 겨운 그의 목소리가 전화선을 통해 들려왔다.

"에드워드, 내 첫 작품을 출판해줄 사람을 찾았어!"

니콜라는 자신이 열정에 가득 찬 사람이라고 믿었지만, 실은 닳고

닳은 약삭빠른 사람이었다. 그리고 나는 그가 하는 말을 곧이곧대로 믿었다.

"그 출판업자 말이 내 원고가 마음에 든대. 물론 그 출판업자도 내 원고를 본 다른 출판업자들처럼 내 원고의 주제가 전후문학으로는 그리 적합하지 않다고 생각하고 있어. 하지만 내가 가진 젊고 신선한 역량이 자신의 출판 목록을 풍부하게 해줄 거라고 생각한 거지."

그렇게 해서 누군가가 니콜라의 작품을 출판했고, 사람들은 그의 작품을 읽게 되었다. 그가 어떤 콤플렉스를 가졌든 어떤 마법에 걸려 있든, 이제 그 무엇도 그의 작품활동을 막을 수 없었다.

그의 두번째 작품 『대★무도회』는 솔직히 말해 졸작이었고 상업적으로도 실패했다. 하지만 그는 세번째 작품으로 그 패배를 만회했다. 세번째 작품은 바로 일 년 후 출판된 『구아나모로소』라는 작품으로, 문학상을 받아 동료 외교관들의 질투를 샀다. 드디어 니콜라는 한숨 돌렸다. 무명작가에서 유명인사로의 변신은 그에게 너무나 당연한 일이었다. 그는 자신이 뛰어난 문학적 재능을 가지고 있다고 확신했기 때문이다. 갑자기 생각나는 것이 하나 있다. 위대한 문호 발자크도 자신이 열정도 창작능력도 없는 무능한 작가라고 자주 한탄했다는 사실이다. 그러나 니콜라 파브리의 사전에 자기반성이라는 항목은 들어 있지 않았다.

그리고 당연한 수순처럼 나는 내 친구 니콜라의 영국 출판업자가 되었다.

단순히 출판만 한 것이 아니라, 그의 작품을 영어로 번역하는 일도 맡아 했다. 그저 원본에 충실한 번역판을 만들 수도 있었겠지만 이상하게도 그의 작품이 어느 정도는 내 작품처럼 여겨졌고, 그랬기 때문에 번역작업에 많은 공을 들였다. 나는 니콜라가 어떤 마법을 써서 내 속에서 솟아나던 창작열을 자기 것으로 가로챘다고 굳게 믿게 되었다. 나는 나만이 갖고 있는 조화로운 감성이 무능한 그의 해석에 의해 그의 작품 속에서 변형되고 왜곡된 형태로 나타나는 것을 자주 발견하곤 했다. 니콜라가 서투른 연주자였다면 나는 정통성 있는 작곡가였던 것이다. 그런 그의 뒤치다꺼리를 하며 그의 결점을 보완해주는 사람은 바로 나였다! 나는 어린 시절 알렉산드리아에서 그의 조잡한 단편소설을 동인지에 게재하기 전에 그랬던 것처럼, 쓸데없이 반복되는 부분은 줄이고, 피상적으로 건드리기만 한 사고에는 깊이를 부여했으며, 진부한 표현들은 신선하고 향기로운 표현들로 대체했다. 어찌 보면 내가 보잘것없는 그의 작품을 참신하게 탈바꿈시키고 보기 좋은 형태를 부여해 새로 태어나게 했다고 말해도 과언이 아닐 것이다. 왜냐하면 그의 손에서 나온, 이국적 정취 속에서 벌어지는 사랑과 모험 이야기들은 그의 서투른 표현력만으로는 맛이 제대로 살아나지 않았기 때문이다. 그의 작품에는 늘 똑같은 인물들이 등장했고, 돈 후안 식의 정복이라는 똑같은 환상만 읽힐 뿐이었다.

사회참여나 심각하고 진지한 문제를 두고 고민하는 것은 그의 작품 세계나 일상생활에서 결코 찾아볼 수 없었다. 그는 다혈질이며 안정감이라고는 찾아볼 수 없는 인물로, 일관성 없고 산발적인 개인적 욕구들에 지배받고 있었다. 그는 비극적인 상황을 감당하지 못했다. 불행이 닥치면 그의 영감은 더이상 작용하지 않았고, 뜻하던 일이 제대로 굴러가지 않으면 새로운 것을 찾아 훌훌 떠나는 것이었다. 그는 자기의 주제를 스케치했고 큰 획으로 무대의 테두리를 그렸다. 그러면 내가 그 뒤를 따라가면서 밑그림에 다채로운 색채를 입히고 마지막 손질을 했다.

나로 말하자면 그런 작업에서 어렴풋한 쾌감을 느꼈다. 영국을 포함한 모든 영어권 국가에서 니콜라가 거둔 성공은 내 번역작업이 만들어낸 결과라는 사실을 항상 인식하고 있었기 때문이다. 말하자면 그는 나에게 자신의 영광을 빚지고 있었다. 번역작업을 하면서 내가 거리낄 것은 아무것도 없었다. 나는 니콜라의 이름 뒤에 꼭꼭 숨어서 내 재능을 한껏 펼쳐 보이기만 하면 되었다.

니콜라는 자기 작품의 번역판을 한 번도 화제로 삼은 적이 없었다. 언제나 그런 것 따위는 전혀 생각해보지 않은 사람처럼 행동했다. 그 무슨 돼먹지 않은 자존심이란 말인가!

니콜라는 잘생긴 외모에 부와 우아함을 모두 소유하고 있었다. 게다가 그는 외교관이었다. 이 모든 것에 덧붙여 문학적 영광까지 얻었으니 말 그대로 스타가 되는 데 부족함이 전혀 없었다. 어디를 가나 사람들은 앞 다투어 그를 찾았다. 벨기에 다음으로 부임했던 앙카라에서는 신이라도 되는 듯 의기양양하게 외국 대사들의 살롱을 드나들었다. 여자들은 그와 함께 있는 영광을 얻으려고 애썼다. 모든 여자들이 그에게 넘어갔다. 요조숙녀에서 교태가 넘치는 바람둥이 여자까지, 미용사에서 왕녀까지 모두 그의 앞에 무릎을 꿇었다. 그가 그녀들을 푸대접해도 여자들은 개의치 않고 그의 손에 입을 맞췄고, 쫓아버려도 되돌아왔다.

니콜라는 자기가 언제나 여자들과 함께 있는 것은 자신의 '내적 무게'를 상쇄시키고 균형을 유지하기 위한 것이라고 했다. 그는 성격이 단순한 여자나 우연히 만난 여자들을 선호했다. 언어소통의 장애가 불러일으키는 미묘한 분위기 속에서 가장 원초적인 감정만을 교류시키는 자연스럽고 즉각적인 성 경험을 매우 좋아했다. 그는 "나는 여자 보기를 보방*이 요새 보듯 한다. 모든 여자는 정복되기 위해 존재한다. 문제는 작전에 시간이 얼마나 오래 걸리느냐 하는 것이다"라는 빅토르 위고의 표현을 제 것으로 삼았다.

언젠가 니콜라는 이렇게 말했다.

"나는 인류학자는 아니지만 인간의 모든 형태의 생활양식과 모든 감성에 대해 한없는 호기심을 품고 있어. 인간 본성의 다양한 원천들을 끊임없이 탐구하는 것에는 돈 후안 사상과 비슷한 데가 있다고 생각해. 그것은 진정한 열정인 동시에 흡혈귀 같은 면이 있다고 할 수 있을 거야. 그런 호기심 혹은 관심에서 출발한 관계 속에서 나는 애정과 신임 그리고 관용으로 가득 찬 감성의 보배를 발견하게 돼. 그 보답으로 내가 베풀 수 있는 것은 상대적으로 아주 보잘것없지만 말이야."

그는 순간적인 충동에 따라 생활하는 데 익숙했고 순간만을 사랑했다. 그는 하루의 사랑이 아니라 한 시간의 사랑, 아니, 쾌락의 일 분 일 초를 영원한 행복으로 간주했다. 그의 정복자적 기질은 어쩌면 그런 사고방식에서 나온 것인지도 모른다.

그랬던 그가, 여자를 정복의 대상으로만 보던 그가 어느 날 사랑에 빠졌다. 나로서는 참으로 믿기 어려운 일이었다. 당시 그는 일등 서기관 자격으로 캐나다에 근무하고 있었다. 그는 그 나라의 모든 것, 즉 광활한 자연과 여름날의 뜨거운 열기, 길고 긴 겨울의 혹한, 우스꽝스러운 프랑스어 억양까지 모두 사랑한다는 서정적이고 의욕에 찬 편지들을 내게 보내왔다. 한마디로 그는 거기서 행복을 만끽하고 있었다.

---

* 프랑스의 공병 장교이자 전술가(1633~1707).

안―캐나다에서 만난 여자들 중 대략 여섯번째쯤 되는―이 그의 인생에 등장한 순간, 그는 간이역을 무대로 펼쳐지는 소설에서 여주인공이 등장할 때 남자 주인공이 느끼는 것처럼 지금까지 자신은 아무것도 경험하지 못했고 지금까지의 자기 존재는 기나긴 하품에 불과했다는 사실을 깨달았다고 했다. 그때까지 한 번도 경험하지 못한 경이로운 전율을 느낀 그는 마침내 고개를 꺾고 일부일처제에 대해 심각하게 고려하게 되었다.

안 들라리비에르는 유학 정보를 얻기 위해 영사관을 방문했다. 그녀는 심리학을 전공하는 학생이었는데, 장학금을 받고 프랑스에 유학 가서 학사학위를 따고 싶어했다. 안내직원이 그녀에게 문정관실로 가보라고 알려주었는데, 운명의 장난이었는지 그녀는 옆방인 니콜라의 사무실을 노크했다.

니콜라는 그녀를 보자마자 사랑의 덫에 빠졌다. 그때까지 그렇게도 회피하고 빠져들지 않으려고 애썼던 정열의 심연을 엿보았다. 그리고 안은 다른 모든 여자들처럼 그에게 굴복했다. 삼 개월 후, 그녀는 임신을 했다. 내가 그녀를 만난 것도 그즈음이었다. 그들이 여행중 잠시 런던에 들렀던 것이다. 그녀를 본 순간 나 역시 그녀가 지닌 매력에 사로잡혔다.

그녀에 대해 묘사하라고 한다면 그저 아름답다고 말하는 것만으로는 충분치 않다. 그녀의 얼굴을 보고 있으면 그 크고 맑은 눈동자 속에 빠져들 것만 같았다. 그녀의 두 눈은 진줏빛 보석 상자에 박아놓은 두 개의 사파이어 같았고, 진줏빛 피부는 핏줄이 비쳐 보일 정도로 맑고 하얬다. 그녀가 미소를 지으면 태양이 구름을 뚫고 나온 듯했다. 그녀의 다리는 길고 나긋나긋했으며, 단단하고 둥근 그녀의 가슴은 저항할 수 없는 매력을 발하며 뭇 사람의 눈길을 끌었다.

그녀는 빛나는 아름다움 그 자체였다. 다른 말로는 그녀의 아름다움을 제대로 묘사할 수 없었다. 그녀는 오묘한 광채를 발했는데, 그 광채는 우리 증조할머니 시대, 즉 빅토리아 시대의 살롱에서 빛을 발하던 오팔빛 램프를 연상시켰다.

아, 아니었다. 나 같은 사람은 그런 숭고한 아름다움을 지닌 여인과 사랑에 빠질 자격이 없었다. 나는 우아하지도 않았고, 매력도 없었고, 재능도 없었다. 더구나 삼십대가 가까워지면서 내 앞머리는 숱이 적어지고 있었다. 나는 지루한 남자였고, 다른 사람들이 쓴 글의 맞춤법이나 고치는 우울한 사람에 불과했다. 안 들라리비에르 같은 여자가 또 있다 하더라도 그 여인은 절대 나의 몫이 될 수 없을 터였다. 나는 야스미나와 함께 이미 행복의 순간을 맛보았고 그것은 오래전에 끝나버렸다. 내 유일한 사랑은 운하 깊숙한 곳에서 누군가에게 살해되었다. 니콜라가 행복에 겨운 표정으로 곧 탄생할 자기 아이를 바라보듯 아내의 배를 바라보는 모습을 지켜보면서 나는 한없이 부러운 마음이 들었다.

'피터'라는 애칭으로 불리게 될 그의 아들 '피에르 이브 도미니크'가 탄생한 순간은 니콜라의 인생에서 가장 중요한 순간이었다. 적어도 내 눈에는 그렇게 보였다. 물론 나는 당연히 그 아이의 대부가 되었다. 나는 아이의 탄생을 축하할 겸 얼마 동안 몬트리올에 가서 시간을 보내기로 했다. 당시 사랑하는 어머니가 세상을 떠나고 피붙이 하나 없는 혈혈단신이 된 나는 외롭고 불행했다. 어머니를 제대로 모시지 못했다는 자책감에 한없이 시달리면서도 한편으로는 이제 모든 구속으로부터 자유로워졌다는 생각에 홀가분한 마음도 들었다.

안은 많이 변해 있었다. 런던에서 보았을 때보다 안색이 창백하고 지쳐 보였다. 나른하고 퇴색해 보이는 모습이었다. 일반적으로 행복에 겨워 희색이 만면한 산모의 모습과는 정반대였다. 니콜라가 그녀를 숨막히게 한다는 사실을 알아채기까지는 채 이틀도 걸리지 않았다. 사실, 그 아름다운 여인은 니콜라에게는 찰흙 반죽과도 같았다. 니콜라는 그녀를 자기가 원하는 모양으로 주무르고 자기의 기분이나 변덕에 따라 주형에 넣어서 압축시키고자 했다. 그러므로 안 들라리비에르는 전제적인 주인에게 예속된 아름답고 순종적인 하녀로서의 '파브리 부인'이 되어야 했다.

니콜라는 그녀를 돌보면서 실은 자기 자신을 돌보았다. 즉, 자신의 편의와 미래 그리고 자신의 이미지를 관리했다. 그는 사람들이 자기를 부러워하듯 그녀를 부러워하기를 원했다. 그는 자신의 가치를 더욱 높이기 위해 그녀가 훌륭한 교양을 가지기를 바랐다. 그리고 자기 취향에 맞는 옷차림을 그녀에게 요구했다. 그는 자신이 정말로 사랑한 단한 명의 여인을 자기가 머릿속에 그린 이미지에 맞추어 그려나갔던 것이다. 그런 상황 속에서 안은 자아를 포기하고, 개성을 버리고, 개인적 욕구를 버려야 했다. 그런 까닭에 그녀는 조금씩 미소를 잃게 되었던 것이다.

하루는 그녀가 나에게 자기 심정을 토로했다.

"그이는 나에게 숨쉴 여유조차 주지 않아요."

그럼에도 불구하고 그는 옥상에 올라가 자신이 그녀를 얼마나 사랑하는지 큰 소리로 외치고, 단어들을 가지고 곡예를 부리고, 사랑의 부재를 감추기 위해 광대짓을 하며 집을 비우기 시작했다. 그는 밤늦게 귀가했고 먼 곳에서 약속이 있었다고 꾸며댔다. 결국 육 개월도 지나지 않아 그는 늙은 연애광처럼 추잡한 모험의 세계로 되돌아갔다. 참다못한 안이 화를 내자, 그는 그녀가 아집과 집착이 강하고 유치하다고 비웃었다. 자기는 죽어도 그녀의 생각에 동의할 수 없으며 그녀를 사랑하는 것은 확실하지만 그렇다고 해서 그 사랑이 항시 그녀에게만 집중될 수는 없다고 했다.

그런 상황에서 니콜라가 아프리카로 근무지를 옮기게 되었고, 안은 피터를 데리고 아프리카까지 따라갈 수는 없다고 잘라 말하며 이혼을 요구했다.

나는 자의 반 타의 반으로 그들의 이혼 과정에 지대한 역할을 하게 되었다. 처음에는 그저 구경꾼으로서 그들을 관찰하며 각자의 심경 고백을 들어주기만 했다. 그러는 동안 나는 니콜라의 실패를 의미하는 그들 부부의 파경을 내심 즐겼고, 한편으로는 어떤 의무감에서 니콜라에게 충고를 하지 않을 수 없었다.

"니콜라, 안을 데리고 장난치는 것은 불을 가지고 노는 것과 다름없어. 파국을 맞고 싶지 않다면 안을 그런 식으로 대접하지 마."

그러나 내 충고에 대한 니콜라의 답변은 신랄했다.

"네가 여자에 대해 뭘 안다고 그래?"

나는 아무 대꾸도 하지 않았지만 여성심리에 관한 한 내 지식도 나름대로 일리가 있음을 보여주었다. 그것은 니콜라에 대한 나의 첫 설욕이었다. 즉, 나는 안이 그와의 결혼생활을 유지하도록 도와준 것이 아니라 반대로 그에게서 해방되도록, 그에게서 영원히 자유로워지도록 도와주었던 것이다. 안이 전혀 눈치채지 못하는 가운데 나는 안의 조언자이자 정신적 지주가 되었다.

나는 사랑하는 내 친구 니콜라에 대한 우정과 애정에서 우러나온 열

띤 말들 속에 교묘한 배신의 메시지를 녹여 넣었다. 니콜라의 장점을 이야기하면서 그의 단점을 넌지시 암시했다. 그런 일이 얼마나 손쉬운지는 아무도 상상할 수 없을 것이다. 나는 니콜라는 가면 속에 본모습을 감춘 사람이고, 그녀에게 한 모든 말과 행동은 연극이자 가짜였다는 것을 알아채도록 가여운 안을 은근히 유도했다. 니콜라에 대한 그녀의 사랑에 봄날의 생 로랑 강처럼 금이 가는 것을 지켜보면서 나는 무한한 희열을 느꼈다.

안의 감정이 통제할 수 없을 만큼 그릇된 방향으로 가고 있다는 사실에 가장 놀란 사람은 니콜라였다. 아마도 그는 그 사실 때문에 상당히 괴로워했던 것 같다. 그런 일은 그로서는 처음 겪는 일이었으리라. 아마도 생전 처음이었을 것이다.

그런 가운데 니콜라가 중앙아프리카로 떠난 것은 마치 도피와도 같은 인상을 풍겼다. 게다가 그는 외교관 일에 신물을 내던 터라 사표를 던질까 망설이기도 했다. 아내와 아들 곁에 남기 위해서라기보다는 외교관 일에서 더이상 얻어낼 것이 없다고 판단했기 때문이었다. 사실, 그의 삶에서 '작품'이 점점 더 큰 비중을 차지하고 있었다.

『독수리의 비행』『곡예사들』『마드라스여 안녕』 같은 작품들은 훌륭한 성과를 거두었다. 그러나 한 작품에서 다른 작품으로 넘어가면서 그의 영감이 조금씩 식어가는 것을 느낄 수 있었다. 여행도 그에게 구원이 되지 못했다. 결국 그는 중앙아프리카로의 유배를 받아들였다. 그것은 오직 자신의 상상력을 뜨겁게 자극해보겠다는 희망의 발로였다. 그러나 별 소용이 없었다. 그곳의 찌는 듯한 더위는 그의 표현력을 마비시킬 뿐이었다. 그즈음 그는 절망에 가득 찬 편지를 내게 보내오곤 했다. 그 편지들을 받아 읽어보면서 나는 왠지 마음이 흔들렸다.

'방기*는 텅 비어 있다네. 이제는 안도 내 곁에 없어. 피터가 몹시 보고 싶어. 하지만 네 살짜리 캐나다 아이가 이 숨막히는 태양 아래에 와서 무엇을 하겠어? 그저 일에나 푹 빠져 살고 싶은 마음이야. 하지만 여기서는 그것마저도 불가능해. 사람들은 무료한 생활을 이어가는 데만 급급하고 외교관들의 생활은 숨막히는 고요 속에 매몰되어 있어. 나는 말을 타고 덤불 속을 질주하거나 비행기 조종기술을 잊어버리지 않기 위해 소형 비행기를 조종하면서 지루함을 잊어보려고 애쓴다네.'

그렇지 않으면 예전과 다름없는 허세를 부리며 이렇게 썼다.

'연애라면 이제 완전히 물려버렸어. 나는 이혼의 후유증에서 서서히 벗어나고 있어. 요즘 내가 핏기 없고 히스테릭한 몇몇 유럽 여자들에게 느끼는 연애감정 비슷한 감정은 욕망의 발로라기보다는 의무감의 발로일 뿐이야. 나는 아무런 확신도 없이 그 여자들의 팔에 몸을 맡기곤 한다네. 그냥 습관적으로, 그것도 아니면 외국에서 프랑스의 권위를 유지해야 한다는 의무감에서 말이야. 이 작은 지방도시에서는 사람들이 내 일거수일투족을 감시한다네. 참으로 아이로니컬한 이야기지만, 나는 벨기에 체류 시절을 회상하면서 강한 향수에 사로잡히곤 해. 거기서는 적어도 편안하게 숨을 쉴 수는 있었으니까. 하지만 이곳 아프리카에서의 생활은 숨이 막히는 것 같아. 게다가 아름다운 이곳

---

* 중앙아프리카공화국의 수도.

여인들을 경험해볼 수 있는 가능성이란 제로에 가깝다네. 사람들은 내가 야자열매 같은 가슴을 가진 이곳 미인들을 가까이하도록 내버려두지를 않아. 한마디로 이곳 생활이 지겨워서 죽을 지경이야. 상황은 정치적인 면에서도 다를 게 없어. 우리나라 정부는 알제리 전쟁의 기억을 되씹으면서 낡은 식민지 시대의 옛 권력을 그대로 유지해야 한다고, 우리 프랑스가 잔학하고도 무능력한 이곳 독재정부의 우두머리를 계속 지지해야 한다고 생각한다네. 나는 이곳 정부가 국민의 권리라는 이름 아래 자행하는 숙청과 고문 정치를 벙어리 냉가슴 앓듯 속수무책으로 바라보고만 있어야 한다네. 이 모든 것을 보고 있자니 구역질만 날 뿐이야.'

그는 이 신新식민지주의 정치 경험을 바탕으로 『슈바라고』라는 잔인한 소설을 완성했는데, 그 소설은 큰 성공을 거두었을 뿐만 아니라 그에게 도약의 계기를 마련해주었다. 그가 아프리카에서 두 해를 보낸 뒤 나에게 보내온 그 충격적인 편지를 나는 아직도 간직하고 있다.

'아프리카여, 안녕! 외교관 직이여, 안녕! 정말 오랜만에 느껴보는 안도감이야. 나는 방금 사표를 제출한 참이네. 외무성에서는 업무가 과중하다는 명목으로 휴가를 얻어 잠시 쉬어보는 게 어떠냐고 압력을 넣고 있지만, 나는 내 결정을 재고하거나 번복할 생각은 추호도 없네. 외교관 일에 더이상 의욕이 생기지 않아서 타협이고 뭐고 다 거절할 생각이야. 감상적인 이유나 저급한 정치적 이유만으로는 외교관 직에서 의미를 찾을 수가 없네. 나에게 의미 있는 것은 전쟁중 내가 열정을 불태우며 수호하려고 투쟁했던 바로 그 프랑스의 이미지야. 그런데 자네는 어떻게 내게 가치에 대한 관념이 결여되어 있다고 말할 수 있나!
몇 년 전부터 나는 우리 프랑스가 잃어버린 것들을 생각하며 견딜 수
없는 고통을 맛보고 있어. 내가 이십 년 동안 꿔온 아름다운 꿈 말이
야. 매일 대사라는 제복을 걸치고 연극이나 하는 일을 이쯤에서 포기
하려는 것도 그런 이유에서야. 위선이여, 안녕! 프랑스가 식민지를 하
나씩 잃어갈수록 프랑스의 영광은 그만큼 커지고 있다는 것을 전 세계
에 설명하는 수고는 내 후임으로 올 사람에게 맡기겠어⋯⋯'

　니콜라를 너무나 잘 알고 있던 나로서는 그가 떠들어대는 조국에 대
한 꿈이라는 가치를 곧이곧대로 받아들일 수가 없었다. 내가 보기에
그의 모든 관심사는 자신의 개인적 영광에 국한되었기 때문이다. 아
니, 좀더 정확하게 말하자면 그가 외무성을 등진 것은 대의 때문이 아
니라 작가로서의 성공을 꾀하기 위해서였다.
　어쨌든 그는 파리로 돌아왔다. 그 어떤 구속도 받지 않고, 마치 공기
처럼 자유롭게. 그는 경제적으로 부족함이 전혀 없었기 때문에 아침부
터 저녁까지 집필에만 전념할 수 있었다. 그에게는 개인적으로 지급되
는 연금이 있었고 그의 프랑스 출판업자 파르망티에는 판매실적에 상
관없이 그에게 최소한의 월수익을 보장했다. 거기에 상당한 액수의 번
역판권 수익까지 덧붙여졌다. 미국 등 영어권 국가에서의 판매부수는
우리의 예상을 크게 웃돌았다. 그것은 나의 판매전략과 내가 특히 강
조하는바 나의 개작 능력 덕분에 가능했다. 그렇다. 나는 니콜라의 소
설이 베스트셀러가 되는 데 결정적 역할을 했던 것이다.

7

그가 글을 쓰는 동안 나 역시 나름대로 성공 가도를 달리고 있었다. 나는 어머니가 조금씩 저축하여 남겨준 유산으로 내가 다니던 출판사를 인수했다. 아치볼드는 나를 마치 자기 양아들처럼 생각하고 있었고, 이제는 나이가 들어 기력이 딸리던 차에 내가 자기 출판사를 인수하게 되자 더없이 흡족하게 여겼다. 한편 터너 출판사 사옥은 나의 야심찬 계획들이 하나씩 실행에 옮겨지던 1950년대부터 이미 포화상태에 이르고 있었다. 그러나 나는 편집자와 보조 직원들을 더 채용해야 했고, 마침내 리전트 가街 가까이에 있는 호화로운 건물로 사옥을 이전했다. 뉴욕에 계열사도 하나 설립했다. 터너 출판사에 전속되어 있던 대작가들, 예를 들어 그레이엄 그린이나 이블린 워 외에도 많은 젊은 작가들을 섭외한 덕분에 확보하고 있는 작가군도 놀랄 만큼 훌륭해졌다. 나 에드워드 램은 영국에서 제일가는 출판업자 중 한 사람으로 인정받게 되었다. 나는 출판인으로서 크게 인정받고 존경도 받았으며 심지어 영국 여왕에게 '경卿'의 칭호를 받는 영예까지 얻었다. 내가 조국의 문화에 이바지한 공로가 지대하므로 대영제국의 수훈자라는 명예를 하사한다는 것이었다. 그러나 그런 식으로 미친 듯이 일에만 매달려 지내는 생활은 나를 조금씩 갉아먹기 시작했다. 나는 하루에 열다섯 시간씩 일했다. 생각을 하지 않기 위해, 죽지 않고 살아남기 위해 정신없이 일했다. 넘어지지 않고는 자전거를 멈출 수 없는 사이클 주자처럼 마구 페달을 밟았던 것이다.

두세 번의 상업적 실패가 앞만 보고 달려가던 그 사이클 경기에 제동을 걸었다. 많은 부수를 인쇄한 몇몇 책들이 저조한 판매를 보였던 것이다. 나는 발밑의 땅이 꺼져버리는 듯한 느낌을 받았고 원인 모를 쇠약증에 무릎이 꺾이고 말았다. 의사의 진단 결과는 매우 진부했다. 과로에서 온 신경쇠약. 의사는 사 주간 요양을 하며 절대적인 안정을 취하라고 권했다.

나는 비시에 가서 온천욕을 할 수도 있었다. 아니면 멀리 떨어진 황금빛 섬에 가서 모자라는 잠을 보충하든가 맹그로브* 아래에서 보들레르가 시에서 찬미했던 아름다운 머리채를 한 여인들과 춤이나 추면서 휴가를 보낼 수도 있었으리라. 그러나 내 안에 똬리를 틀고 앉은 악마는 니콜라를 찾아가도록 종용했다. 내 안에 살고 있는 또다른 내가 내 피를 빨고 내 존재를 위협했던 것이다.

카프리의 저택에서 환희에 찬 모습으로 군림하던 니콜라는 얼마나 멋있었던가! 그는 베란다에서 아름다운 파란 바다가 내려다보이고 그곳 생활이 유쾌하다는 이유만으로 그 저택을 임대했다. 눈부시게 아름

---

* 열대와 아열대 지방의 갯벌이나 하구에 자라는 목본식물.

다운, 그러나 머리는 텅 빈 아가씨들이 가슴을 드러낸 채 수영장 주위를 배회하고 있었다. 그 여자들은 손에 잡히는 대로 따기만 하면 되는 과실들이었다. 사실, 먼지에 싸인 도시의 선술집에서 미지근한 생맥주나 마시면서 고독을 삼키는 것보다는 꿈같은 풍경을 눈앞에 두고 보면서 이탈리아 산 적포도주를 홀짝이는 것이 더 유쾌한 일이기는 할 것이다.

어쨌든 니콜라는 자기를 사랑하고 존경하는 여인들을 그 저택 안에 들여놓고 마치 한 집안의 전제군주처럼, 아니, 희대의 방탕아처럼 기분 내키는 대로 심술을 부리기도 하고 매력을 발산하기도 하면서, 자신의 변덕을 한껏 존중받으면서 지내고 있었다. 아침에 바다로 피크닉을 가자고 제안했다가도 바로 한 시간 뒤에 취소시키는 일이 일상다반사였다. 당시 그의 정부는 니콜이라는 이름의 아름다운 갈색 머리 여인이었는데, 니콜라는 그녀를 어떤 때는 철저하게 노예처럼 취급하고, 어떤 때는 시장으로 달려가 덤프트럭 한 대분의 꽃을 사다 바치곤 했다. 그가 글을 쓰면 모든 사람이 침묵해야 했다. 그럴 때면 그는 강렬한 영감이라도 받은 듯 행세했는데, 내게는 그 모습이 정말이지 눈꼴사나웠다. 그러나 한편으로는 그가 지닌 매력, 즉 그가 어떻게 행동하든 간에 모든 사람을 그의 주위로 끌어들이고 가까이에 잡아두는 그 능력이 몹시도 부러웠다. 어른이 된 지금까지도 그는 알렉산드리아의 스포츠클럽 댄스파티에서 나를 매혹시켰던 빛나는 후광을 그대로 간직하고 있었다.

자기는 천성적으로 매력과는 거리가 멀다거나 어두운 분위기를 자아낸다는 것을 스스로 인식하는 것은 참으로 고통스러운 일이다. 그리고 나와 함께 있는 사람이 내 존재를 인식조차 하지 못하는 것을 보는 것 역시 큰 고통이다. 살롱을 가로질러 걸어도 아무도 나에게 주의를 기울이지 않는다거나, 같은 테이블에 앉아 있는데도 상대방이 나에게 말을 걸어보려는 생각을 전혀 하지 않는다거나 등등…… 그러한 저주에 대해 나는 어쩔 도리가 없었다. 그런 경우 아무것도 나를 구원해주지 못하는 것이다.

내게는 아무리 노력해도 채울 수 없는 어떤 영역이 있는 것 같다. 칵테일파티장을 이리저리 누비고 다니며 초대받은 여성들의 손에 입을 맞추고, 대화에 참여하고, 과자를 게걸스럽게 먹어대도, 한마디로 사람들이 내 존재를 의식하게 하려고 온갖 노력을 다 해도 다음날이 되면 영락없이 이런 말을 듣게 되는 것이다. "어, 에드워드, 자네 어제 아무개네 칵테일파티에 왜 안 왔어?……" 이 정도까지 투명인간 취급을 받는 것은 정말 현기증 나는 일이 아닐 수 없다. 십여 년 동안 내가 상점이나 호텔 혹은 엘리베이터에서 뒷사람이 지나가도록 문을 붙들어준 것이 족히 몇천 번은 될 것이다. 그런데도 내가 고맙다는 인사말을 들은 것은 딱 한 번뿐이었다. 적어도 내 기억으로는 그렇다.

혼자 길을 걸어가다보면 나에게 길을 묻는 사람이 많다. 길을 묻는 사람들은 흐릿하고 생기 없어 보이는 사람에게 접근하는 경향이 있다. 흐릿하고 생기 없는 사람들은 거리의 표지판만큼이나 중용의 입장을 취하기 때문일 것이다. 나는 그런 부류에 속하는 사람인가보다. 그렇다. 어떤 사람들은 태어날 때부터 신의 세계에 속하고 요정들에 둘러싸여 있다. 하지만 내 요람 주위에는 아무도 없었다. 나는 내 십자가를 지고 나의 길을 걸었고 나의 하루하루는 수난이나 다름없었다. 활기가 배제된 영혼의 수난이었다. 빛을 발하는 사람들이 있는가 하면 빛이 꺼진 사람들도 있다. 인정하고 싶지는 않지만 나는 후자에 속했다. 나는 인생을 살아오면서 내가 저지르지도 않은 죄의 대가를 치르는 듯한 느낌을 자주 받았다.

어찌 보면 나는 하늘이 내린 천직을 놓쳐버린 것인지도 모른다. 나는 잿빛인데다 존재감이 없으니 정보직에 그대로 남아 있는 것이 옳았을지도 모른다. 그랬다면 그 후미진 분야에서 탁월한 실력을 발휘할 수도 있었을 것이다.

그렇다, 나는 첩보활동의 대가가 되었어야 했다. 실제로 나는 이중적인 성격을 갖고 있다. 마치 내 안에 두 개의 영혼이 있는 것처럼 부단한 나 자신과의 대립 속에 살아가고 있다. 하나는 남들과 어울려 살면서 사회적으로 뭔가 성취하고 논리적으로 사고하도록 해주는 영혼이고, 다른 하나는 결코 아물지 않는 상처를 핥으면서 잠재의식 깊은 곳에 웅크리고 숨어 벌벌 떨고 있는 영혼이다.

나만이 지닌 고유한 독창성은 다른 사람들의 눈에는 보이지 않는 자폐적 영혼 속에 묻혀 있는 것 같았다. 나는 니콜라가 내 독창성을 훔쳐가 우스꽝스러운 모방이나 일삼고 있다는 강박관념에 시달리고 있었다. 매혹과 질투가 엇갈린 감정을 품은 채 니콜라가 내게서 빼앗아간 능력을 어떻게 남용하며 가지고 노는지 주시할 따름이었다. 물론 그가 써내는 이야기는 그런대로 재미있었다. 그러나 만일 그가 아니라 내가 그 이야기들을 썼다면 이야기는 훨씬 더 우아하고 그윽한 맛을 지녔으리라. 사람들에게 충격을 주고야 말겠다는 그의 빤한 의도와 저속한 표현, 저돌성, 여성에 대한 허세를 끼워넣지 않고는 못 배기는 습관은 내 눈에는 유치하게만 보였다. 나라면 그보다 훨씬 나았을 텐데……

나는 그의 작품 때문에 고통을 받는 한편, 오페라 여가수처럼 오만한 그의 행동과 버릇없는 어린애처럼 방탕한 그의 생활을 보면서 내심 즐기기도 했다. 때로는 그가 측은하다는 생각이 들 때도 있었다. 그가 사나운 표정을 지을 때 특히 그랬다. 그럴 때의 니콜라는 어린 시절 내가 즐겨 보던 라루스 판 그림책에 나오는 술탄의 모습을 연상시켰다. 그 그림책은 술탄이 나쁜 소식을 가지고 온 전령을 노여움을 못 이겨 처형한다는 내용을 담고 있었다. 그가 나에게 일말의 존중심을 보여줬다면 나는 주인을 따르는 개처럼 만족했을지도 모른다. 사실, 나는 내심 그가 나를 어루만져주기만 기다렸는지도 모른다. 그러나 나는 우리의 오랜 우정과 우리 사이를 이어주는 추억의 끈에도 불구하고 하루 저녁 만찬 자리에 우연히 초대받은 손님보다도 못한 대접을 받았다. 나는 그에게 영원한 투명인간이었고, 잿빛 존재였고, 우중충한 느낌만 줬던 것 같다.

그러던 어느 날, 아침식사 자리에서 그가 내뱉은 말 한마디는 내 심장을 송곳으로 뚫는 것 같았다. 내가 그에게 토스트를 한 조각 건네주었는데, 그는 그런 나를 넌지시 바라보더니 "아, 자네 거기 있었어?"라고 중얼거리는 것이었다.

그래, 나는 여기 있어. 벽난로 옆을 지나치며 자네가 항상 보는 도자기 꽃병처럼.

그는 그런 방법으로 자신의 고상한 무관심을 여봐란듯이 드러냈다. 아마도 속으로는 내가 거기에 있다는 사실에 신이 났을 것이다.

아무튼 그 짤막한 말 한마디가 내 자존심을 꿈틀거리게 했고 그의 위압감에 대항하여 투쟁하게 만들었다. 그렇다. 나는 거기에 있었다. 적어도 나와 함께 있는 순간을 매우 즐거워하고 나에게 모든 것을 털어놓는 그의 아들 피터를 위해서. 피터는 니콜라가 다른 곳에서 여자들과 희희낙락하며 즐기거나 사교생활에 빠져 매정하게 굴 때면 나를 찾아오곤 했다. 피터는 내 거처에서 자신의 안식처를 발견했다. 니콜라가 별것도 아닌 일로 피터에게 큰 소리로 야단을 칠수록 우리의 유대감은 더욱 굳게 다져졌다. 투명인간도 어린아이들에게는 사랑받을 수 있는 것이다. 그의 말에 귀 기울여주고, 그를 사랑해주고, 그에게 선물을 하고, 함께 있어주고, 밤의 어둠으로부터 지켜주면 되었다…… 나는 그것을 잘 알고 있었고, 실제로 그렇게 행동했다. 그렇게 하는 것이 전혀 힘들지 않았다. 진심으로 피터를 사랑하고 있었기 때문이다. 피터는 내가 가질 수 없었던 내 아들이었다. 어쩌면 나는 평생 그런 아들을 갖지 못할지도 몰랐다.

한편 니콜라는 피터가 자기보다 나를 더 좋아한다는 사실 때문에 괴로워했고 나는 나대로 그런 상황을 내심 즐겼다. 물론 니콜라는 알량한 자존심 때문에 그런 심중을 드러내지 않으려고 무척 애썼다. 그 무렵 니콜라는 슬럼프를 맞고 있었는데, 그 사실을 알아차린 나는 고소한 마음을 감출 수 없었다. 내가 카프리에 머무는 동안 니콜라는 창작력이 완전히 고갈된 듯한 순간을 여러 번 맞이했다. 그럴 때면 그는 어쩔 줄 몰라했고, 우리 속에 갇힌 짐승처럼 한 곳에서 빙빙 맴을 돌았다. 하루 온종일 방에 틀어박혀 지내기도 했고, 술을 진탕 마시고 엉망으로 취하기도 했다. 나는 그런 그의 모습을 통해 내 재능에 대해 자신감을 갖게 되었다. 그가 기운이 빠질 때마다 나는 사기가 충천하는 것이었다. 심지어 그의 창작력이 완전히 고갈되는 것이 나에게는 구원일 거라는 생각마저 들었다. 사 주간의 휴가가 끝나고 카프리를 떠나던 날, 나는 마음이 훨씬 평온해졌고 자신감으로 가득 차 있었다. 그도 영감이 부족할 때가 있고 좌절을 느낀다는 사실을 알았기 때문이다.

내가 카프리를 다녀오고 몇 달이 지난 어느 날, 니콜라에게서 편지

한 통이 왔다. 그는 그 편지에서 자신이 전환점을 맞이했음을 알리고 있었다.

'내 안에서 매우 독창적이면서도 심오한 뭔가가 익어가고 있다네. 어쩌면 그건 이미 몇 년 전부터 시작된 것인지도 몰라. 하지만 나는 지금에야 그걸 느끼고 있다네. 나는 위대한 야심작에 곧 착수할 거야. 더는 지체하지 않을 거야.'

그리고 그는 자신이 말한 대로 하고야 말았다.

그가 『사랑해야 한다』의 원고를 나에게 가져온 그날을 나는 결코 잊지 못할 것이다. 그는 마지막 문장의 마침표를 찍자마자 런던으로 달려와 내 선고를 기다렸다. 그는 항상 그랬듯이 오직 나만이 자신을 불안에서 구원해줄 수 있기 때문이라고 말했다. 남들에 대한 칭찬에 인색한 그였지만 그도 내 '원고 냄새 맡는 능력'은 인정하고 있었다. 그는 종종 "원고를 읽는 네 직감은 정확하고 확실해"라고 말하곤 했다.

그는 자신의 몸에 밴 매력을 도리스에게 과시할 틈도 없이 내 사무실로 질풍처럼 뛰어들어왔다. 그는 마치 첫 소설을 들고 출판사를 찾아온 햇병아리 작가처럼 상기되고 긴장한 모습이었다. 그런 그의 모습을 보고 나는 적잖이 놀랐다.

"지금 막 파리에서 날아온 참이야. 비행기 안에서도 얼마나 정신이 없었던지 스튜어디스들의 다리를 감상할 여유도 없었어."

"아니, 웬일이야? 무슨 큰일이라도 생겼어? 혹시 피터에게 무슨 일이 생긴 거야?"

"아니, 피터가 아니고 내 문제야. 자네가 내 새 원고를 한번 봐주면 좋겠어.”

나는 겸손한 표정으로 그의 얼굴을 살피며 그가 내게 부여한 심판자의 권위를 음미했다. 하지만 겉으로는 이렇게 물었다.

“나한테 제일 먼저 보여주는 거야? 왜 파르망티에한테 보이지 않고.”

“자네 의견을 먼저 듣고 싶어서 그래. 이번에 나는 새로운 영역을 시도했어. 이건 나의 새로운 출발점이 될 수도 있어. 이걸 다 읽으려면 얼마나 걸릴까?”

나는 주저하지 않고 대답했다.

“오늘 오후까지면 될 거야.”

“좋아. 저녁때 공항으로 가는 길에 다시 들를게. 그 사이에 나는 산책을 좀 해야겠어.”

3페이지를 읽을 때부터 나는 공포의 감정에 휩싸였다. 질투심이 폭풍우처럼 휘몰아쳤다. 왜냐하면 그 소설의 여주인공인 야성적인 아랍 소녀 파리다는 다름아닌 야스미나였기 때문이다. 나는 그 원고 속에서 그녀의 눈과 그녀의 몸, 그녀의 문신을 보았다. 특히 그녀의 웃음소리를 들었고, 목 언저리에서 흘러내려 어깨를 드러내주던 누더기 옷을 생생히 보았다. 그의 원고를 읽어내려감에 따라 나는 점차로 야수 같은 분노에 사로잡혔다. 아름답게 묘사된 미친 듯한 포옹 장면을 읽을 때는 가슴에 칼을 맞는 것 같았다. 거기에 묘사된 연애수업은 가장 은밀하고 퇴폐스러운 데까지 이르렀다. 그녀에게 가르침을 준 선생은 바로 니콜라였다. 그가 이 이야기를 머릿속에서 꾸며낸 것이 아님은 불 보듯 명백했다. 야스미나가 하녀로 고용된 집은 니콜라의 집이었고 그녀를 임신시킨 것도 바로 니콜라였다. 그녀를 죽음으로 몰아넣은 것 또한 니콜라였다. 니콜라가 아니고는 그럴 사람이 없었다……

나는 원고에서 눈을 들어 사무실의 어두운 한구석을 응시했다. 나는 삼십 년이라는 세월 동안 야스미나를 죽게 했다는 죄책감에 시달리며 살았다. 나는 야스미나의 죽음 때문에 삶의 즐거움도, 남성으로서의 욕망도, 사랑의 감정도, 다시 말해 인생 전체를 잃어버렸다. 에서가 느낀 광적인 노여움을 이해할 수 있을 것 같았다. 잘생기고 영리한 야곱에게 자신의 것이었던 장자권을 빼앗긴 뒤 그가 느낀 실성에 가까운 증오와 무력감을 나 또한 그대로 느끼는 것 같았다.

수년 동안 쌓이고 쌓인 모욕이 이제는 이런 끔찍스러운 악몽으로 치달은 것이다. 니콜라는 내 청춘 시절의 가장 소중한 추억마저 짓밟아버렸고, 나의 우상 야스미나는 오늘 그의 손에 의해 다시 한 번 더럽혀졌다.

원고를 계속 읽을 수가 없었다. 나는 마치 감전당한 사람처럼 몸을 떨면서 두 시간 동안 내 영혼을 불태우는 그 원고를 손에 들고 있었다. 만일 그때 니콜라가 내 앞에 있었다면 나는 아마 그 자리에서 그를 죽여버리고 내 손으로 그의 시신을 갈가리 찢어놓았을 것이다.

그러나 나는 고통의 깊숙한 곳에서 메아리치는 또다른 목소리를 감지했다. 그 목소리는 평정을 잃지 말라고 내게 말하고 있었다. 청춘 시절의 우상이 살해당하는 장면을 다시 경험하고 있는 지금, 절대로 동요해서는 안 되었다. 나는 마음을 가라앉히고 다시 원고를 읽기 시작했다. 페이지가 넘어가는 동안 곰팡내 나는 내 오랜 숙원인 복수의 욕망은 깊이를 더해갔고 그것은 점차 독기를 띠어갔다.

마키아벨리적이고 한없는 내 고통은 복수를 지향하는 은밀한 음모 속에 미묘하게 녹아들었다. 갑자기 머릿속에서 덜커덕하는 소리가 나면서 기억의 저장고 속에 보관되어 있던 기억 하나가 떠올랐다. 대학 시절에 공부한 인도-유럽어의 어근에 관한 기억이었다. '카드(kad)'라는 단어는 증오와 고통을 동시에 의미했다.

이 원고를 통해 야스미나의 죽음에 대한 니콜라의 책임이 드러났다. 그리고 오랫동안 축적되어온 내 원한이 어슴푸레한 무의식의 영역에서 진정한 본모습을 드러냈다. 니콜라가 저지른 비열하고 비인간적인 행위가 삼십여 년 동안 참아온 내 증오심을 폭발시켰고 나로 하여금 총의 방아쇠를 당기게 했다. 어떻게 보면 우리 모두는 행하지 않은 살인, 아슬아슬하게 피한 살육, 겉으로 드러나지 않는 파괴적 증오의 세계 속에 살고 있는지도 모른다. 만일 사람들이 꾹꾹 눌러 참는 그런 파괴적 증오심이 모두 행위를 통해 표출된다면, 남편을 죽인 양순한 아내, 주인의 목을 잘라버린 충성스러운 늙은 하인의 이야기는 너무나 진부하게 들리고 우리에게 아무런 충격도 주지 않을 것이다.

이제 때가 되었다. 행동을 개시하여 니콜라에게 내 참모습을 보여줄 때가 온 것이다. 어릴 적의 나는 콤플렉스를 감춘 채 이집트의 지하묘지를 배회하던 순진한 소년이었지만 이제는 많은 것을 겪고 단단한 남자가 되었다. 나는 지난날 내가 당한 모욕에 멋지게 복수할 능력을 갖추고 있고 그럴 준비도 되어 있다. 나는 나에게 이런 파괴적 충동을 일으키는 수많은 원인들을 하나씩 자세히 분석하지는 않았다. 그저 내 생명과 활기의 원천이 죽어버린 후 무력감에 시달리면서 내가 받은 고통에 비례하여 행동할 작정이었다. 물론 나는 어디에 어떻게 손을 대야 할지는 잘 모르고 있었다. 그러나 한 가지만은 확실했다. 그의 가장 민감한 부분에 타격을 주어야 했다. 그것은 바로 그의 작품이었다. 그가 지금까지 쓴 자기 작품들 중 가장 수준이 높은 작품이라고, 자기의 작품활동에 새로운 전환점을 마련해줄 거라고 굳게 믿고 있는 이 소설이었다.

휘몰아치는 증오의 급류에 휩쓸리면서도 나는 냉정함을 잃지 않았다. 이 소설이 니콜라 파브리를 프랑스 문단의 가장 높은 자리로 끌어올려주리라는 것을 예감할 수 있을 정도로. 소설의 주제는 감동적이고 참신했으며 문체는 이전 작품들에 비해 훨씬 섬세하고 예리했다. 니콜라는 자신이 의도한 것 이상으로 거듭나는 데 성공했으며, 뛰어난 재능과 성실성으로 작중인물에게 생명력을 불어넣었다. 그 소설의 주인공은 세상에 막 눈을 뜨기 시작한 사춘기 소년으로, 니콜라는 그 소년의 모델이 자기라는 사실을 짐짓 감추고 있지만 결국 가면을 벗어던지고 있는 그대로의 자기 모습을 내보인 것이다.

이 소설의 성공을 내 복수의 수단으로 삼을 수 있으리라는 생각이 섬광처럼 내 뇌리를 스쳤다. 그리고 그때부터 나는 오로지 복수를 하겠다는 일념으로 최면에 빠진 사람처럼 몇 달 동안 두 개의 삶을 살았다. 겉으로 보이는 나는 평소와 다름없이 정상적인 생활을 유지했지만 또 하나의 나는 흐릿한 의식 속에서 마치 몽유병 환자 같은 상태로 몇 달을 보냈다.

도리스가 퇴근을 하자, 나는 복사기로 달려가 원고 전체를 복사했다. 오후 늦게 니콜라가 다시 나를 만나러 왔을 때, 나는 완전히 냉정을 되찾은 상태였다. 걱정스러워하는 그의 표정을 보고 나는 그를 안심시켰다.

"이건 혁명적인 작품이야. 정말이지 놀랍네."

그러자 니콜라는 내가 한 번도 보지 못한 행복한 표정을 지었다. 너무나 행복해한 나머지 나를 껴안고 입맞춤이라도 퍼부을 기세였다. 그

날 저녁 그는 나를 사보이 호텔로 데려가 저녁을 샀는데, 그날만은 그
가 나에게 아주 정중하게 대했다는 점을 시인하지 않을 수 없다. 저녁
식사를 마친 뒤, 그는 소중한 보물을 다루듯 원고를 안고 파리 행 야간
비행기에 올라탔다.

8

나는 그날 밤 당장 『사랑해야 한다』의 번역작업에 착수했다. 배경을 바꿀 필요는 없었다. 나는 빛과 생기로 반짝이는 도시 알렉산드리아를 공간적 배경으로 그대로 두었다. 단지 시간적 배경만 1940년대에서 1920년대로 바꾸었다. 시기적으로 1920년대와 어울리지 않는 단어들은 삭제했지만, 등장인물들의 이름도 그대로 두었고 특히 그들의 성격이나 심리는 털끝만큼도 바꾸지 않았다.

나는 그 아름다운 사랑 이야기를 재작업하느라 꼬박 이 주일 동안 밤을 새웠다. 지금까지와는 달리 니콜라가 가진 가장 훌륭한 것을 훔치는 작업이었다. 나는 짜릿한 쾌감을 맛보며 그의 문장을 하나씩 하나씩 차지했다. 그 작업을 하는 동안에는 피로도 전혀 느끼지 않았고 지루한 것도 몰랐다. 니콜라가 수년에 걸쳐 내 창작력을 빼앗아 가로챘고, 이제는 내가 니콜라에게 그렇게 해줄 차례가 왔다는 사실에, 즉 그의 것을 빼내어 내가 차지한다는 사실에 커다란 즐거움을 느낄 뿐이었다.

　그러한 복수의 예비행위는 의식적으로 계획해둔 절차에 따라 진행된 것은 아니었다. 그럼에도 불구하고 내가 그렇게 평온한 상태에서 순조롭게 일을 척척 진행했다는 사실이 나 자신도 몹시 놀라웠다. 사실, 그 당시 나는 내가 하고 있는 그 작업이 나중에 어디에 어떻게 소용될지에 대해서는 막연하게 느끼고 있었다. 그러나 뒷일은 나중에 가서 생각해보기로 하고 일단 거대한 퍼즐의 한 조각을 맞추는 작업에 착수했다. 물론 그 퍼즐의 주제는 나도 잘 모르고 있었다.

　퍼즐의 첫 조각은 내가 터너 출판사를 인수하던 당시로 거슬러 올라간다. 사무실을 정리하면서 나는 다락에 적재되어 있는 사용하지 않는 물건들을 정리했다. 거기서 나는 5백 장씩 묶여 있는 종이 다발을 몇 뭉치 발견했다. 아치볼드 터너가 보관해놓은 종이 다발이었다. 종이 다발이 들어 있는 상자에는 '추억을 위해'라고 적혀 있었다. 재질을 자세히 들여다보니 전쟁 전에 사용되었던 품질이 아주 좋은 종이였다. 그러나 종이의 양이 얼마 되지 않아 책의 초판 전체를 찍기에는 부족했고, 나는 그 사실을 유감으로 생각했다.

　나는 그 고급 종이 뭉치를 일단 잘 보관해두었다. 물론 당시에는 그 종이들이 나중에 어디에 쓰일지 꿈에도 생각지 못했다.

　퍼즐의 둘째 조각은 아치볼드가 사망하고 사업 확장으로 인해 출판사 사옥의 공간이 부족해졌을 때 발견되었다. 지하실을 둘러보던 나는 먼지투성이의 커다란 궤짝을 하나 발견했다. 그 궤짝 안에는 옛날에 책을 제본할 때 사용했던 재료들이 모두 들어 있었다. 표지 안쪽을 대는 데 사용했던 대리석 무늬가 찍힌 종이와 면지로 쓰였던 비목재 펄프로 된 흰 종이, 파란색의 제본용 천, 꿰매고 가제본하는 데 사용했던 면사와 아마사 등 유행이 지나 이제는 퇴색해버린 옛 시대의 유물이 그대로 들어 있었다.

퍼즐의 셋째 조각은 많은 시간이 지나고 나서야 발견되었다.

사람은 모두 자기만의 괴벽을 하나쯤은 가지고 있다. 내 경우에는 오래전부터 문학잡지를 수집하고 있었다. 전쟁의 소용돌이를 겪어낸 세대의 작가들에게 흥미를 갖고 있었기 때문이다. 그러던 중 1930년대에 발간된 어느 문학잡지에서 어윈 브라운이라는 작가의 단편소설 한 편을 우연히 보게 되었다. 어윈 브라운이라는 이름은 내게는 완전히 생소한 이름이었고, 주변 사람들에게 물어봐도 아무도 그런 이름은 들어본 적이 없다고 했다. 그의 단편소설에 푹 빠져 있던 나는 그 무명작가를 찾아나서기로 했다. 나는 그가 런던에 살고 있는지 아니면 지방에 살고 있는지, 그의 학력이 어떤지, 그가 다른 작품도 썼는지 어떤지조차 모르고 있었다. 그러나 적어도 한 가지 사실만은 알고 있었다. 그는 젊은 사람으로 추정되며, 그 독창적이고 현대적인 문체 속에는 위대한 작가로 성장할 만한 재능이 엿보인다는 점이었다. 나는 그의 자취를 추적하기로 결심했다. 나는 큰 어려움 없이 그를 발견할 수 있으리라 믿었다. 아니면 그가 쓴 다른 작품이라도 찾을 수 있을 거라고 확신했다.

그러나 불행히도 어윈 브라운이라는 인물은 대영 도서관의 작가 카탈로그에 수록되어 있지 않을 뿐만 아니라 전쟁 전 영국에서 만든 그 어떤 작가 목록이나 비평가 목록에도 들어 있지 않았다. 게다가 그의 단편소설을 게재한 문학잡지의 자취도 전혀 찾을 수가 없었다. 그의 흔적을 찾아내는 일이 불가능하다고 생각하고 거의 포기할 무렵 나이 많은 사서 한 명이 나에게 어느 작가협회의 주소를 알려주었다. 사서의 말에 따르면, 바로 그 협회에 문제의 문학잡지의 과월호가 모두 보관되어 있다는 것이었다. 나는 그 작가협회로 달려가 열람을 신청했다. 아, 기적이 일어났다. 나는 거기서 마침내 어윈 브라운의 자취를 발견했던 것이다. 각양각색의 자료 더미에 묻혀 있던 색인에서 나는 내가 그렇게도 찾아 헤매던 유령 같은 작가의 이름과 주소가 적힌 카드를 발견했다.

어윈 브라운
입스위치
디킨스 로 133번지

나는 사건의 실마리를 발견한 탐정처럼 큰 즐거움을 느꼈다. 나는 작가협회 건물 앞에 세워둔 자동차에 곧바로 올라타 차를 몰았다. 그리고 그 주소지로 즉시 가보았다. 그러나 참으로 실망스럽게도 그 건물은 사람 한 명 없이 텅 비어 있었고, 현관 옆에 붙어 있는 수십 개의 녹슨 우편함 어디에서도 어윈 브라운이라는 이름은 찾아볼 수 없었다.

나는 입스위치 시청으로 가보았다. 시청 호적담당 직원 앞에서 내 추적은 막을 내렸다. 나는 어윈 브라운이라는 이름을 대며 그에 관한 자료를 찾아달라고 부탁했다. 호적담당 직원의 대답은 다음과 같았다.

"어윈 조지 아서 브라운, 1917년 2월 23일 출생…… 1940년 6월 1일 됭케르크에서 사망. 사망 당시 미혼이었고 자녀도 없었다고 기록되어 있습니다."

"그의 부모는요?"

"양친 모두 사망했습니다."

그렇다면 어쩔 수 없었다! 어윈 브라운은 터너 출판사가 발굴해낸 새로운 작가 리스트에 오를 수 없었다.

그 일이 있고 나서 나는 이내 그를 잊어버렸다. 그러나 니콜라의 새 원고를 읽고 나서 얼마 후 그의 이름을 다시 떠올렸다. 사보이 호텔에서 니콜라와 함께 저녁을 먹고 차를 세워둔 곳까지 걸어오는 사이 내 머릿속에 어떤 생각이 떠올랐는지 정확히 묘사하기란 참으로 어려운 일이다. 그것은 하나의 계시와도 같았다. 나는 내 목을 답답하게 조르고 있던 노끈이 풀리리라는 것을 느꼈다. 내 계획의 실체가 조금씩 형태를 드러내기 시작했다. 나는 니콜라라는 망령을 내 안에서 영원히 쫓아내기 위해 어윈 브라운의 미라에게 구원을 청할 생각이었다.

나는 집에 돌아오자마자 환희를 만끽하며 복수극의 시나리오를 한 장면씩 작성해나갔다.

일단 가능한 작가는 물색해둔 셈이었다. 이제 적당한 출판업자가 있어야 했다. 다음날부터 나는 전쟁 이후 사라진 출판사들을 하나하나 조사하기 위해 며칠 동안 런던 전체를 샅샅이 뒤졌다. 사방팔방을 헤매고 다녔지만 피곤한 줄도 몰랐다. 나는 입이 무겁고 신중한 출판업자를 찾았다. 전쟁 전 소규모의 출판사를 운영했으되 전쟁 이후에는 출판업을 중단한 사람이어야 했다. 물론 그 탐색작업은 매우 조심스럽게 진행되어야 했다. 무엇보다도 다른 사람들의 이목을 끄는 일이 절대로 없어야 했다. 도리스도 눈치채면 안 되었다. 나는 반드시 혼자 움직였으며 아무리 사소한 일이라도 다른 사람에게 심부름을 시키지 않았다.

나는 매일 밤 플리트 가의 선술집들을 전전하면서 영국 출판업계의 베테랑들을 만났고, 그들의 술잔에 위스키를 부어주며 그들의 혀가 꼬부라지기를 기다렸다. 그들은 내가 '좋았던 옛 시절'에 대해 궁금해하는 것을 즐거워하며 기꺼이 이야기 보따리를 풀어놓았다.

그렇게 해서 나는 1940년 이후 사라진 출판사들의 목록과 그 출판사들의 전문분야 등 필요한 정보들을 모을 수 있었다. 그 다음 단계로 나는 각 출판사의 재정 관련 사항을 조사하고 내 계획에 필요한 잡다한 정보들을 수집하기 위해 런던의 모든 도서관을 뒤지고 다녔다. 무척 피곤하고 세심한 주의를 요하는 일이었지만 나는 전혀 힘들지도 지루하지도 않았다.

그런 복잡한 작업을 훌륭하게 이끌어나가는 에너지가 내 속 어디에 숨어 있었는지 정말 알다가도 모를 일이었다. 그 작업을 수행하기 위해 나는 내 생활의 가장 중요한 부분에서 가장 사소한 부분에 이르기까지 많은 것을 희생해야 했다.

그렇게 삼 주가 지났고, 나는 1937년에 설립된 블룸스베리 출판사를 내가 필요로 하는 출판사로 낙점했다. 그 출판사는 몇 권 되지 않는 책을 그리 많지 않은 부수로 출판했다. 재능 있는 젊은 작가들의 작품들이었지만 누구 한 사람 작가로서 크게 성장하지는 못했다. 그나마 전쟁중에 폭격을 맞아 출판사가 있던 건물이 완전히 파괴되었고 서류와 재고들도 함께 날아가버렸다. 그 출판사의 경영인이자 소유주였던 필립 램지 또한 몇 년 뒤 연합군이 시칠리아 상륙작전을 펼치던 중에 전사했다. 이런 배경도 내 계획에 부합했지만 무엇보다도 내 선택에 결정적 요인으로 작용한 것은 블룸스베리 출판사에서 출판한 서적들의 제작방법이었다. 그들이 본문 인쇄에 사용했던 종이나 표지 그리고 면지 등이 신기하게도 내가 지하실의 궤짝에서 발견한 것들의 재질과 정확히 일치했다.

게다가 경제적인 이유로 램지는 특정한 인쇄소와 계속 거래하기보다는 지방에 있는 이곳저곳의 인쇄소에 인쇄를 의뢰했다. 내 계획이 마침내 형태를 조금씩 갖추기 시작했다.

그러나 아직은 할 일이 남아 있었다. 블룸스베리 출판사가 발간한 책들을 몇 권 입수하는 일이었다. 그 일을 위해 나는 런던의 고서점들을 전전했다. 그리고 열흘이 못 되어 블룸스베리 출판사에서 펴낸 책 세 권을 입수할 수 있었다. 그 책들을 분해해서 어떤 방법으로 제작했는지를 살펴보는 것은 식은 죽 먹기였다.

그러나 그것만으로 내 노력이 완전히 끝난 것은 아니었다. 아니, 진정한 의미에서의 작업은 그때부터 시작이었다. 1950년대 초반 처음 출판 일을 시작할 때 아치볼드 터너의 권고에 따라 인쇄소에서 직접 실습을 한 것이 무엇보다도 소중한 도움이 되었다. 그 실습을 통해 나는 인쇄활자들과 활자들의 배치, 지면구성 등에 익숙해졌다. 그때로부터 이십여 년이 지난 지금도 나는 활자를 하나씩 식자하는 모노타이프와 한 행 전체를 식자하는 라이노타이프의 사용법을 잊지 않고 기억하고 있었다. 당시 나는 한 시간에 만여 개의 활자를 해치우는 식자공들과는 견줄 수 없었지만 그래도 남부럽지 않은 소질을 보였었다.

블룸스베리 출판사가 펴낸 책들은 라이노타이프로 식자되어 있었고, 이제 나는 어쩔 수 없이 그 낡은 기계를 찾아나서야만 했다. 몇 주쯤 지났을 때, 나는 어느 인쇄전문 잡지에서 광고 하나를 발견했다. 그 광고를 본 나는 뛸 듯이 기뻤다. 체스터 시에 사는 피터 사이먼이라는 늙은 인쇄업자의 상속인이 내가 찾고 있던 바로 그 기계를 경매에 내놓은 것이다. 그는 빚을 잔뜩 짊어지고 있었기 때문에, 사절판* 책을

---

* 전지를 넷으로 접은 크기.

인쇄할 수 있는 조그만 인쇄기와 '해리스 인터타이프'라는 브랜드의 라이노타이프를 헐값으로 나에게 넘겨주었다. 그 라이노타이프는 내가 인쇄소에서 실습기간에 사용했던 것과 모든 면에서 비슷했다. 그들은 또한 1939년 이전 영국 출판계에서 널리 사용되던 디도체 활자 한 벌도 함께 넘겨주었다. 나는 구매의 흔적이 전혀 남지 않도록 전액을 현찰로 지불했고 파는 사람에게는 가짜 이름을 댔다.

위조품을 만드는 데 필요한 모든 도구를 갖추었다. 이제는 그것들을 도체스터 부근에 있는 내 시골집 헛간으로 옮기는 일만 남았다.

나는 세밀한 부분에 이르기까지 까다롭게 주의를 기울이며 치밀하게 준비 작업을 해나갔다. 내 작업은 가히 편집광적이었다.

완벽을 요구하는 그 작업은 나에게 불건전하고 병적인 쾌락을 안겨주었으며 그 즐거움은 나날이 더해갔다.

나는 전쟁 전에 사용하던 천연 접착제의 성분을 알아냈고 똑같은 것을 몇 병 만드는 데 성공했다. 또한 냄새마저 까맣게 잊고 있던 옛날의 아마유 잉크를 재현해내는 데도 성공했다. 하나씩 추적과 발견을 계속해나가면서 내 헛간에는 1939년 블룸스베리 출판사에서 발간하고 체스터의 조그만 인쇄소에서 인쇄한 300여 쪽 분량의 책을 십여 권쯤 찍어낼 만한 도구가 모두 갖추어졌다.

나는 내 속임수가 절대로 발각되지 않을 거라 확신했다. 내가 그 모든 것을 준비하면서 편집광적인 조심성을 쏟아부은데다가 출판사와 인쇄소의 자료들이 소유자가 사망한 후 완전히 사라져버렸기 때문이다. 나는 정말이지 천재였다.

삼 개월에 걸친 준비 작업이 모두 끝났다. 악착스럽고 집요한 작업의 결실이었다. 퍼즐의 모든 조각들이 이제는 다 모인 셈이었다. 이제 그것들을 조합하는 일만 남아 있었다.

나는 편집증적 완벽주의의 발로에서 라이노타이프로 몇 페이지를 식자해보았다. 한 줄에서 다음 줄로 넘어가는 동안 나는 많은 발전을 보였다. 만들고 난 납 활자들은 다시 녹였다. 나는 블룸스베리에서 출판한 서적 세 권을 체계적으로 분석함으로써 그 책들의 활자조합과 지면 구성, 제목을 삽입하는 방법, 심지어 페이지를 기입하는 방법에도 익숙해졌다.

필립 램지의 제작 방법에 너무나 몰두한 나머지 정작 본업인 터너 출판사 일에는 예전 같은 주의를 기울이지 못했다. 짧은 기간이긴 했지만, 나는 내 계획에 더욱 완벽을 기하기 위해 출판사의 잡다한 일들은 다른 직원에게 위임했다. 쓸데없이 의심을 불러일으키지 않기 위해 여전히 사무실로 출근은 했지만 일은 손에 잡히지 않았다. 그러나 나는 별로 걱정하지 않았다. 이 음모가 목표점에 도달하는 날이면 전보다 더 큰 위엄과 열정을 가지고 터너 출판사의 고삐를 다시 잡게 될 거라는 사실을 잘 알고 있었기 때문이다.

힘겨운 작업이 모두 끝났을 때, 나에게는 얼마간의 휴식이 필요했다. 나는 존슨 박사에게 진찰을 받으러 갔고, 전원에서 휴식을 취하라는 권고를 얻어냈다. 터너 출판사는 내가 없어도 며칠은 끄떡없이 돌아갈 터였다.

나는 곧장 내 시골집으로 달려갔다. 그리고 지체 없이 라이노타이프 앞에 자리를 잡고 앉아서 『사랑해야 한다』의 위조본, 일명 『사랑은 의무』의 정교한 구성작업에 착수했다. 한 줄 한 줄 책이 모양을 잡아갔고, 내 기술도 현저히 향상되었다. 나는 한 줄을 치고 난 뒤 일일이 다시 확인해보았다. 그러니 숙련된 식자공보다 작업속도가 떨어지는 것

은 당연했다. 나는 전쟁중 도체스터의 지하실에서 주축국에 있는 동료
들에게 보내는 위조 전문을 작성할 때 느꼈던 것보다 큰 감동과 만족
감을 맛보았다.

『사랑은 의무』의 마지막 한 줄을 식자할 때까지 나는 조금도 주의를
흘뜨리지 않았다. 아니, 그 힘겨운 작업이 막바지에 이르면서 오히려
내 의식의 활동영역이 확장된 것 같은 느낌이 들었다. 나는 일종의 안
도감을 느끼면서 마지막 문장의 마침표를 찍었다. 드디어 오랜 숙원을
완성한 것이다.

이제 내가 만든 위조 서적에 '영국 체스터 시 피터 사이먼 사 출판'
이라는 관례적인 조항을 삽입하기만 하면 되었다. 끝으로 나는 책의
마지막 페이지에 넣을 '초판 1939년'이라는 글자를 식자했다. 전쟁 전
영국 출판법에는 출판등록번호와 날짜를 기입하는 의무규정이 없었기
때문이다.

식자가 다 끝나자 곧 식자판 제조에 착수했다. 그리고 인쇄에 들어
갔다. 앞면과 뒷면을 한 장씩 인쇄하여 내가 가진 종이의 양이 허용하
는 20권을 인쇄했다. 완성되어가는 작품을 눈앞에 보면서 나는 감상에
빠지기도 하고 희열에 빠져들기도 했다. 마치 온몸에 전기가 오르는
것 같았다. 이제는 작업의 최후 단계만 남아 있었다. 그 단계는 내가
스스로 해결할 수 없는 부분이었다. 바로 제본이었다. 나는 제본을 위
해 이집트로 떠나기로 했다. 거기서 내 무기에 마지막 손질을 해줄 수
공업자를 찾을 수 있을 거라 확신했다.

게다가 몸과 마음을 좀 쉬어줄 필요도 있었다. 꼼꼼함과 집중력을
요하는 작업을 하는 동안 나는 완전히 녹초가 되어버렸던 것이다. 초
췌한 안색으로 사무실로 돌아가는 것은 생각할 수도 없었다. 회사에서

는 모두 내가 보름 동안 시골집에서 맑은 공기를 마시며 충분히 휴식을 취했을 거라 생각할 테니까. 이제 목표지점에 거의 도달한 탓에 극도로 흥분해 있었기 때문에 자칫하면 평정을 잃을 위험도 있었다. 최후의 일격을 가하기 전에 긴장을 풀고 힘을 재충전할 필요가 있었다.

9

　어쩌면 스페인이나 혹은 다른 나라에서 제본을 맡아 처리해줄 훌륭한 수공업자를 찾을 수 있었을지도 모른다. 그러나 그런 경솔한 행동을 하면 위험이 뒤따를 가능성이 컸다. 솔직히 말하면 기운을 완전히 회복하기 위해 건조한 이집트에 가서 지내고 싶기도 했다. 그렇다고 내 이집트 행이 사건의 진원지로의 귀환을 의미하는 것은 아니었다. 나는 알렉산드리아는 일부러 피했다. 나는 알렉산드리아를 떠난 후 딱 한 번 그곳에 다시 가본 적이 있다. 어머니가 돌아가신 직후였다. 그때 나는 알렉산드리아에 몹시 실망했다. 어린 시절 내가 그토록 사랑했던 그 도시의 모습을 전혀 찾아볼 수 없었다. 활발하고 생기 있게 움직이던 다양한 민족의 사람들은 모두 사라지고, 더러운 길모퉁이에는 비참한 모습을 한 주민들만 득실거렸다.

　내가 살던 옛집도 찾을 길이 없었다. 그 자리에 새로 세운 건물조차 무너져가고 있었다. 이렌의 아버지가 경영하던 과자점 '파스트로디스' 역시 찾아볼 수 없었다. 시간은 막강한 불도저처럼 모든 것을 밀어버렸다.

아무튼 나는 일주일간의 여행치고는 지나치게 무거운 여행가방을 들고 카이로로 향하는 비행기에 올랐다. 내 짐의 대부분은 『사랑은 의무』 열 권 정도를 제본하는 데 필요한 물품들이었다. 나머지 물품들은 만약의 경우를 대비해 시골집 창고에 숨겨두었다.

카이로에 도착하자, 나는 자유롭게 이동할 수 있도록 자동차를 한 대 빌렸고, 도착한 다음날부터 즉시 제본업자들을 찾아나섰다.

나는 전화번호부를 뒤져 몇몇 제본업자들의 주소를 베껴 썼다. 그리고 그들을 방문하기 위해 시내를 한 바퀴 돌았다. 일단 깔끔한 작업을 기대하기 힘들 정도로 더러운 곳이나 너무 규모가 커서 비밀을 보장받기 힘든 곳은 빼버렸다. 한 나절 동안 카이로를 사방으로 누비고 난 뒤에야 나는 수크 근처의 시디 메트왈리 로에서 영어도 프랑스어도 할 줄 모르는 한 아랍인이 경영하는 적당한 제본소를 찾아냈다. 정갈하게 꾸며진 조그맣고 소박한 그 제본소는 사막 한가운데에서 찾아낸 오아시스 같았다. 더구나 그 제본소는 전쟁 전 유럽에서 행해지던 반수동식 제본에 꼭 필요한 고풍스러운 기계들을 몇 대 갖추고 있었다. 한마디로 나는 희귀한 새 둥지를 발견해낸 것이다.

나는 그때까지 아랍어를 잊지 않고 제법 잘 구사했다. 키가 작달막한 아랍 상인은 내가 하는 말을 완벽하게 이해했다. 오히려 유럽 사람인 내가 자기네 언어를 구사하는 것을 보고 퍽이나 놀라워했다. 나는 어린 시절을 이집트에서 보내서 그렇다고 대답한 뒤 그가 어떻게 일해주기를 원하는지 자세히 설명해주었다. 그는 내 주문에 열성을 보였고, 내가 원하는 그대로 작업을 해주마고 약속했다. 그는 내가 마분지,

종이, 제본용 천, 실, 접착제 등 모든 재료들을 내놓는 것에 대해서도 전혀 놀라는 기색을 보이지 않았다. 그는 그 재료들에 대해 아무런 질문도 하지 않았다. 아마도 서양인, 그중에서도 특히 영국인들은 모두 미친 사람들이라고 생각하는 지혜로운 동양인 부류에 속하는 사람이었기 때문이리라.

나는 수십 번 수백 번 거듭 당부를 하고 난 후에야 비로소 그가 작업을 시작하도록 허락했다. 그가 일하는 모습을 내 눈으로 직접 확인한 뒤 나는 그를 전적으로 신임하게 되었다. 그날 저녁, 나는 가벼운 마음으로 아스완으로 향하는 비행기에 올랐다.

카이로의 찌는 듯한 무더위를 겪은 뒤 이집트 북부로 이동하니 건조한 열기가 무척이나 기분 좋게 느껴졌다. 나는 올드 캐터랙트 호텔의 발코니에 몇 시간이고 앉아 있었다. 영롱한 빛을 발하며 엘레판티네 섬의 바위들 옆을 흘러가는 나일 강을 바라보며 그렇게 오랫동안 머물러 있었다. 프톨레마이오스 왕조의 알렉산드로스 2세 때 건축된 사원의 유적이 불타는 하늘을 배경으로 장엄하고 뚜렷한 윤곽을 드러내고 있었고, 강의 양쪽 기슭 사이에는 커다란 돛을 단 소형 범선들이 소리 없이 미끄러지며 나아가고 있었다. 배들은 붉은 화강암이 솟아 있는 지점에 다다르자 항해 속도를 늦추었다. 나는 선선한 저녁 공기에 실려오는 은은한 향기에 몸을 맡긴 채 마냥 취해 있었다. 장미와 오렌지 나무의 향내가 오묘하게 배합된 향기였다. 장엄하고도 고요한 아름다움을 지닌 그 고장은 내 긴장을 풀어주고 자신감을 재충전시켜주었다. 그곳에서 시간을 보내는 동안 나는 단 일 초도 니콜라 생각을 하지 않았다. 어둡고 외로운 긴 터널을 지나온 후 세상에 다시 태어난 것 같은 느낌이 들었다.

나는 이튿날 새벽에 잠이 깨었다. 그렇게 깊고 기분 좋은 숙면을 취하기는 실로 오랜만이었다. 나는 바닥이 납작한 범선을 하나 빌려서 나일 강의 제방이 있는 곳까지 거슬러 올라갔다. 누비아 사람으로 보이는 두 명의 뱃사공은 급류 지점에서 돛과 노를 기막힌 솜씨로 다루었다. 그들은 기다란 장대를 반질거리는 바위에 단단히 지탱한 채 힘을 북돋우기 위해 단조로운 노래를 흥얼거렸다. 나는 해가 뜨는 광경을 지켜보았다. 우리가 탄 배가 지나가는 강변의 화강암 위에 햇살이 비치자, 거기에 새겨진 상형문자와 납작한 부조들이 모습을 드러냈다. 멀리서 폭포 소리가 나지막이 들려왔고, 강가에 접근할 때는 단호한 눈빛을 한 황소들이 느린 걸음으로 끌고 가는 사키*의 바퀴가 삐거덕거리는 소리도 들을 수 있었다. 그 투명하고 파르스름한 아침 햇살을 나는 이미 알고 있었다. 그러나 그 햇살 아래에 드러나는 경치는 예전과 같지 않았다. 나세르**가 건설한 제방이 강의 범람을 가져올 수도 있었으므로 몇몇 건물들은 재난을 피하기 위해 제방 위로 이전되어 있었다. 필라에 섬에 있는 이시스 사원의 경우, 예전에는 물에 잠긴 문을 통해 사원 안으로 들어갈 수 있었지만 이제는 그 문도 강 속으로 사라져버렸다. 거기에는 눈높이에서 방문객들을 맞이하던 신들의 조각상도 있었다. 그러나 이제는 모든 것이 변해버렸다. 제단 주위에서 들리던 노래하는 듯한 파도 소리 대신 이제는 웅웅거리는 물소리밖에 들을 수 없었다.

나는 호텔로 돌아왔다. 그곳에서 맛보는 영혼을 울리는 관능적인 물결과 지난 몇 개월 동안 견뎌내야 했던 혹독한 긴장감이 대조되면서

---

* 이집트에서 사용하는 소가 끌어 돌리는 양수차.
** 이집트의 군인이자 정치가(1918~1970).

한편으로는 황홀한 기분이 들고, 또 한편으로는 조금 우울하기도 했다. 에어컨이 가동되는 호텔 로비의 공기 때문에 몸이 으스스 떨려왔다. 나는 5층의 내 방으로 올라가기 위해 엘리베이터를 탔다. 엘리베이터를 조작하는 남자 직원이 나에게 따뜻한 미소를 보내더니 썩 자신 없는 영어로 물었다.

"객실로 위스키를 가져다드릴까요?"

그는 전형적인 누비아인으로, 이목구비가 섬세하고 체격은 우아하고 늘씬했다. 그는 하얀 갈라베야*에 폭이 넓은 암홍색 허리띠를 매고 있었는데, 하얀 옷 색깔이 검다 못해 보랏빛이 감도는 그의 피부색을 한층 돋보이게 했다. 엘리베이터 안에는 우리 둘뿐이었고, 나는 몇 주간의 수도사 같은 고립생활에서 막 벗어난 참이었다. 나는 몇시에 일이 끝나냐고 그에게 물었다.

"막 끝나는 참입니다, 선생님."

그는 이렇게 대답하면서 다시 한 번 환한 미소를 지어 보였다.

엘리베이터 문이 열리고 복도로 나오기 직전, 나는 나도 모르게 이렇게 말해버렸다.

"그러면 당신이 직접 내 방으로 '블랙 앤 화이트' 한 병과 컵 두 개, 얼음을 좀 갖다주면 좋겠어요."

몇 분 후, 그가 내 방문을 두드렸다. 쟁반을 떨어뜨리지 않기 위해 왼손의 손가락을 잔뜩 긴장시킨 채. 그가 단기 숙박객들을 위해 이렇게 서비스 시간을 연장하는 것이 아마도 처음은 아닐 것이다. 그러나 그는 상대방에게 호감을 주려는 의도에서 자연스럽게 우러나오는 위

---

* 북아프리카 이슬람권 국가의 민속의상. 앞이 트인 가운 모양의 웃옷으로, 통소매에 길이는 땅에 닿을 정도로 길고 넓다.

엄 같은 것을 갖추고 있었기 때문에 우리가 함께 보낸 시간은 돈을 주고 사는 저속한 포옹으로 추락하지는 않았다. 다음날 저녁, 그는 다시 내 방문을 두드렸다. 오만이나 비열함이라곤 전혀 섞이지 않은 그 해맑은 미소와 함께.

나는 나일 강변의 공원에서 산책을 하고, 단순하면서도 부드러운 사랑의 밤들을 보내면서 아스완에서 사흘을 보냈다. 시간개념을 초월한 사흘이었다. 그저 사흘뿐이었다. 나는 책을 찾으러 카이로로 돌아가야 했고, 음모라는 지옥 속으로 다시 들어가야 했으니까.

카이로의 제본업자는 자부심을 느껴도 좋을 정도로 훌륭하게 일을 해냈다. 그가 완성한 여덟 권의 책은 모든 면에서 내가 지시한 그대로였다. 완벽함 그 자체였다. 완성된 책들은 자연스럽게 보인다기보다는 진본처럼 보였다.

나는 놀라움을 금할 수 없었다. 말 그대로 어안이 벙벙해져서 그 책들을 들추어보았다. 마치 복수의 무기를 손으로 직접 만져보면서 그것의 기능이 얼마나 훌륭한지 확인해보고 싶은 것처럼. 책은 모든 면에서 흠잡을 데 없이 완벽하게 만들어져 있어서 마치 꿈을 꾸는 것만 같았다. 표지 상태, 본문, 활자, 심지어 내 검지 아래에서 넘어가는 종이 소리까지 모든 것이 완벽했다.

이제 1939년에 발간된 소설 『사랑은 의무』가 정말로 이 세상에 존재하게 된 것이다.

나는 그 늙은 제본업자에게 후한 팁까지 얹어 값을 지불하고는 그날 저녁으로 런던으로 가는 비행기에 올랐다.

나는 무리 없이 세관을 통과했다. 그리고 공항 주차장에 세워둔 자동차를 타고 지체 없이 내 시골집으로 달려갔다. 그곳에서 마지막 손질, 내 무기에 윤을 내는 작업에 돌입할 작정이었다. 나는 여덟 권의 책을 튼튼하게 한데 묶은 뒤 종이로 쌌다. 약간 하자가 있어 보이는 책 두 권은 양쪽 끝에 두었다. 나는 남아 있는 마분지와 다른 종잇조각으로 살롱의 벽난로에 불을 지폈다. 마치 나 자신의 화형을 준비하는 듯 섬뜩한 기분이 들었다.

나는 니콜라에게 형을 언도하고, 내 일생일대의 책을 불로써 정화할 생각이었다. 그후에는…… 그후에는…… 영원히 자유로워질 것이다.

동요된 감정이 좀처럼 가라앉지 않아 머릿속이 뒤죽박죽이었다. 나는 위스키 한 잔을 손에 들고 불길이 사그라지기를 기다렸다. 마침내 불그스름한 불씨만 남아 벽난로 바닥에 양탄자처럼 깔렸을 때, 나는 아까 묶어놓은 책 꾸러미를 거기에 집어넣고 이 분 정도 기다렸다. 이제 불의 역할은 끝났다. 남은 불씨 위에 커다란 양동이 한가득 물을 부은 뒤 책 꾸러미를 다시 꺼내면 되었다. 양쪽 끝에 묶인 두 권의 책은 너덜너덜해졌다. 반쯤은 시커멓게 타서 오그라들었으며 물기가 맺혀 방울방울 떨어지고 있었다. 가운데 들어 있던 여섯 권의 책은 누렇게 퇴색하고 그을음과 물기로 조금 더러워졌을 뿐이다. 나는 책들을 조심스럽게 들어내 난방기 위에 놓고 말렸다.

지하실에서 정성스럽게 그러모은 먼지를 여섯 권의 책 위에 조심스럽게 뿌리고 마지막으로 자외선에 오랫동안 노출시킴으로써 내 걸작품인 위조본 『사랑은 의무』에 정통성을 부여하는 마지막 손질이 끝났다. 『사랑은 의무』 여섯 권이 내 손 안에 들어온 것이다. 그것은 니콜라 파브리의 『사랑해야 한다』와 철저하게 동일한 소설로, 1939년 블룸스베리 출판사에서 펴냈으며 작가는 어윈 브라운이었다.

여러 달 동안 공들인 작업이 드디어 완성되었다. 나는 다음날부터 터너 출판사로 돌아가 평소의 내 위치를 되찾고 업무를 시작했다. 출판사 직원들은 안색이 좋아졌다며 나에게 축하 인사를 건넸다.

　며칠 후, 나는 그 책들 중 세 권을 헌책방들의 서가에 꽂힌 낡은 중고책들 사이에 몰래 끼워넣었다. 바다에 던진 이 병들이 때가 되면 다시 항구로 돌아올 것임을 나는 확신하고 있었다. 나머지 세 권은 내 금고 안에 안전히 보관된 채 세상에 등장할 날만을 기다렸다.

　내가 이집트에서 그 시한폭탄을 정성껏 다듬고 있을 때, 니콜라는 프랑스 남부에 있는 자기 별장에서 행복한 휴가를 즐기고 있었다. 『사랑해야 한다』는 발간되자마자 큰 성공을 거두었고, 그는 그 성공에 고무되어 완전히 들떠버렸다. 내 판단이 정확했음을 치하하는 내용의 편지를 띄우는 수고도 잊지 않았다. 그 편지는 내가 휴가를 마치고 사무실에 돌아왔을 때 내 책상 위에 놓여 있었다.

　'카뉴의 날씨는 기가 막히다네. 태양은 거대하게 이글거리고 바다는 어느 때보다도 나를 반갑게 맞아주고 있어. 여태껏 내가 발표한 작품이 이처럼 열광적인 반응을 불러일으킨 적은 없었네. 아, 그 책에 대한 신문기사들은 정말로 대단했어. 하늘을 보기 민망할 정도로 말이야. 내 책이 출판되자마자 사람들은 호기심과 정열적인 찬사, 말도 안 되는 과장이나 격한 흥분을 보이며 들끓고 있어. 오래전부터 나를 끈질기게 비판하던 적수들도 이번에는 크게 한 번 휘청거렸지. 이번의 내 성공을 이용해 내 이전 작품들을 한 번 더 깎아내리고 있기는 하지만 말이야. 그들은 내 이번 소설의 세련된 문체와 참신한 어조를 칭찬하면서 오랫동안 그저 그런 것밖에 써내지 못했던 내가 이런 변화를 보여준 데 대해 몹시 놀랐다고들 말하지……

아, 어쨌든 이제는 숨통이 트이는 기분이야!

독자들과 비평가들도 예전과는 다른 눈으로 나를 바라보고 있어. 그건 내가 이십 년 전부터 고대하던 것이기도 해. 첫 성공작 이후 나는 만인이 내 등짝에 붙여놓은 이미지에서 벗어날 수 있기만을 기다렸다네. 모든 허세를 버리고 이제야 겸손이라는 것을 배우는 기분이야. 지금 내 마음은 고요히 가라앉았고 매우 행복하다네. 나는 생애 처음으로 내 자아와 완벽한 조화를 느끼고 있어……'

니콜라의 진솔한 편지를 읽고 나는 감동을 받았어야 하리라. 하지만 나는 그의 편지 속에서 새로운 거짓말만 찾아내려고 했다. 아무튼 때는 이미 늦었다. 니콜라에게 복수하려고 결심한 순간부터 그 동안 그가 나에게 행사했던 견인력 같은 것은 모두 증발해버렸던 것이다. 나는 내 계획을 수행하면서 사악하면서도 영특한 그 존재, 지금껏 내 인생에 너무나 장애가 되었던 그 존재로부터 내가 조금씩 해방되는 것을, 그가 나에게 건 마법이 서서히 풀려가는 것을 느꼈다.

이제 복수전의 다음 단계로 넘어가기 위해 해야 할 일은 마귀를 쫓는 주문을 외우는 것뿐이었다.

10

히스로 공항에는 비가 추적추적 내리고 있었고 택시는 거의 눈에 띄지 않았다. 어둡고 음산했던 그날 모든 것은 나에게 무척이나 상징적인 의미로 다가왔다.

평소 나는 어디서나 예시를 읽어내는 버릇이 있었다. 예를 들어 십자가 모양의 포크나 제비가 날아가는 모양에서도 예시를 읽어내곤 했다. 시골에서는 쥐 소리가 나면 몹시 불안해했고 식사를 하다가 식탁 위에 소금이 쏟아지면 가슴이 심하게 죄어들었다. 또한 3월 15일을 매우 경계했고 실내에서는 절대로 우산을 펴지 않았다.

나는 점술가들의 강경한 만류에도 불구하고 전투를 개시했다가 트라시메노 호수에서 한니발에게 패하여 죽음을 맞이한 가이우스 플라미니우스의 운명에 대해 생각해보았다.

물론 나는 전투를 개시한 것이 아니었다. 오히려 나 자신을 부활시키기 위해 희생제물을 바치는 의식을 거행하려고 할 뿐이었다. 우스꽝스러운 미신에 마음이 흔들려서는 안 되었다.

도리스가 사무실에서 나를 기다리고 있었다. 그녀는 내 사무실에 꽃을 꽂아두었다. 내가 사무실 문을 열었을 때 그녀는 콧노래를 부르고 있었다. 그녀가 다시 한 번 내 팔에 안길 것 같은 생각이 들었다. 그녀는 나를 보고는 성큼 뛰어오더니 얼굴을 붉혔다. 그러고는 마치 잘못을 저지른 어린아이 같은 표정으로 이렇게 말하는 것이었다.

"사무실 냉장고에 샴페인을 한 병 넣어두었어요…… 니콜라의 성공을 축하하기 위해서요…… 음…… 니콜라의 성공은 얼마간은 당신의 성공이기도 하잖아요……"

착한 도리스. 그녀는 모든 것을 다 배려하고 준비해두었던 것이다. 충직한 그녀는 내 기쁨을 함께 나누기 위해 사무실에서 기다리고 있었다. 그런 그녀의 마음을 상하게 할 수는 없는 노릇이었다.

나는 내 기분을 숨기고 최대한 장난기 어린 목소리로 말했다.

"아, 그래? 그럼 머뭇거릴 것 없이 당장 병을 따지 뭐."

우리는 우리 친구의 성공을 축하하고 그 성공 덕분에 우리 터너 출판사가 큰돈을 벌어들일 것을 상상하며 건배를 들었다. 나는 파리에서 머무는 동안 있었던 일들을 도리스에게 상세히 이야기해주었다. 파르망티에가 주최한 칵테일파티, 카스텔 식당에서 있었던 저녁식사. 니콜라가 얼마나 기뻐했는지, 그의 여자친구 노라가 얼마나 아름다웠는지 등등…… 뚱보 마기 로샤와의 모험담은 생략했다. 귀국할 때 비행기 안에서 겪은 갑작스러웠던 기상변화에 대해 이야기하자 듣고 있던 도리스는 몸을 떨었다. 창백해진 그녀의 얼굴이 나의 가슴을 흔들었다. 내가 그녀에게 사랑을 품고 있다면 일이 얼마나 간단해질까!

잠시 후, 나는 할 일이 남아 있으니 혼자 있게 해달라는 뜻을 그녀에게 넌지시 비쳤다. 그녀는 언제나 그렇듯 소리없이 밖으로 나갔다.

　'낸시 픽퍼드 귀하…… 본인은 귀하의 성실한 문학비평 경력과 직업상의 청렴성에 큰 존경심을 품고 있는바, 본인이 『사랑해야 한다』를 읽으면서 아연실색하게 된 경위를 귀하에게 은밀히 전하고자 합니다……'

　얼마 전 슈퍼마켓에서 구입한 조그만 휴대용 타자기의 자판을 두드리는 내 손가락은 떨리지도 않았고 일말의 주저함도 없었다. 나는 니콜라 파브리의 『사랑해야 한다』와 어윈 브라운의 『사랑은 의무』가 놀라우리만치 흡사하다는 사실을 발견하고 내가 얼마나 큰 충격을 받았는지 상세히 적어나갔다. 어윈 브라운의 『사랑은 의무』를 동봉하면서 이 두 소설의 동일성은 도저히 우연의 산물이라고 볼 수 없으며, 그녀가 이 책을 읽고 뒷일을 적절하게 처리해줄 거라 굳게 믿는다는 말도 덧붙였다.
　나는 편지 말미에 고령의 프랑스어 교수라고 신분을 밝히고 익명으로 남고 싶다는 말로 마지막을 장식했다. 그런 다음 두툼한 갈색 봉투를 봉했다.
　시한폭탄이 드디어 작동하기 시작했다. 그리고 나는 낸시 픽퍼드에게 그 폭탄의 투하를 일임했다. 나는 그녀가 그 일을 하면서 얼마나 기뻐할지 잘 알고 있었다. 나 말고 또 니콜라를 증오하는 사람이 있다면 그것은 다름아닌 낸시 픽퍼드이기 때문이다.
　낸시와 니콜라를 서로 소개시켜준 사람은 바로 나였다. 삼 년 전 런던에서 열린 문인들의 칵테일파티에서였다. 나는 설마 그녀가 니콜라의 매력에 넘어가리라고는 꿈에도 생각지 못했다. 그녀는 야심찬 언론인으로, 자신이 돈과 명예를 얻는 데 도움이 되는 남자하고만 잠자리를 같이하는 여자였다. 게다가 내가 니콜라를 소개했을 무렵 그녀는 자신의 문학비평을 실어주던 신문의 편집부장과 성공적인 관계를 유지하고 있었다. 그녀가 그 신문에 발표하는 문학비평들은 상당히 예리하고 정확했다. 나는 그녀가 니콜라처럼 아무 도움이 되지 않는 남자에게 넘어가리라고는 상상도 하지 못했다.

그런데 낸시 픽퍼드는 그날 밤 당장 호텔 방으로 니콜라를 찾아갔고, 다음날로 신문사 편집부장과의 관계를 단호하게 끊어버렸다. 그러나 그것은 경솔하기 짝이 없는 짓이었다. 니콜라는 닷새도 지나기 전에 낸시를 차버리고 자기 애인을 찾아 파리로 날아갔던 것이다.

낸시는 그 사건으로 받은 충격에서 영 헤어나질 못했다. 하늘 높은 줄 모르고 콧대가 높았던 그녀는 그 일로 자존심에 큰 상처를 입었다. 그리고 이후 영국에서 출판되는 니콜라의 작품들은 모조리, 가차 없이 깔아뭉갰다.

나는 그런 그녀의 손에 더할 나위 없이 훌륭한 무기를 들려준 셈이었다.

나는 늦게까지 사무실에 남아 빈둥거리다가 그 저주받을 갈색 봉투를 런던 반대쪽에 있는 낸시의 집 우편함에 넣으러 갔다. 아니, 폭탄을 인계하러 갔다고 말하는 편이 좋으리라.

그 임무를 마치고 아무 사고도 없이 집에 도착한 것은 지금 생각해도 기적이다. 내 말이 무슨 뜻인지는 오직 하느님만 아실 것이다. 나는 운전을 하면서도 내가 무엇을 하고 있는지, 어디로 가고 있는지 전혀 의식하지 못했다. 그저 고통스럽다는 느낌만 가진 채 기계적으로 차를 몰았다.

방에 들어가 침대에 눕자, 비몽사몽 상태에서 괴이한 그림자들이 달려들었다. 나는 불안에 사로잡혔고 온몸이 흔들리는 것을 느꼈다. 알 수 없는 영상들이 황혼처럼 어슴푸레한 빛을 배경으로 마구 솟아났다. 누군가 내 방에 들어온 것 같았고 속삭이는 소리가 들리는 것 같았다. 그러나 그것은 내 불안감이 만들어낸 허상이었다. 나는 간신히 잠에 빠져들었다. 그리고 내가 처단하려는 그 사내는 천 번 만 번 벌받아 마땅한 자이며 내 복수는 결코 잔인하지 않다고 중얼거렸다. 따지고 보면 내 복수는 니콜라의 마음에 동요를 일으키는 것, 그가 원인을 밝혀내지 못할 위협으로 막연한 두려움을 가하는 것뿐이었다. 그는 그런 벌을 받아 마땅한 자였다.

그 다음날부터 사흘간이 나에게는 얼마나 길게 느껴졌는지 모른다. 나는 사무실에 죽치고 앉아 반응이 나타나기를 기다렸다. 일에 집중하기가 불가능해서 직원들에게 어떤 일이 있어도 나를 방해하지 말라고 단단히 못 박아두었다. 다만 한 가지 일이 나를 몇 시간 동안 심각하게 만들었다. 그것은 혹시라도 생존해 있을지 모르는 블룸스베리 출판사의 상속인을 은밀히 찾아내는 일이었다. 내가 한 작가와 출판사 그리고 소설 한 편을 만들어냈으니, 혹시라도 훗날 『사랑은 의무』 재판을 찍으려면 그 판권을 사둬야 했던 것이다. 나는 블룸스베리 출판사의 소유주였던 필립 램지의 후손을 어렵지 않게 추적했다. 상속인은 딱 한 명 생존해 있었고, 은행에서 일하고 있었다. 나는 언젠가 필요하면 다른 경쟁자들보다 한 발 앞서 판권을 얻어내기 위해 그의 연락처를 찬찬히 기록해두었다. 그런데 그 판권이라는 것이 알고 보면 나 자신이 만들어낸 판권이 아닌가.

그 모든 과정을 돌이켜 생각해보니 어떤 부분에서는 나 자신조차 현기증이 일었다.

마침내 그날이 오고야 말았다. 일은 내가 예상했던 대로 돌아가고 있었다. 낸시 픽퍼드는 『타임스』지에 '표절의 대가 혹은 표절상'이라는 교묘한 제목의 혹독한 비평을 실었다. 그녀는 어윈 브라운이라는 작가가 본국인 영국에서조차 거의 알려지지 않은 작가라는 점을 노리고 그가 전쟁 전에 쓴 소설을 그대로 베껴서 발표한 니콜라 파브리의 파렴치한 작태를 신랄하게 고발했다. 더욱 아이로니컬한 것은 그 위선적인 표절자가 그 작품으로 공쿠르 상을 수상했다는 점이라고 그녀는 지적했다.

그녀는 자신은 어떤 계시 혹은 우연에 의해 어윈 브라운의 『사랑은 의무』 한 권을 입수할 수 있었다고 적으면서 사람들에게 알려지지 않은 채 영원히 사라질 뻔했던 그 작품이야말로 진정한 걸작품이라고 칭찬을 아끼지 않았다.

'파브리 사건'이 드디어 개막된 것이다. 사무실에 틀어박혀 그 기사를 읽고 또 읽고 있을 때, 사무실 문을 두드리는 나지막한 노크 소리 때문에 나는 흥분에서 깨어났다. 사무실 문을 두드린 사람은 도리스였다. 파르망티에가 전화를 걸어와 다급하게 나와 이야기하고 싶어한다는 것이었다.

"그분, 정신이 나간 것 같은 목소리였어요."

도리스가 덧붙였다.

나는 피어오르는 미소를 꾹 참으며 수화기를 들었다. 앞으로 펼쳐질 상황이 몹시도 내 흥미를 자극했다. 나는 크나큰 희열을 느끼며 전화선 너머에서 들려오는 파르망티에의 목소리를 들었다. 그는 겁에 질린 목소리로 빨리 좀 와달라고 말했다. 방금 전 『타임스』지에 실린 그 기사에 대해 전해 들었다고 했다. 그는 그 기사에 응수하는 글을 써달라고 나에게 부탁했다. 그의 목소리에는 흐느낌이 섞여 있었다.

나는 그에게 충고했다.

"일단 니콜라에게는 아무 말 말아요."

"에드워드, 빨리 여기로 와주십시오, 빨리요. 지금 당장 좀 와주세요."

그것은 내가 기다리던 바였다. 그가 그렇게 싹싹 빌지 않아도 갈 생각이었다.

나는 그에게 대답했다.

"다음 비행기로 바로 가겠습니다."

파리의 출판사 사무실은 말 그대로 혼란의 도가니였다. 소식이 이미 거기까지 퍼져나갔던 것이다. 직원들은 당황하여 이리 뛰고 저리 뛰었고, 전화벨이 쉴새없이 울려댔다. 파르망티에의 사무실에는 '긴급조치실'이 만들어진 것 같았다. 출판사의 변호사가 거기서 『타임스』지에 실린 기사를 자세히 검토하고 있었다. 기사에 사용된 각각의 단어의 뜻을 정확히 해석하기 위해 번역 담당자까지 대동하고 말이다.

파르망티에는 나를 보자 구세주라도 본 듯한 표정을 했다. 그는 비서를 밖으로 내보낸 뒤 낸시 픽퍼드의 글을 번역해 큰 소리로 읽어달라고 나에게 부탁했다. 내가 한 번역을 듣고 싶었던 것이다. 그는 내가 하는 번역이 그가 이미 알고 있는 번역 내용과 다르기를 고대하는 듯했다. 설령 그게 아니라 해도 두 번 확인하는 것이 한 번 확인하는 것보다는 나을 터였다. 내 낭독은 무거운 침묵 속에서 행해졌다. 그 자리에 있는 모든 사람이 숨을 죽였다.

마침내 내가 낭독을 마쳤을 때, 로랑 파르망티에는 이렇게 외쳤다.

"에드워드, 제발 뭐라고 말 좀 해봐요."

나는 신문을 탁자 위에 내려놓은 뒤, 내 속에 꿈틀거리는 커다란 환희를 숨기고 몹시 난처한 표정을 지으며 파르망티에 쪽을 돌아보았다.

나는 바보처럼 중얼거렸다.

"엄청난 타격이군요."

그런 다음 파르망티에에게 물었다.

"당신은 니콜라가 정말 그런 일을 할 만한 사람이라고 생각합니까?"

파르망티에가 답답하다는 듯 응수했다.

"아, 에드워드, 난 정말 아무것도 모르겠습니다. 대체 뭐가 잘못된 건지 도무지 알 수가 없어요. 어쨌거나 이건 말도 안 되는 얘기입니다."

나는 진지한 표정으로 그에게 조언했다.

"하지만 낸시 역시 거짓 기사를 쓰는 위험을 무릅쓸 사람이 아닙니다. 아무튼 빨리 손을 써야 해요. 니콜라에게도 당장 전화를 하십시오."

"니콜라도 벌써 소식을 알고 있습니다. 그런데 손을 쓰다니, 어떻게 말입니까? 도대체 우리가 뭘 어떻게 할 수 있단 말입니까?"

파르망티에가 멍한 표정으로 변호사를 바라보았다.

그러자 변호사는 침착한 어조로 이렇게 대답했다.

"일단 상대편에게 겁을 줄 필요가 있습니다. 그 다음에는 파브리 씨의 결백을 증명할 만한 증거를 제출해야 합니다. 잊지 마십시오, 파르망티에 씨. 이건 당신의 위신과도 관련된 사건입니다."

불쌍한 파르망티에, 만일 그가 기운이 빠져 있지만 않았다면 아마

변호사의 목이라도 졸랐을 것이다.

파르망티에는 거의 외치다시피 말했다.

"나도 알고 있습니다, 알고 있어요. 하지만 픽퍼드를 어떻게 공격한단 말입니까? 우리는 진실에 대해 아무것도 모르는데 말입니다. 오직 니콜라만이……"

파르망티에가 니콜라의 이름을 입에 올리기가 무섭게 니콜라가 불쑥 사무실로 들어왔다. 그의 얼굴은 완전히 일그러져 있었고 안면에는 경련이 일고 있었다. 옷도 아무렇게나 걸치고 있었다.

그런 그의 모습을 보고 나는 큰 환희를 맛보았다. 그가 이렇게 엉망으로 흐트러진 모습은 여태껏 한 번도 본 적이 없었다. 그는 노여운 나머지 입에 거품을 물었고 단어들을 두서없이 되는대로 주워섬겼다.

파르망티에가 물었다.

"도대체 이게 어떻게 된 일이오, 니콜라? 이 청천벽력 같은 기사가 도대체 뭐란 말이오. 속 시원히 해명을 좀 해봐요."

내 친구 니콜라는 소파에 몸을 던졌다. 그러고는 알아들을 수 없는 말들을 횡설수설 뱉어냈다. 순간 나는 그가 발작이라도 일으키지 않을까 걱정이 되었다.

그가 중얼거렸다.

"이건…… 이건 말도 안 되는 조작극이야."

"누구의 조작극이란 말이오?"

파르망티에가 외쳐 물었다.

"물론 낸시 픽퍼드 그 여자 짓이지. 그년은 나를 싫어하거든. 만약 그 책의 저자가 실존한다면 바로 그 여자일 거야. 하지만 절대 그년이 하는 대로 가만히 있지 않겠어."

니콜라가 고개를 들었다. 그의 얼굴에 핏기가 조금 돌아온 것 같았다.

"그 여자를 고소할 생각입니까?"

변호사 졸리 씨가 물었다.

"그야 당연하지요. 당신이 이 사건을 맡아서 처리해주십시오."

니콜라가 정상을 되찾은 목소리로 힘주어 대답했다.

그때 내가 끼어들었다.

"니콜라, 이 사건은 자네에게 매우 중요해. 그건 파르망티에나 나도 마찬가지고. 우리는 이 사건에 함께 대처해야 해. 또한 승리하기 위해서는 모든 것을 알고 있어야 해. 그러니 혹시 자네가 그 책에 대해 뭔가 아는 것이 있는지, 무의식적으로라도 그 책의 영향을 받은 것은 아닌지 솔직히 말해줬으면 좋겠어."

니콜라가 눈을 들어 나를 쳐다보았다. 그 눈은 마치 사형대에 올라가는 죄수의 눈 같았다. 그가 중얼거렸다.

"그렇지 않네. 맙소사, 그런 일은 절대로 없었어."

그러고는 두 손에 얼굴을 파묻었다.

바로 그때, 파르망티에의 비서가 비죽이 열린 문틈으로 얼굴을 들이대고 기자들이 와 있다고 알려주었다. 소문은 빨리도 퍼져나갔다.

변호사와 파르망티에가 서로 눈길을 주고 받았다. 그러고는 기계적으로 머리를 흔들었다. 『이상한 나라의 앨리스』에 나오는 토끼들의 몸짓을 연상시키는 제스처였다. 반면 허탈 상태에 빠진 니콜라는 아무 말도 하지 않고 가만히 있었다. 상황이 그가 감당할 수 있는 한계를 넘어섰던 것이다.

나는 파르망티에의 비서에게 "잠시 기다리라고 하시오"라고 말한 뒤 나가달라고 손짓했다. 그리고 파르망티에와 졸리 씨를 바라보며 이렇게 덧붙였다. "니콜라를 기자들의 눈에 띄지 않게 밖으로 내보내야 합니다. 니콜라는 지금 기자들의 질문에 답변할 수 있는 상태가 아니에요. 일단 니콜라를 이삼 일 동안 잠적시키고 사태를 좀더 명확히 파악해야 할 것 같습니다. 기자들은 우리 둘이 만나보도록 합시다."

변호사가 니콜라를 데리고 다른 사무실로 갔다. 아니, 니콜라를 부축해 옮겼다고 하는 것이 더 정확할 것이다. 파르망티에는 벌써 조바심을 내며 안달하는 세 명의 기자를 맞으러 나갔다. 그들은 파르망티에가 모습을 나타내자마자 질문 공세를 퍼부었다. 그들의 질문은 공격적이고 비꼬는 어조를 띠고 있었다. 그들은 『타임스』지의 기사를 파르망티에의 면전에 대고 마구 휘두르며 해명을 요구했다. 새벽 어시장에서 터져나오는 함성도 그렇게 요란하지는 않으리라. 기자들의 폭력적인 언사에 겁을 집어먹은 파르망티에는 얼굴이 하얗게 질렸다. 파르망티에를 구하고 기자들을 진정시키기 위해 내가 달려나가야 했다.

나는 기자들의 시선을 내 쪽으로 돌리기 위해 목이 쉬어라 외쳐댔다.

"여러분, 여러분, 진정하십시오! 여러분, 지금부터 제가 하는 말을 경청해주시기 바랍니다. 먼저 저는 픽퍼드 양의 기사를 보기 전까지 어윈 브라운이라는 작가에 대해 들어본 적이 한 번도 없다는 것을 확실히 밝혀두고 싶습니다. 제가 영국 현대문학을 전문적으로 취급하는 사람인데도 말입니다. 영국에는 18세기 이후의 문학가들을 거의 완벽하게 모아놓은 목록이 있습니다. 저는 어윈 브라운이라는 이름이 그 목록에 들어 있는지 확인해보고 싶습니다. 여러분도 픽퍼드 양의 보복성 기사에 휩쓸려 니콜라 파브리를 무조건 비판하기 전에 근거가 될 만한 자료를 한 번 더 확인해보시기 바랍니다. 어윈 브라운이라는 작가는 여러분과 같은 직종에 종사하는 한 영국인이 조작해낸 유령인물일지도 모르잖습니까?"

기자들은 얼음처럼 차가운 침묵 속에서 내 말을 들었다. 나는 흔들리지 않고 계속 말을 이어나갔다.

"이 고발은 니콜라 파브리라는 유명하고 재능 있는 작가를 매장하고자 하는 의도된 표절시비일 가능성이 큽니다. 현 상황에서 우리가 알고 있는 것은 이 정도입니다. 더욱 구체적인 정보들이 수집되는 즉시 파르망티에 씨와 제가 기자회견을 열도록 하겠습니다. 여러분도 그 기자회견에 참석하시리라 믿습니다. 또한 지금 이 순간부터 아무런 물적 증거 없이 니콜라 파브리를 비방하는 것은 명예훼손 행위로 간주할 거라는 점도 명확히 밝혀두고자 합니다……"

더이상 얻어낼 것이 없다는 것을 깨달은 기자들은 돌아가서 기사를 쓰기 위해 서둘러 출판사를 빠져나갔다. 그런 특종기사는 흔히 쓸 수 있는 게 아니니까.

나는 파르망티에를 바라보았다. 겁에 질려 백지장처럼 창백해진 그의 얼굴을 보니 간담이 서늘해졌다. 그는 넋이 나간 듯한 모습으로 멍하니 자기 사무실 문 쪽을 바라보고 있었다. 악몽이 다시 시작될까봐 겁을 내는 듯한 모습이었다. 나는 파르망티에의 비서에게 그에게 물 한 잔을 가져다주고 나를 위해서는 런던에 있는 내 법률고문에게 전화를 넣어달라고 부탁했다.

삼 분 후, 나는 내 법률고문 존 홀랜드와 통화할 수 있었다. 그의 말에 따르면, 『타임스』지와 그 신문의 편집부장에게 항의를 하기에 앞서 먼저 『사랑은 의무』라는 책의 진위 여부를 감정해야 했다. 감정 결과 가짜임이 드러나면 아무것도 겁낼 것이 없고, 언제든 우리가 원하는 때에 고소를 할 수 있다는 설명이었다. 나는 가능한 한 빨리 그 일을 맡아 처리해달라고 부탁하고 전화를 끊었다.

그런 다음에는 파르망티에와 함께 터너 출판사와 파르망티에 출판사의 이름으로 광고문을 작성했다. 니콜라의 변호를 위해 런던과 파리의 주요 일간지들에 실을 장황한 광고 문안이었다.

기자들이 떠난 후 우리가 있는 사무실로 다시 돌아온 니콜라는 한자리에서 왔다갔다하며 맴을 돌고 있었다. 그는 벙어리처럼 아무 말 없이 가만히 있기도 하고, 되지도 않는 말을 마구 뱉어내기도 했다.

내가 그날 저녁으로 런던에 돌아가겠다고 하자, 니콜라가 큰 소리로 외쳤다.

"나도 자네와 함께 가겠어. 그 빌어먹을 낸시 넌을 내 손으로 죽이고 말겠어."

그는 너무나 화가 난 나머지 입에 게거품까지 물었다.

파르망티에가 잘라 말했다.

"그건 말도 안 돼요. 당신은 여기 남아야 해요. 당신이 이곳을 떠나면 사람들은 도피로 생각할 거야."

내가 그의 말에 동의하며 한 술 더 떴다.

"맞아. 자네가 도망간다는 인상을 주어서는 안 돼."

그러자 니콜라가 소리쳤다.

"하지만 나는 결백해! 결백하단 말이야!"

그의 어조에는 진실이 깃들어 있었다. 진실이 넘쳐흐르는 나머지 비장감마저 풍겼다.

파르망티에는 의자에서 일어나면서 말했다.

"그러니까 더욱 안 돼요. 결백하다면 정면으로 부딪쳐야 해. 지금까지 우리가 당한 것은 앞으로 닥쳐올 일들에 비하면 아무것도 아니에요. 이제는 당신 자신이 직접 언론과 부딪쳐야 합니다."

니콜라 역시 그 점을 잘 알고 있었다. 니콜라는 고개를 떨구더니 입을 다물어버렸다. 그 순간 파르망티에가 니콜라를 흘깃 쳐다보았는데, 그 눈빛에는 증오에 가까운 신랄함이 담겨 있었다.

이제 나는 런던으로 돌아가는 것 말고는 할 일이 없었다. 런던에 돌아가서 니콜라의 인생이 한낱 꺼져가는 연기나 보잘것없는 잿더미가 되지 않도록 화형의 불길을 더욱 돋워야 했다.

귀국길의 하늘은 눈이 시리도록 파랬다. 구름의 형태나 기장의 목소리 등 모든 것이 내게는 좋은 징조로 느껴졌다. 나는 그날 석간신문에 실린 니콜라 사건에 대한 기사들을 탐독하면서 달콤한 기쁨을 맛보았다. 새로 첨가된 정보는 없었고, 센세이셔널한 그 소식을 자세히 보도하는 정도였다. 어떤 기사는 니콜라 파브리의 작품 여정에 대해 언급하기도 했다. 니콜라 파브리는 오랫동안 작품활동을 해왔지만 이번 사건으로 작품세계의 정통성을 의심받게 되었고, 최근 발표한 작품 또한 엄청난 성공 직전에 발목이 꺾였다고 했다. 어떤 기사들은 본국인 영국에서조차 거의 알려지지 않은 무명작가 어윈 브라운에 대한 궁금증에 중점을 두기도 했다.

나는 기사들을 읽으며 각각의 단어와 문장 하나하나를 음미했다. 기자들은 어윈 브라운의 원작이 니콜라의 표절작보다 훨씬 우수하다는 낸시 픽퍼드의 의견을 절대적으로 믿고 있는 듯했다. 나는 머지않아 내가 승리의 영광을 차지하리라는 사실을 예견했다. 내 이마는 승리의 월계관으로 장식될 것이다. 그러나 그 승리를 기뻐해줄 사람은 나 말고는 아무도 없었다. 하지만 그렇다 해도 무슨 상관이랴!

영국으로 돌아오는 비행기 안에서 벌써 나는 삶의 즐거움과 매혹, 달콤함, 세상에 존재한다는 기쁨을 조금이나마 되찾은 것 같았다. 나 자신이 생각보다 덜 어둡고 덜 못났다고 여겨지기도 했다. 파란 하늘 아래에서 나는 내 인생을 무겁게 짓누르고 내 재능을 감금했던 제의가 서서히 벗겨지는 것을 느꼈다.

나는 내 변신의 시작을 축하하기 위해 스튜어디스에게 위스키를 한 잔 갖다달라고 부탁했다. 심지어 그녀에게 음흉한 눈길을 보내는 것도 마다하지 않았다. 그녀는 내 눈길을 금세 알아차리고 교태 어린 웃음을 지어 보였다. 나는 편안하게 다리를 쭉 뻗고 그 휴식 시간을 최대한 연장하기 위해 위스키를 조금씩 홀짝거렸다. 술을 마시면서 이렇게 행복감에 취해보기는 실로 오랜만이었다.

내가 기쁨에 넘쳐 런던의 사무실로 돌아와보니, 사무실은 완전히 북새통이 되어 있었다. 도리스는 당황한 표정으로 이 전화기에서 저 전화기로 정신없이 오가고 있었다. 영국 전역에서 전화가 끊임없이 걸려왔다. 독자, 기자, 호기심에서 거는 사람, 어윈 브라운의 후손을 자처하는 사람 등 온갖 사람들이 전화를 걸어댔다. 사건의 자세한 진상을 묻거나 항의하는 전화들도 있었다. 나는 일단 전화선을 빼놓으라고 지시한 뒤 직원들과 짧은 간담회 자리를 마련했다. 그리고 이렇게 단언했다.

"이 사건은 우리 출판사와는 친목적인 선에서만 관련된 사건입니다. 우리가 니콜라 파브리의 데뷔작부터 영국 내 출판을 맡아온 것은 사실이지만 문제가 되고 있는 그의 최근작은 우리의 도서목록에 아직 들어가 있지 않습니다. 그 사건 또한 지금으로서는 하나의 가설 내지 억측이라고 할 수 있습니다. 그러므로 냉정을 잃지 말고 각자 평소의 업무에 집중해야 할 것입니다."

두 시간 후, 나는 로랑 파르망티에에게 전화를 걸어 내 조사의 첫 수확을 보고했다. 나는 기사가 지목한 어윈 브라운의 책은 영국 출판물 등록번호 목록에 나와 있지 않은 것을 확인했다고 말했다. 동시에 잔인하게도 그 무렵 영국에서는 책을 시판할 때가 되어서야 납본하는 일이 다반사였다는 점도 밝혔다. 덧붙여 그 책의 인쇄일자로 짐작해보건대 그 책은 블룸스베리 출판사의 거의 마지막 출판물이었으며 출판사 사옥이 폭격을 맞기 전 미처 납본할 시간적 여유가 없었을 가능성도 상당히 크다고 말해주었다. 어윈 브라운이라는 작가에 대해서는 대영 도서관의 목록에는 들어 있지 않으나 1938년에 발행된 『마음과 영혼』이라는 잡지에 그의 단편소설이 실린 적이 있다고 말했다.

나는 결론을 맺었다.

"이 정도가 그의 문학적 활동의 유일한 흔적입니다. 하지만, 로랑, 그것은 한편으로는 문제의 작가가 실존 인물임을 증명하는 것이기도 하지요."

전화선 너머에서 파르망티에가 중얼거렸다.

"제기랄, 정말 개판이군!"

"너무 흥분하지 말아요. 일단은 내 법률고문 존 홀랜드가 위임한 진본 여부에 대한 감정 결과를 기다려봅시다."

"하지만 우리 쪽 변호사는 진본 감정에 찬성하지 않아요. 그리고 니콜라는 이미 소송을 제기했습니다."

"소송을 제기했다고요? 그건 실수입니다, 로랑. 참으로 유감스럽군요. 하지만 니콜라가 그렇게 강경하게 나온다면 소송 결과를 기다려봅시다."

나는 마음속 깊숙한 곳으로부터 쾌재를 불렀다. 상대방이 선수를 칠 것을 두려워한 니콜라의 변호사가 먼저 일을 벌인 것이다. 그렇다면 사건은 내 생각보다 빨리 법정으로 달려갈 것이고 승리는 좀더 빨리 내 것이 될 것이다. 니콜라의 문학적 명성은 이제 천 길 낭떠러지에 위태롭게 서 있는 거나 마찬가지였다.

다음날, BBC 방송국에서 나에게 연락을 해와 텔레비전 뉴스에 출연하여 한마디 해달라고 부탁했다. 나는 상황에 적절한 태도를 보이면서 단순한 추측과 진실은 전혀 다르다는 점을 되풀이해 말했다. 또한 나는 『사랑은 의무』는 가짜일 수도 있으며 그 책의 진본 여부를 밝히는 것은 전문가들의 손에 달려 있다고 덧붙였다. 끝으로 나는 영국 언론을 향해 이렇게 하찮은 사건으로 우리의 우방 프랑스인들에게 비난의 화살을 퍼붓지는 말라고 촉구했다.

이런 불미스러운 사건에도 불구하고 『사랑해야 한다』의 영어판을 출판할 생각이냐는 질문에 대해서는 그것은 니콜라 파브리가 정말로 과오를 저질렀는지 증명해주는 확실한 증거가 나오느냐 아니냐에 달려 있다고 대답했다.

이제 판결을 기다리는 일만 남았다.

11

재판 전날, 나는 히스로 공항으로 니콜라와 파르망티에를 마중 나갔다. 그들 두 사람 다 그 동안 십 년은 늙어버린 모습이었다. 니콜라의 왼쪽 광대뼈 아래의 근육이 점멸식 신호등처럼 끊임없이 경련하는 모습을 보자 은근히 기분이 좋았다.

파리의 이름 높은 문학잡지 관련 인사들과 법률가, 논설가, 가십기자들이 그들이 타고 온 비행기에서 우르르 따라 내렸다. 그들 중에는 나와 하룻밤을 보낸 뚱보 마기 로샤도 있었다. 마기 로샤는 금박 장식이 번쩍이는 옷을 입고 붉은 머리에 보랏빛 립스틱까지 칠하고 있어서 예전보다 더 끔찍스러운 모습이었다. 내가 공항에 나온 것이 자기를 맞이하기 위해서라고 생각한 그녀는 비둘기 소리 비슷한 소리를 내면서 나에게 정겹게 달려들었다. 나는 몹시 당혹스러웠다. 그러나 내가 니콜라를 마중하기 위해 나왔다는 사실을 금세 알아차린 그녀가 너무나 실망스러워하고 화가 난 듯했기 때문에, 나는 그녀가 내게 등을 돌리지 않도록 마지못해 조만간 저녁식사에 초대하겠다고 말하지 않을 수 없었다. 언제 어떤 상황에서 그녀의 도움이 필요할지 알 수 없지 않은가!

최근 들어 올드 베일리 법원이 이토록 관심의 대상이 된 적은 없었다. 사건에 센세이셔널한 중대성을 부여하는 데는 언론이 절대적인 역할을 했다. 신문과 잡지에는 하루가 멀다 하고 니콜라에 대한 기사가 실렸고, 그로 인해 낸시 픽퍼드는 큰 명성을 얻었다. 표절이라는 것은 고발자가 없으면 거론될 수 없는 이야기이기 때문이다. 따라서 그녀의 명성과 권위는 하늘 높은 줄 모르고 치솟아올랐다. 신문들은 그녀의 글을 얻어내려고 그야말로 아귀다툼을 했다.

법정은 만원이었다. 문학계의 거물들이 모두 모였고, 연극영화계의 스타들도 다수 참석했으며 언론계 인사들도 빠짐없이 참석했다. 그 외 호기심 많은 사람들이 수백 명 모여들었다. 니콜라가 도착하자 여기저기서 함성이 터져나왔다. 체크무늬 양복을 입은 그는 매우 멋있었고 태도도 오만했지만 얼굴에는 긴장감이 드러나 있었다.

낸시 픽퍼드가 그에 앞서 입장했다. 화려한 주름장식이 있는 아이보리색 코트를 입은 그녀는 매우 아름다웠다. 니콜라와 낸시는 간신히 눈길 한 번 주고받았을 뿐이다. 니콜라는 파르망티에 옆에 자리를 잡았다. 그들 옆에는 영국인 변호사가 신경질적으로 서류를 들추고 있었다. 곧이어 법정 서기가 개정을 선언했다. 좌중이 모두 일어섰고, 가발을 쓴 판사가 입장했다. 판사는 이번 표절시비의 내용을 간단히 요약한 뒤, 니콜라의 변호사에게 이 소송에 근거가 있느냐고 질문했다.

니콜라의 변호사는 격렬한 기세로 대답했다.

"존경하는 재판장님, 재판장님께서 방금 말씀하셨듯이 저희가 고소

인입니다. 그러므로 저희는 먼저 낸시 픽퍼드 양에게 니콜라 파브리에 대한 비방의 증거를 제시하라고 요구하는 바입니다."

뺨에 농진이 있는 나이 든 판사는 못마땅한 시선으로 니콜라의 변호사를 바라보았다. 그러고는 안경 너머로 낸시 픽퍼드를 향해 한숨을 쉬는 듯한 어조로 말했다.

"낸시 픽퍼드 양, 니콜라 파브리 씨에 대한 당신의 비방이 어떤 자료에 근거를 두고 있는지 밝혀주시겠습니까?"

그녀는 챙이 넓은 실크 모자를 쓴 머리를 판사 쪽으로 살짝 숙여 예의를 표한 뒤 잠시 사이를 두었다가 입을 열었다. 그녀는 자신의 영광의 순간을 최대한 음미하고 만끽하는 것 같았다. 또한 그녀는 자신이 아름답다는 사실을 선명히 의식하고 있었다. 그녀가 말하기 시작했다.

"재판장님, 저는 니콜라 파브리 씨의 소설이 표절작임을 증명하는 구체적인 증거물을 제출했습니다. 저는 그 소설의 원본이 되는 책을 전문가들의 손에 넘겼습니다. 그 책은 바로 어윈 브라운이 쓴 『사랑은 의무』라는 책입니다. 저는 언론을 통해 그 사실을 밝힘으로써 해야 할 의무를 다한 것뿐입니다. 고소인 쪽에서는 제가 니콜라 파브리 씨를 비방했다고 주장하지만 그것은 사실이 아닙니다. 저는 그를 비방하고자 하는 의도가 전혀 없습니다. 제가 제출한 증거물의 진위 여부를 감정할 전문가들이 이미 지명되어 있으니, 그분들의 감정 결과를 들어보시는 게 어떨까 생각합니다, 재판장님."

판사가 얼굴을 찌푸리며 잘라 말했다.

"픽퍼드 양, 그들의 증언은 필요하다고 생각될 때 들어볼 것입니다."

"물론이지요."

판사가 계속 말을 이었다.

"픽퍼드 양, 당신은 그 동안 니콜라 파브리 씨에 대해 호의적인 태도를 보이지 않았습니다…… 뭐라고 할까요, 당신이 『타임스』지에 게재한 파브리 씨의 작품에 대한 비평들은 종종 격하고 공격적이었지요."

낸시 픽퍼드가 응수했다.

"저는 제가 할 일을 했을 뿐입니다, 재판장님."

"물론 그렇겠지요. 하지만 대부분의 사람들이 생각하는 바로는 니콜라 파브리 씨의 작품에 대한 당신의 비평에 과도한 부분이 있다고……"

낸시 픽퍼드의 변호사가 항의했다.

"이의 있습니다, 재판장님. 우리는 한 가지 사실을 심판하기 위해 이 자리에 왔습니다. 그리고 제가 아는 한 제 의뢰인은 자신이 게재했던 문학비평의 성질 때문에 고소된 것이 아닙니다."

판사는 그의 이의를 받아들였다.

"좋습니다. 그럼 이제 전문가들의 의견을 들어보겠습니다."

그 순간, 법정에는 눈에 보이지 않는 동요의 물결이 흘렀다. 이제 사건이 결정적인 국면에 다다른 것이다. 방청석에 앉은 나는 내가 그 위조본을 만들어내는 과정에서 작은 실수라도 하지나 않았을까 걱정하면서 애써 정신을 가다듬었다. 감정 결과를 빨리 확인하고 싶었다. 빨리 끝장을 보고 싶었다.

내 운명은 그 책의 진위 여부를 증언해줄 두 명의 전문가에게 달려 있었다. 장의사 같은 복장을 한 그들을 보면서 나는 내 음모가 탄로나지 않을까 하는 불안감과 공모자로서의 연대감이 뒤섞인 묘한 느낌에 사로잡혔다. 나는 눈을 감았다. 마치 엑스레이 사진의 분석 결과를 기다리는 환자가 된 느낌이었다. '의사 선생님, 제 종양이 악성인가요?'

그들의 보고가 나에게는 백 년처럼 길게 느껴졌다. 그 고매한 과학자들은 먼저 지루한 전문용어들을 사용해가며 구텐베르크 이후 인쇄술의 발전상을 상세히 설명했다. 무척이나 지루한 이야기들이었다. 나는 뜨거운 화로 위에 올라앉은 것처럼 몸이 달아오르고 안절부절못했다. 도대체 언제쯤 본론에 들어갈 생각인가? 방청객들도 그들이 서두를 길게 늘어놓는 것이 불만스러운지 야유하는 소리를 냈다. 그러자 그들은 마침내 본론으로 들어가 '내' 작품에 대해 언급하기 시작했다.

나는 숨을 죽였다. 그리고 얼마간 시간이 흐르자 곧 정상적으로 숨을 쉴 수 있게 되었다. 그랬다. 내가 사용한 종이, 잉크, 접착제, 표지용 천 등은 완벽하게 정통적이었다. 『사랑은 의무』는 한 점의 의심도 없이 그 시대의 재료들로 만들어졌다. 전문가들은 그 책이 제2차 세계대전 이전에 인쇄된 것으로 추정되며, 최대한 시기를 늦게 잡는다 해도 1940년 이전일 거라고 결론지었다. 또한 자신들이 생각하기에는 그 책에 인쇄되어 있는 1939년이라는 연도가 실제 인쇄 연도일 가능성이 매우 높다고 말했다.

그들의 보고가 끝나갈 즈음, 방청석에서는 우우 하는 함성이 터져나왔다. 모든 사람의 눈이 내가 만들어낸 두 꼭두각시 낸시와 니콜라 쪽으로 쏠렸다. 판사가 망치를 두드리며 정숙해달라고 요구했지만 흥분한 방청객들은 불건전한 환희의 감정을 터뜨리며 계속 함성을 질러댔다. 나는 그야말로 대단한 스캔들을 조작해낸 것이다.

니콜라의 변호사는 곧 재감정을 요구했고 그 요구는 법정에 받아들여졌다. 이번에는 스코틀랜드 야드의 과학수사국에 그 미묘한 업무가 맡겨졌다. 판결 날짜도 그에 맞추어 연기되었다. 그러나 그런 상황이 나를 불안하게 만들지는 않았다. 이제는 내가 해낸 작업의 진가를 완벽하게 확신할 수 있었기 때문이다. 나는 자신이 있었다.

솔직히 폐정 뒤 법정을 나서는 니콜라에게 달려가 위로해줄 용기는 없었다. 이 재판은 그 누구보다 그에게 가장 끔찍했을 것이다. 비겁하게도 나는 급한 일이 있다고 둘러대고는 서둘러 그곳을 빠져나왔다.

사무실로 돌아와보니 내 책상 위에 꾸러미 하나가 놓여 있었다. 사우샘프턴의 한 고서점 주인이 보내온 『사랑은 의무』였다. 며칠 전, 나는 파르망티에의 명의로 영국 전역의 고서점 주인들에게 문제의 소설을 더 찾아달라고 요청했던 것이다. 내가 대양에 던진 병들이 다시 항구로 돌아왔다.

나는 지체 없이 파르망티에에게 전화를 걸어 그 사실을 전했다. 전화선 너머에서 그의 한숨 소리가 들려왔다.

"그건 우리한테는 아무런 도움도 되지 않아요."

"그렇지 않아요. 이 책이 픽퍼드 양이 제출한 책과 똑같은 책이라고 누가 확신할 수 있단 말입니까? 잘 생각해봐요, 로랑. 이 책을 스코틀랜드 야드 과학수사국에 제출하면 두 책이 서로 다르다는 것을 밝혀낼지도 모르잖습니까?"

"하지만 그 두 책이 일치한다면 우리는 그야말로 끝장입니다."

나는 잔인할 정도로 단호하게 응수했다.

"끝장이지요. 하지만 일단 해보는 데까지는 해봐야 하지 않겠습니까?"

파르망티에가 동의했다.

"좋아요, 에드워드. 당신 의견에 따르겠습니다."

파르망티에와 통화를 마칠 무렵, 나는 니콜라는 어떻게 지내는지 물어보았다. 그의 상태가 좋지 않다는 말을 듣고 불건전한 희열을 맛보고 싶었다.

파르망티에가 대답했다.

"저러다가 미쳐버리는 게 아닌가 하는 생각이 들 정도입니다. 니콜라는 낸시 픽퍼드를 죽이고 싶어해요."

"맙소사! 혹시 그가 엉뚱한 짓을 하지 않도록 잘 감시하십시오……용기를 내요, 로랑. 이 주일만 지나면 어떤 식으로든 결판이 날 테니까."

나는 전화를 끊고 집으로 돌아와 나의 조작극의 마지막 손질에 착수했다. 나는 책상 서랍에서 니콜라가 전쟁중 부상을 입고 병원에 입원해 있던 시절 슬쩍 빼둔 진단서를 꺼내들었다. 나는 아무런 표시도 없는 익명의 봉투 위에 『피플』지의 주소를 크고 각진 활자체로 적고 그 안에 진단서를 집어넣었다. 『피플』지는 센세이션을 일으킬 만한 사건이라면 놓치는 법이 없는 잡지였다. 만에 하나 사우샘프턴의 고서점 주인이 보내온 『사랑은 의무』가 문제를 일으킬 경우 이 진단서가 법정의 판결에 결정적으로 힘을 실어줄 터였다.

다음 며칠 동안, 나는 이런저런 근심 때문에 좀처럼 잠을 이룰 수가 없었다. 가장 큰 근심은 내가 조작한 이 음모의 진상이 드러나지 않을까 하는 근심이었다. 그 근심은 확산되는 바이러스처럼 내 온몸을 덮쳐왔고, 끈질긴 강박관념처럼 나를 떠나지 않았다. 범죄를 저지른 사람이 때때로 자신에 대한 자학을 이기지 못해 사람들이 찾아내지 못한 부분을 스스로 밝히고 처벌을 해달라고 나서는 경우가 있다고 하는데, 혹시 내가 그런 어처구니없는 일을 저지르는 것은 아닐까? 어쩌면 그렇게 될지도 모른다. 사람의 마음이 어떻게 변할지 누가 장담하겠는가? 아무런 죄책감을 느끼지 않고 살인을 반복하는 직업 킬러가 아니라면 사람의 마음이 어떻게 변할 것인지는 절대 예측할 수 없는 법이다. 지금 내가 느끼는 끔찍한 감정이 어느 날 갑자기 눈 녹듯 사라질 수는 없을 것이다.

매일 아침 잠에서 깰 때마다 긴장감에 몸이 오그라드는 것 같았다. 그러면서도 니콜라를 깔아뭉갤 추잡한 기계가 멈추지 않고 계속 작동하도록 내버려두겠다는 각오를 다시 다지곤 했다.

상황이 돌아가는 것을 보고 있으면 역겨움과 혐오감이 치미는 것이 사실이었지만, 이왕 시작한 이상 끝까지 밀고 나가야 했다. 이제는 복수 자체가 문제가 아니라 재판의 판결이 문제였다. 정신을 바짝 차려야 했다. 어느 순간 마음이 약해져서 모든 것을 포기하고 멈춰버린다면 나에게는 그야말로 끔찍한 재앙일 것이다.

나는 내 안에 자리한 증오심이 얼마나 대단한 힘을 지니고 있는지 비로소 깨달을 수 있었다. 그 증오심이 나에게 용기를 주고 나를 지탱해주었다.

나는 그 증오심에서 엄청난 에너지와 남성성을 새롭게 끌어올렸다. 만일 그 증오심이 없었다면 어떻게 되었을까?

재감정이 이루어지는 삼 주일이 내게는 마치 영원처럼 느껴졌다. 나는 어쩔 줄 모르고 사무실 안을 이리저리 왔다갔다하며 거의 아무 일도 하지 못한 채 시간을 보냈다. 나는 불안한 마음으로 니콜라의 진단서가 세상에 모습을 드러내기를 주의 깊게 기다렸다. 그러나 『피플』지는 조용했다. 가장 결정적인 순간에 사용하려고 잘 보관하고 있는 듯했다.

내 추측으로는 재판 직전에 극적으로 공개해서 타오르는 불꽃에 기름을 부으려는 생각 같았다.

숨막힐 것 같은 압박감을 못 이겨 사무실에서 나온 적이 딱 한 번 있었다. 나는 그때를 이용해 블룸스베리 출판사의 출판권에 대해 앤서니 램지와 이야기를 마쳤다. 앤서니 램지는 내가 찾아낸 필립 램지의 조카였다. 나는 그에게 전화를 걸어 용건을 간략히 설명하면서 급히 만나자고 청했다. 그는 자신이 필립 램지의 조카이자 유일한 상속인이 맞다고 확인해주었고, 그날 오후에 만나자고 했다. 나는 약속 시간에 맞춰 정확히 도착했고, 그는 나를 매우 정중히 맞아주었다. 그는 1940년에 작성된 삼촌의 유언장 사본을 나에게 보여주었다. 조카 앤서니 램지를 모든 재산의 상속인으로 지정한다는 내용이었다. 그 사실을 확인한 나는 내 신분을 밝히고 내가 처한 기이한 상황을 그에게 설명하기 시작했다. 1939년 그의 삼촌이 블룸스베리 출판사에서 출판한 어윈 브라운의 책의 판권을 매입하고 싶다는 말도 덧붙였다. 재감정 결과를 기다릴 필요 없이 앞으로 다시 나오게 될지도 모르는 『사랑은 의무』의 출판을 관리하고 싶다고.

앤서니 램지는 내가 용건을 돌려 말하지 않고 단도직입적으로 이야기한 것에 호감을 보였다. 그는 여태껏 살아오면서 블룸스베리 출판사 덕분에 돈을 벌 수 있으리라고는 한 번도 생각해본 적이 없었다. 삼촌이 사망했을 때, 블룸스베리 출판사가 펴낸 책은 기껏 서너 종 정도였던 것이다. 그래서인지 그는 내가 제의한 3천 파운드를 아무런 이의 없이 받아들였다. 나는 이로써 터너 출판사가 어윈 브라운의 작품에 대한 모든 권리를 양도받게 된다고 그에게 말했다. 그 권리에는 필립 램지의 조카이자 상속인인 그의 권리는 물론 만약의 경우 등장할지 모르는 어윈 브라운의 상속인들의 권리까지도 포함된다고 못박아두었다. 앤서니 램지는 내가 제시한 계약조건을 타당하게 여기는 듯했다. 내가 수표를 쓰는 동안 그는 내가 준비해간 계약서에 주저 없이 서명했다.

나는 다른 출판업자들보다 한발 앞서 행동을 개시했다는 사실에 뿌듯해하면서 천천히, 여유 있는 걸음으로 출판사로 돌아왔다. 이렇게 여유로운 마음을 느끼는 것은 비시 여행 이후 처음이었다.

며칠 후, 내 변호사 존 홀랜드에게 그 계약서를 맡기러 가자 그가 나에게 물었다.

"이렇게 해서 당신에게 이익이 되는 것이 무엇입니까?"

"그야 아주 간단하지요. 어윈 브라운의 상속자가 한 사람 있다고 가정해보십시오. 만약 니콜라의 작품이 어윈 브라운 작품의 표절작이라고 판정되면 로랑 파르망티에는 니콜라의 『사랑해야 한다』에서 나온 수입을 모조리 그에게 지불해야 할 겁니다. 그러면 또 하나의 소송이 시작되겠죠. 나는 로랑이 파산하는 걸 원치 않아요. 그리고 만일 어윈 브라운에게 상속자가 없다면, 나는 블룸스베리 출판사의 권리를 매입함으로써 로랑과 니콜라에 대해 유리한 입장에 서게 되는 것이지요. 게다가 『사랑은 의무』의 저작권을 이미 보유하고 있으니 그 책을 다시 출판할 수도 있고요……"

자제력이 뛰어난 존 홀랜드도 내 설명을 듣고는 경탄을 숨기지 못했다.

그가 혀를 내두르며 말했다.

"에드워드 경, 내가 아니라 당신이 법률가가 될 걸 그랬습니다!"

12

내가 예상한 대로 『피플』지는 니콜라의 진단서를 재판 바로 전날 커버스토리로 실었다. 『피플』지는 그 놀라운 자료를 자기들이 직접 찾아냈다고 떠들어댔다.

그 잡지에는 어느 저명한 심리학자의 해설도 몇 단에 걸쳐 실려 있었다. 그 심리학자는 파브리 사건의 경우 엄격한 의미에서 표절 자체가 아니라 '무의식적 최면현상'을 문제 삼아야 한다고 장황하게 주장하고 있었다. 쉽게 설명하면, 니콜라는 언젠가 『사랑은 의무』를 읽은 적이 있고, 그가 기억상실증에 걸렸을 때 그 기억이 그의 의식 속에서 지워졌으나 무의식 속에는 단어 하나하나까지 고스란히 남아 있었다는 주장이었다.

나는 그 해설을 읽으면서 만족감에 가슴이 뿌듯했고, 그날 밤은 달콤한 숙면을 취할 수 있었다.

다음날, 니콜라 파브리의 변호인이 요구한 재감정 결과가 발표되었

다. 재감정 결과도 마찬가지였다. 『사랑은 의무』 두 권은 모두 진본이
며 가짜로 조작된 서적이 아니라는 것이었다. 스코틀랜드 야드 과학수
사국 전문가들은 객관적인 감정을 위해 블룸스베리 출판사에서 펴낸
다른 책들도 입수하여 함께 검토해보았는데, 『사랑은 의무』 두 권과
다른 책들을 비교해볼 때 지면 구성이나 책 자체의 구성 및 제작에 이
르기까지 서로 매우 유사하다고 했다.

증거들이 차곡차곡 쌓이고 촘촘한 그물처럼 엮여 자기를 조여들어
옴에도 불구하고, 니콜라는 필사적으로 자신의 결백을 주장했다. 그는
수정을 위해 펜으로 줄을 죽죽 그은 자필 원고를 가져와 휘둘러대며
온갖 어조를 동원해 자신의 결백을 주장했다. 그러나 상황을 돌이키기
엔 역부족이었다. 막판에 가서는 작가로서의 자신의 명예를 보존하기
위해 자신이 글을 쓰느라 겪어온 개인적 고통까지 주워섬기며 법정에
호소하기에 이르렀다. 유명작가로서 늘 느껴야 했던 불안감, 그의 일
생일대의 작품이 보여주고 있는바 '완벽한 진실성'에 다다르기 위해서
뿌리째 뽑아내야만 했던 고통스러운 가면들, 그 가면들 뒤에 감춰져
있던 자신의 본모습 등을 만천하에 공개한 것이다.

판사는 입술에 엷은 미소를 띠고 그의 호소를 듣고 있었고, 낸시 픽
퍼드는 그를 외면한 채 머리 모양을 가다듬으며 자세를 고쳐 앉았다.

마침내 니콜라는 자제력을 완전히 상실했다. 흥분한 그는 과장된 제
스처로 고래고래 소리를 질렀다. 그는 마치 잔 다르크 재판 때처럼 영
국 법정이 작당하여 모의를 하고 있다고 비난하며 주먹을 마구 흔들어
댔다.

"대영제국은 그런 종류의 실수를 하는 데는 일가견이 있으니까요!"

분노의 함성이 여기저기서 일어났다.

판사는 엄숙한 표정으로 정숙을 요구한 뒤, 얇은 서류철을 펼쳤다. 그리고 잠시 그 서류를 훑어보더니 법정의 침묵을 깨고 이렇게 말했다.

"니콜라 파브리 씨, 당신은 지금 영국이 프랑스 국민 한 사람을 곤경에 빠뜨리기 위해 공모를 했다고 비난하시는 건가요? 하지만 당신의 군복무 기록을 살펴보니 다행스럽게도 그 말은 당신의 유머감각에서 비롯된 말로 여겨지는군요. 당신은 제2차 세계대전에 참전한 바 있고, 따라서 전쟁중 영국이 프랑스 수호를 위해 얼마나 많은 노력을 했는지 누구보다 잘 알 것이기 때문입니다. 방금 당신이 한 말은 명백한 법정모독 행위지만, 당신의 그런 전적을 참작해서 처벌 대상에서 제외하도록 하겠습니다."

니콜라의 변호사가 끼어들었다.

"이의 있습니다, 재판장님. 이 재판은 제 의뢰인인 니콜라 파브리 씨의 참전 경력을 밝히기 위한 것이 아니라, 낸시 픽퍼드 양이 제기한 표절 여부를 밝히기 위한 것입니다. 게다가 파브리 씨의 참전 경력에는 의혹이나 비난의 여지가 전혀 없습니다."

판사가 대답했다.

"인정합니다. 그러나 내가 당신의 의뢰인의 영광스러운 전적을 언급한 것은 방금 전에 그가 한 말을 변호해주기 위해서였습니다…… 어쨌든 그의 참전 경험을 지난번 폐정 이후 추가된 새로운 요소로 볼 수 있을 듯합니다. 니콜라 파브리 씨의 참전에 관련된 이 서류가 공개되면 표절이라는 가설에 대한 또다른 해명이 가능할 것입니다."

방청객들이 놀라워하며 크게 수런거렸고, 니콜라는 자리에서 몸을 일으켰다.

판사가 계속해서 말했다.

"니콜라 파브리 대위는 1943년 7월 17일 임무를 수행하던 중 큰 사고를 당했고, 이 진단서를 믿는다면 그 사고는 그의 뇌에 심각한 후유증을 남긴 것으로 여겨집니다."

니콜라가 소리쳤다.

"그건 말도 안 되는 소리입니다. 저는 전쟁에 참여하여 영웅적으로 싸웠습니다. 그리고 군사훈장까지 받았습니다. 레지옹 도뇌르 3등 훈장 소지자란 말입니다. 그리고 정신적으로 아무런 문제가 없습니다."

"그건 인정합니다."

판사는 일단 그의 말을 받아들였다.

"그러나 내가 지금 손에 들고 있는 이 서류는 전적으로 신빙성이 있는 서류입니다."

그는 서류 뭉치에서 종이 한 장을 꺼내 흔들었다.

니콜라가 소리쳤다.

"저는 그런 서류에 대해서는 듣도 보도 못했습니다. 그러니 이 재판에서 그 서류를 사용하는 것에 동의할 수 없어요."

그러나 판사는 그의 말을 무시하고 말을 이어나갔다.

"그렇지만 이 임상 진단서야말로 당신의 그…… 뭐라고 해야 할까요…… '비고의적 차용'을 매우 논리적이고 명백하게 설명해주고 있습니다. 현재까지 제출된 물적 증거만으로는 부족하다고 한다면 우리는 이 서류로 이번 사건을 명확히 밝힐 수 있을 것입니다."

그 순간 법정에 있던 사람들이 받은 충격은 굳이 말로 묘사할 필요도 없을 것이다. 방청객들은 동요하여 웅성거렸고, 나는 내 가슴을 가득 채운 구역질나는 승리의 메아리, 아니 미리 녹음된 테이프를 듣는 기분이었다. 나는 압도적인 승리 앞에서 맥이 빠져버렸다. 그리고 짧은 순간 니콜라에게 연민을 느꼈다. 아무리 잔혹했던 전제군주라도 권력을 잃고 실추하는 것을 보면 조금은 안됐다고 느껴지는 그런 감정이었다. 하지만 나는 그런 연민의 감정에 휩쓸리지는 않았다.

판사는 잠시 휴정을 선언했다. 그리고 드디어 판결을 내렸다. 니콜라 파브리가 제기한 명예훼손 소송을 기각하고 그에게 소송비용의 부담을 명했다.

폐정 뒤, 낸시 픽퍼드는 소란스러운 가운데 침착하고 오만한 표정으로 군중을 헤치며 걸어나갔다. 그녀의 표정에는 승리의 미소가 담겨 있었다. 더러운 년! 그러나 그녀는 무척 아름다웠다. 나는 홀로 남겨진 채 다시 한 번 카메라 세례를 받게 된 니콜라를 유심히 관찰했다. 법원 건물의 계단을 내려오는 그의 흐트러진 표정을 잡기 위해 온갖 각도에서 카메라 플래시가 터지고 있었다.

나는 혼신의 힘을 다해 자신의 결백을 외치던 그의 모습을 떠올리며 또다시 질투심과 부러움을 느꼈다. 자필 원고를 허공에 휘두를 때의 그 연극적 동작은 사뭇 감동적이었다. 그는 그런 상황 속에서도 자신을 아름답고 우아하게 드러내는 방법들을 잊지 않고 있었다. 만일 내가 그런 상황에 처했다면 어땠을지 상상해보았다. 아마도 나는 압박감을 느낀 나머지 구토를 했으리라. 그게 아니라면 적어도 음울하고 초라한 모습을 보였을 것이다. 비겁하고 보기 흉한 인상을 주었을 것이다.

몰려든 기자들이 질문을 퍼붓자, 니콜라는 매우 경멸스럽다는 표정으로 그 질문에 대답했다. 이 사건이 법적으로 종결지어졌다 해도, 즉 자신이 법원의 판결에 어쩔 수 없이 굴복한다 해도 당분간 영국에 남아 어윈 브라운이라는 인물의 자취를 추적할 거라고.

그렇게 말하는 그의 눈빛에는 이론의 여지 없는 결백함이 엿보였다.

도리스가 여기에 없는 것이 다행스러웠다. 도리스는 눈치가 빨랐다. 만일 그녀가 여기에 있었다면 모든 낌새를 눈치채고 묻는 듯한 눈으로 나를 바라봤을지도 모른다.

니콜라는 크고 카랑카랑한 목소리로 한마디 덧붙였다.

"이제 작가로서의 제 명예는 완전히 땅에 떨어졌습니다. 그러나 저는 제가 그 소설의 진짜 작가이고 그 소설을 쓰는 데 그 누구의 도움도 받지 않았다는 것을 여러분께 반드시 증명해 보일 것입니다."

나는 그를 자동차에 태우고 사보이 호텔로 차를 몰았다. 나는 그를 위해 제일 비싼 스위트룸을 예약해두었다. 어려운 일을 겪고 있지만 우리 사이의 우정은 변한 게 없다는 것을 보여주기 위해서였다. 그 정도는 해줘야 하지 않겠는가! 좋은 시절은 가버렸다는 것을 인식한 로랑 파르망티에는 좀더 저렴한 가격의 방으로 만족했다.

자동차 안에서 니콜라는 쉬지 않고 혼잣말을 했고, 판사와 낸시 픽퍼드 그리고 영국 전체를 돌아가면서 원망했다.

"사람들은 어윈 브라운이라는 인물을 만들어내서 내 인생을 파괴하려 하지만, 실제로 드러난 것은 진짜인지 가짜인지도 알 수 없는 그놈의 책 한 권뿐이야. 이건 누군가가 치밀하게 조작한 음모가 틀림없어. 빌어먹을! 어윈 브라운이라는 작자가 실제로 존재한다는 증거가 하나라도 있다면 나도 그의 존재를 믿겠어. 하지만 그런 증거가 없는 한 『사랑해야 한다』는 내 영광스러운 작품이 분명하고 나는 그 작품의 작가로서 명예를 누릴 거야……"

나는 그가 야스미나에 대해 한마디라도 언급하기를 기다렸다. 그가 회한의 감정을 토로하기를 바랐다. 이 모든 일은 다 자기가 저지른 잘못에 대한 대가이며, 개인적으로 책임져야 했던 불행한 과거 이야기를 이용해 공쿠르 상을 수상한 것은 자신의 과오였음을 스스로 인정하기를 바랐다. 또한 나에게 범했던 많은 과오들에 대해서도 한마디쯤 해주기를 바랐다. 하지만 그는 그런 것에 대해서는 한마디도 언급하지 않았다. 그 과오들은 오로지 내 머릿속에만 남아 있는 걸까?

자동차 뒷좌석에 앉은 니콜라는 덫에 갇힌 생쥐가 탈출구를 찾는 것처럼 좌석의 한쪽 끝에서 다른 쪽 끝으로 몸을 퉁기며 턱수염 사이로 혼잣말을 쏟아냈다. 파르망티에와 나는 한 마디도 입 밖에 내지 못하고 정면만 똑바로 바라보았다.

갑자기 니콜라가 외쳤다.

"한 권 더 봐야겠어. 그 저주받을 소설책이 한 권 더 있는 걸 확인해야겠다고. 내 눈으로 직접 보고 내 손으로 직접 만져보면서 확인해야겠어. 영국에 있는 도서관이란 도서관은 이 잡듯이 뒤지겠어."

나는 말했다.

"도서관을 뒤질 필요까지는 없어. 고서점 주인들 중에 『사랑은 의무』를 발견하는 사람이 있으면 즉시 내게 연락하도록 되어 있으니까."

하지만 그는 나에게 고래고래 소리를 질렀다.

"그렇게 하는 걸로는 마음이 놓이질 않는단 말이야! 나는 어윈 브라운이라는 작자에 대해 모든 것을 알고 싶어. 하나도 빠짐없이 전부 말이야."

"좋아, 자네가 스스로 고통을 느끼기를 원한다면, 이미 생긴 상처 안에 칼을 집어넣어 마구 휘젓고 싶다면 내일 당장 조사를 시작하지 뭐. 도체스터 시절의 내 군 동료에게 이야기해놓을게. 그가 어윈 브라운의 참전 기록을 우리에게 보여줬으면 좋겠군."

나는 파르망티에와 니콜라를 사보이 호텔의 입구에 내려주었고, 다음날 내 사무실에서 다시 만나자고 약속했다.

일단 사무실에서 만나 어윈 브라운의 고향인 입스위치의 전쟁 기록 사무소에 들러볼 생각이었다. 파르망티에는 내 옛 동료가 서류 열람을 허락해주기를 바라면서 나의 수고에 대해 가슴 저리게 고맙다고 말했다. 그러나 니콜라는 예나 지금이나 나의 헌신적인 봉사를 지극히 당연한 것으로 여기고 있었다.

집으로 돌아가는 길에 나는 간담이 서늘해지는 것을 느꼈다. 나는 왜 니콜라와 파르망티에에게 도체스터 시절의 동료에게 부탁해보겠다는 말까지 했을까? 만일 누군가 내게 조금이라도 의혹을 품고 있다면 그 의심을 부채질하기 십상인 행동이었다. 이런 혼란스런 상황에서 니콜라가 내가 똑같은 방법으로 그의 서류를 봤을지도 모른다고 상상할 수는 없겠지만, 파르망티에에 대해서는 겁이 났다. 그는 황당한 이 표절 사건의 진상에 대해 의구심을 가질 만큼 영리한 사람이었다. 방금 전 내가 한 제의에 대해 그는 어떻게 생각하고 있을까? 만일 내가 그의 입장이라면 뭔가 낌새를 눈치채고 숨겨진 음모를 추리해내려고 할 것이다. 그렇다. 이 음모를 조작하는 데 필요한 요소를 모두 가진 사람이 있다면 나 한 사람뿐이었다…… 전쟁중에는 위조문서 전문가로 활동했고, 현대 영국문학 전문가이자 출판업자로 일하고 있고, 니콜라의 작품들을 영어로 번역했고, 추남에 우아하지도 못하고, 그러니 질투심에 사로잡혀 있을 게 당연하고…… 나에게 의혹을 품을 만한 이유는 너무나 명백하고 풍부했다.

나에게 의심을 품기 위해서는 셜록 홈스 식의 추리도 필요 없었다. 그러나 다른 한편으로 생각하면 말도 안 되는 상상이었다. 미치지 않고서는 한창 성공 가도를 달리고 있는 자기 출판사의 전속작가를 어떻게 파멸의 구렁텅이에 몰아넣을 수 있겠는가?

나 자신에 대한 감시를 게을리 하면 안 되었다. 모든 것을 포기하고 다 폭로해버리고 싶은 충동이 내 안에서 부글거리며 끓어올랐기 때문이다. 나는 말장난이나 중의적 표현 등 다소 미묘한 암시를 던지며 그 같은 긴장감을 스스로 즐기고 있음을 깨달았다. 이제 판결은 떨어졌으니, 내가 탄로날 위기를 스스로 제공하지만 않는다면 이 승부는 내 것으로 확정될 것이다. 참으로 기묘한 변증법이었다. 나는 변증법의 원리를 막연하게나마 실감할 수 있었다. 경기는 긴박감과 재미를 조금씩 잃어가고 있었다. 승리의 기쁨을 혼자서 비밀스럽게 즐겨야 한다고 생각하니 내 인생에서 가장 빛나는 순간이 될 승부가 대번에 시들해지고 마는 것이었다.

니콜라를 보는 내 시각도 조금씩 변하기 시작했다. 이제는 니콜라가 가련해 보이기만 했다. 사보이 호텔까지 가는 도중에 니콜라가 횡설수설 중얼거리는 말을 들으면서 나는 웃음이 나오려고 했다. 길거리에서 불구자를 보고 웃는 어린아이의 웃음과 같은 웃음이었다. 그것은 또한 내가 이 사건에 심적으로 깊이 개입되어 있지 않음을 증명하는 표시이기도 했다.

집으로 돌아가는 길에 나는 출판사에 잠깐 들렀다. 사무실 분위기는 재판 결과 때문에 의기소침해 있었고, 직원들은 마치 장례를 준비하는 사람들 같았다. 도리스는 타자기 뒤에서 숨죽여 훌쩍거리다가 나를 보는 순간 울음을 터뜨렸다. 다른 직원들은 침묵 속에서 각자의 일을 수행하고 있었다.

나는 다시 일에 몰두하면서 이 충격적인 사건을 잊어버리겠다고 결심했다. 나는 이래저래 몇 달 동안이나 출판사 일을 등한히 하고 있었다. 열어봐야 할 우편물이 엄청나게 쌓여 있었고, 책상 위에는 검토해야 할 원고들이 넘쳐났다. 사인해야 할 계약서들이 한 뭉치는 되었고, 교정이 완료되어 내 확인만 기다리는 책들도 많았다. 그러나 나는 아직 일에 착수할 힘이 없었다.

나는 내 개인의 문제에 다시 빠져들었다. 내 존재의 무의미함을 강렬하고 고통스럽게 느꼈다. 나는 내가 바라던 대로 니콜라의 문학인생을 파괴하는 데 성공했다. 그러나 가슴 후련한 해방감 같은 것은 느끼지 못했다. 니콜라가 낚아채간 내 문학적 독창성은 완전히 메말라버리고 만 것일까? 나는 도무지 글을 쓸 수 없었다. 그 점에서는 예전과 달라진 것이 전혀 없었다.

아, 그러나 나는 후회하지 않았다. 내가 나 자신을 기만했다는 것 외에는.

나는 기계적인 몸짓으로 책상 맨 아래 서랍을 열었다. 7.65구경 권총이 보였다. 검은색 손잡이도 시야에 들어왔다. 한 방이면 충분할 것이다. 나는 권총을 꺼내 손바닥 위에 올려놓고 무게를 가늠해보았다.

바로 그 순간 인터폰이 짧게 울렸다. 나는 권총을 급히 챙겨넣고 서랍을 닫았다. 그리고 쉰 목소리로 말했다.

"무슨 일이지?"

"괜찮으시면 이제 그만 퇴근할까 해서요. 혹시 제가 더 필요하세요?"

도리스의 목소리였다.

"아니, 괜찮아요, 도리스. 벌써 여섯시군. 나도 곧 퇴근할 거요. 오늘 하루는 정말 힘들었어. 잘 가요, 도리스……"

직원들이 모두 퇴근한 후에도 나는 족히 두 시간은 더 사무실에 남아 있었다. 나 자신을 측은히 여기면서 멍하게 앉아 있었다. 나는 혼자였고 죽은 자들 중에서도 죽은 자였다. 자살할 용기도 없었다. 이제는 이 고뇌의 짐을 내 인생이 끝나는 날까지 혼자서 짊어지고 가는 수밖에 없었다. 그럴 가능성은 몹시 희박하지만, 어떤 우연이 저절로 굴러가는 그 흉측한 기계에 제동을 가하지 않는 한…… 그러기 위해서는 내가 니콜라의 책장에 몰래 끼워둔 『사랑은 의무』의 또다른 한 권을 그가 발견하지 못해야 했다. 만일 니콜라가 그 책을 발견한다면 자신의 유죄를 스스로도 더이상 의심할 수 없을 것이다. 물론 그의 표절은 비고의적인 표절이 될 것이다. 기억상실에 의한 죄는 죄가 아니다. 그러나 그런 기억상실증 환자가 자신이 다른 사람의 글을 그대로 베껴 쓰고 있는 것이 아닐까 하는 의혹 없이 집필활동을 계속할 수 있을까? 그러나 만일 니콜라가 그 책을 발견하지 못한다 해도 어쨌거나 불안감 속에서 살게 될 것은 확실했다.

완전히 탈진한 나는 꼭두각시 인형처럼 걸어서 차고로 내려갔다. 그리고 자동차에 올라탄 뒤 기계적으로 운전을 하여 집으로 돌아갔다.

13

다음날, 나는 약속대로 니콜라와 파르망티에를 자동차에 태우고 입스위치로 갔다. 영국에서 흔히 볼 수 있는 싸늘한 가랑비가 내리고 있었다. 우리는 음산한 디킨스 로를 한 시간도 넘게 헤매고 다녔다. 그곳의 집들은 모두 붉은 벽돌로 지어져 있었고 조그마한 정원이 딸려 있었다.

명예를 실추당한 우리의 작가 니콜라는 어윈 브라운의 생가를 주의 깊게 살펴보았다. 마치 그 누추한 건물에서 자기의 인생을 짓밟아버린 그 해괴한 일을 해명해주는 열쇠를 발견하고 싶은 것처럼. 그는 찬란한 태양이 비치는 이집트와는 정반대인, 이렇게 음산한 곳에 살았던 어윈 브라운이 어떻게 자기와 똑같은 작품을 써낼 수 있었는지 몹시 의아해했다. 그는 스스로 질문을 하고 궁리를 해본 끝에 다음과 같이 선언했다.

"오직 한 사람만이 이 안개를 걷어낼 수 있어. 광분한 암캐 같은 낸시 픽퍼드 말이야. 그 여자를 만난다는 생각을 하면 이루 말할 수 없이 혐오스럽지만, 난 그 여자가 어디서 그 책을 입수했는지 꼭 알아내야겠어. 만에 하나 그년이 그 책을 조작했다는 것이 밝혀진다면 나는 무슨 짓이든 할 수 있어……"

니콜라의 마지막 말에 나는 몸을 떨었다. 만일 막판에 가서 낸시 픽퍼드가 마음이 약해지기라도 하면, 니콜라를 향한 동정심 때문에 마음이 흔들려 자기는 그저 자기 집 우편함에 익명의 인물이 놓고 간 책을 발견한 것뿐이라고 고백하는 날에는 모든 것이 끝장이었다. 그리고 만에 하나 그 책을 놓고 간 인물을 찾아내겠다고 나서는 날에는…… 아뿔싸, 그런 저주는 없을 것이다.

그렇게 되면 니콜라는 무슨 수를 써서라도 그자를 찾아내려고 할 것이다. 몇 년이 걸린다 해도, 아니, 그의 평생이 걸린다 해도.

나는 수많은 이유를 대며 지금 그녀를 만나는 것은 득 될 것이 없다고 그를 설득하느라 진땀을 뺐다.

다행히도 파르망티에가 나의 의견에 힘을 실어주었고, 나는 국방부 쪽으로 차를 몰았다. 거기서 도체스터 시절 나와 함께 일했던 동료가 어윈 브라운의 서류를 준비해놓고 기다리고 있었다.

예상했던 것처럼 그 얄팍한 녹색 서류철에서 우리는 아무런 새로운 정보도 발견해내지 못했다. 서류철 속에는 타이프 친 용지 세 장 정도와 그의 증명사진이 한 장 들어 있을 뿐이었다. 어윈 브라운은 희미한 그림자 같은 분위기의 인물이었다. 아래로 내리깐 눈과 창백한 얼굴은 그곳에 있는 것 자체를 몹시 불편하게 여기는 인상을 풍겼다. 경력 또한 무척이나 평범했다. 현역 복무 기간중에 아무런 수훈도 세우지 못했고, 독일 폭격기의 폭격에 맞아 전사했다는 기록이 남아 있었다.

니콜라는 자기의 '분신'이 자기와 똑같지 않다는 사실에 적잖이 실망한 듯했다. 만일 어윈 브라운이 그의 자기애를 부추길 수 있는 대단한 사람이었다면 아마도 그는 자신의 명예 실추를 조금은 너그럽게 받아들였을지 모른다.

우리는 니콜라가 낸시 픽퍼드를 찾아가는 일을 말리느라 곤욕을 치러야 했다. 니콜라가 계속 고집을 부리자 머리끝까지 화가 난 파르망티에는 니콜라가 다음 비행기로 즉시 자기와 함께 프랑스로 돌아가지 않는다면 자기는 이 일에서 완전히 손을 떼겠다고 선언했다. 그러자 니콜라는 벌겋게 달아오른 얼굴로 우리를 바라보며 이렇게 외쳤다.

"이제 당신들까지 나를 버리겠다는 거야? 이십 년 동안 실컷 돈을 벌게 해줬더니 이제 와서 나를 배신하겠다고? 더러운 녀석들! 은혜도 모르는 녀석들!"

파르망티에가 벌떡 일어섰다. 그는 니콜라를 정신나간 이기주의자 취급 하면서 자동차 뒷자석에 밀어넣어버렸다. 소심한 파르망티에가 니콜라를 그렇게 함부로 대하는 것을 나는 처음 보았다.

나는 그들을 태우고 히스로 공항으로 달렸다. 비는 계속 추적거리며 내리고 있었다. 공항으로 가는 동안 파르망티에는 니콜라가 옆에 있다는 사실도 잊고 나에게 이것저것 상의했다.

"사건은 아직 끝난 게 아닙니다. 신중히 생각해봤는데, 우리에게는 아직 해결해야 할 큰 숙제가 남아 있어요. 만일 어윈 브라운인가 뭔가 하는 그 빌어먹을 작자에게 상속인이 있다고 생각해봐요. 그러면 나는 그에게 모든 걸 몽땅 갖다 바쳐야 할 거예요."

나는 짐짓 놀라는 척하며 그에게 되물었다.

"그게 무슨 말입니까?"

“간단해요. 만일 어윈 브라운에게 상속인이 있다는 것이 입증되면 나는 『사랑해야 한다』의 저작권과 그에 따른 권리금을 그에게 이전해야 한다는 뜻이에요. 그런데 그 책은 지금까지 십만 부도 더 나갔어요. 게다가 운이 나쁘면 작가의 동의를 구하지 않고 각색을 한 데 대한 보상금도 지불해야 할 거예요.”

“그렇군요.”

나는 작은 목소리로 대답했다.

파르망티에가 이야기를 이어나갔다.

“가장 간단한 방법은 당신이 블룸스베리 출판사의 기금을 몽땅 매입하는 것입니다. 그렇게 함으로써 어윈 브라운이 출판사에 양도한 권리를 만일 나타날지도 모르는 어윈 브라운의 상속자 대신 당신이 모두 가지게 되는 거지요.”

“그렇지만 어윈 브라운에게는 상속인이 없는 것으로 알려져 있지 않습니까?”

“어쨌든 모든 가능성에 대비할 필요가 있어요. 필요하다면 당신이 나에게 소송을 걸어요. 그러면 나는 어윈 브라운에게 돌아가야 할 저작 권리금을 당신에게 지불할 수 있을 테니까. 무슨 말인지 이해하시겠죠?”

나는 조용히 고개를 끄덕였다. 파르망티에가 가장 걱정하고 있는 것은 표절시비에 따른 금전적 보상 문제였다. 영국 법원은 어윈 브라운의 『사랑은 의무』의 진위 여부를 확인하고 니콜라가 제기한 명예훼손 소송을 기각하는 것으로 만족했지 금전적 보상 문제에 대해서는 아무런 판결도 내리지 않았다. 한순간 나는 의혹에 사로잡혔다. 지금 파르망티에가 나에게 덫을 놓고 있는 것은 아닐까? 내가 필립 램지의 조카와 그 문제에 대해 합의를 보았다는 사실을 이미 알고 있는 것은 아닐까? 그러나 파르망티에의 태도가 너무나 진지해서 그가 그런 장난을 치고 있다고는 도저히 생각할 수 없었다.

우리가 거기까지 이야기했을 때 니콜라가 앉은 자리에서 몸을 일으키며 큰 소리로 고함을 쳤다.

"나는 떠나겠어! 아주 멀리 떠나버리겠어!"

우리는 그의 말을 못 들은 척했다.

나는 니콜라와 파르망티에를 공항에 내려주고 런던으로 돌아왔다. 이제야말로 내 본업으로 돌아와 일에 몰두하면서 내가 슬쩍 끼워둔 그 책을 니콜라가 자기 책장에서 발견하기만 기다리면 되었다. 그것이야 말로 내가 고대하던 순간이 아닌가…… 나는 니콜라가 어떤 사람인지 너무나 잘 알고 있었다. 그 책을 자기 책장에서 발견하는 순간, 그는 완전히 무너져버릴 것이 뻔했다.

하지만 사람의 인생에는 절망과 희망, 고통과 기쁨이 교차하는 법이다. 나도 니콜라도 그러한 법칙에 예외는 아니었다. 니콜라는 충동적인 인물인 동시에 용기 있는 인물이었다. 어두운 절망의 시기가 지나가면 다시 일어나 새로운 작품을 써낼 수 있는 사람이었다. 거기에 생각이 미치자 등줄기가 서늘하고 소름이 끼쳤다. 그런 환상이 어디를 가나 내 목을 조여왔다. 길거리에서, 사무실에서 그리고 잠자리에서까지. 다시 찾은 영광의 후광에 둘러싸인 채 찬란한 빛을 발하며 특유의 빈정거리는 미소로 나를 짓밟는 니콜라의 모습이 눈앞에 보이는 것 같았다. 번쩍이는 책의 겉표지에 그의 이름이 어느 때보다도 크고 선명하게 박혀 있는 모습이 눈앞에 보이는 것만 같았다.

아니면 그는 영리하게도 자기의 기억상실증을 크게 활용할지도 모른다. 그 사실을 공개적으로 고백하여 대중의 연민이나 호감을 자아낼지도 모른다. 어리석고 얄팍한 대중은 전쟁으로 정신적 상처를 입은 그들의 '스타'를 가엾게 여길 것이다.

그것도 아니라면 기억상실증을 주제로 소설을 쓰겠다는 데 생각이 미칠 수도 있다. 그는 자기가 겪은 사고와 그후에 일어난 사건들에 대해 이야기할 것이다. 그 책은 불티나게 팔려나갈 것이 확실하다.

나는 창문도 닫고 집에 틀어박힌 채 새로운 작품 구상에 몰두하고 있는 니콜라의 모습을 상상해보았다. 시간은 그의 편이었다. 언젠가 그는 다시 한 번 나를 경악하게 하고 짓밟아버릴 것이다.

그런 절망적인 상상에 빠져 있다가 다시 내 승리의 가치를 음미하기도 했다. 이제부터 내 앞날은 탄탄대로다. 내 앞날은 롤스로이스처럼 찬란하게 빛날 것이다. 앞으로 나는 영국의 가장 뛰어난 작가들을 발굴해낼 것이고 출판수익을 몇 배로 늘려나갈 것이다. 나는 미소를 머금은 채 속으로 되뇌었다. 쓸데없는 걱정일랑 하지 말자고, 그런 걱정은 지난날의 콤플렉스에서 남은 잔여물일 뿐이라고. 나는 행복감에 도취한 나머지 도리스에게 모든 것을 다 고백해버리고 싶은 충동에 여러 번 사로잡혔다. 내 천재적인 능력을 과시하고 싶었던 것이다.

그러던 어느 날, 나는 니콜라의 편지가 책상 위에 놓여 있는 것을 발견했다.

'나는 떠나기로 결심했어. 브라질의 마나우스로 갈 거야. 그곳의 원시림이 나에게 따라붙어 귀찮게 구는 악귀들을 조용히 잠재워주기를 바랄 뿐이야. 나는 초심으로 돌아가고 싶어. 지금으로서는 그것 말고는 방법이 없어. 바닥까지 떨어진 지금, 어떤 점에서는 오히려 홀가분

하기도 해. 나는 다시 올라가고, 다시 태어날 거야. 안녕.'

　나는 그의 출발을 저지하기 위해, 다시 말해 그의 재활을 막기 위해 온갖 수단을 동원했다. 그는 파리에 남아 있어야 했다. 파리에 남아 있다가 자기 책장 안에서 『사랑은 의무』를 발견해야만 했다. 나는 파르망티에에게 충고했다. 니콜라는 적들과 정면으로 맞서야 하니, 절대 파리를 떠나지 말고 머물러 있게 하라고. 그러나 파르망티에는 언제까지나 자기가 니콜라의 뒤치다꺼리를 해줄 수는 없다면서 자기는 니콜라의 여행 계획에 찬성한다고 말했다.

　파르망티에를 설득하는 것이 불가능하다고 판단한 나는 그슈타트의 피터에게 전화를 걸어 아버지와 대화를 좀 해보라고, 지금 상황에서 아버지가 해외로 떠나면 모든 사람이 그가 잘못을 시인하는 것으로 여길 거라고 말했다. 그러나 피터는 자기는 그 '이상한 사건'을 도무지 이해할 수가 없으며 어쨌거나 자기 아버지는 한다면 하는 사람이라고 말했다. 나는 내가 그렇게도 사랑하는 피터까지 이용하려 했다는 사실에 큰 수치감을 느꼈고, 더이상 피터를 설득하려 하지 않았다.

　피터가 느끼는 슬픔은 나를 가슴 아프게 했다. 그때까지 나는 피터가 스위스의 하얀 눈 속에 살고 있기 때문에 그리고 자기 아버지와 접촉이 거의 없기 때문에 아버지의 추문으로부터 피해를 볼 일은 별로 없을 거라고 생각했다. 그러나 피터가 가장 친한 프랑스 친구로부터 '베이비 브라운'이라고 놀림을 받고 그 친구와 주먹다짐까지 했다는 이야기를 듣고 가슴이 저려왔다.

　나는 니콜라의 출국을 말리려는 계획을 포기하고 모든 것을 하늘의 뜻에 맡기기로 했다. 어느 날 갑자기 니콜라의 편지 속에서 그의 '부활'을 통지받지나 않을까 하는 불안감 속에서 그저 하늘의 처분만 기다리고 있었다.

브라질에 간 후 처음 보내온 편지 속에서 그는 자신이 발견한 이 신세계는 부드러운 미소와 노래하는 듯한 목소리를 선사하고 있으며 그 속에서 자신은 글쓰기의 필요성 따위는 잊어버리고 있다고 말했다. 이렇게 멀리 떨어져서 생각해보니 자기 인생의 4분의 3을 차지하고 있던 글쓰기라는 행위가 사실은 별것 아니었다는 생각이 든다고.

'여기 도착한 이후 나는 이곳의 그윽한 관능주의에 깊이 빠져들고 있네. 여기서는 식물의 수액 외에 다른 종류의 잉크는 찾아볼 수 없다네.'

그 다음에 온 편지는 더 구체적이었다.

'지금 내 옆에는 이국적인 매력을 눈부시게 발산하는 아름다운 에우렐리아가 침상에 길게 누워 온몸을 황금색으로 빛내고 있네. 그녀의 더듬거리는 프랑스어는 선교사 학교 냄새가 물씬 풍기는 게 몹시도 나를 기분 좋게 해. 그녀는 엉뚱하고 기발한 장난을 몹시도 좋아해서 나는 그야말로 두 손 두 발 다 들고 말았다네. 그런 순진한 매력 속에서 글쟁이라는 내 직업은 자취를 감추고 만다네.'

그러던 어느 날, 그가 갑자기 귀국하겠다는 통보를 해왔다.

'여기서는 더이상 할 일이 없어. 만일 내가 죗값을 치르기 위해 여기에 유배된 것이었다면 이곳의 생활에 적응할 수도 있었을 거야. 그런

데 나는 내가 결백하다는 것을 확신하거든. 사기를 쳤다거나 살인을 했다거나 하는 것은 시인할 수 있을지 몰라도 누구인지도 모르는 작가의 혼이 씌었다고 비방하는 것은 아무리 생각해도 받아들일 수가 없어. 지구의 반대편에서 언제까지나 도피생활을 이어갈 수는 없어. 세상 사람들이 "아, 니콜라 파브리? 아마존 밀림에서 영락해버린 그 표절작가?"라고 수군거릴 것을 생각하면 아찔해져. 나는 그런 사람으로 인생을 끝내지는 않을 거야. 마음을 조금 추스르고 정리했으니 이제는 돌아가야겠어. 돌아가서 모든 것에 정정당당하게 맞서서 속임수 없이 제대로 청산해야겠어. 나는 죽은 시체의 껍데기나 벗겨가는 사람이 절대 아니야. 숄로호프가 『고요한 돈 강』 제1권을 쓸 때 그랬던 것처럼—솔제니친의 말을 그대로 믿는다면—죽은 작가들의 원고를 훔쳐내거나 하는 짓은 절대 하지 않아. 내 작품은 처음부터 끝까지 내가 창작했고 내 노력의 산물이야. 이제 나는 어떤 모욕이나 비판, 비방도 초월할 수 있을 것 같아.'

잘난 승부사 니콜라가 부활에 성공한다면 나는 치욕스런 내 삶에 종지부를 찍을 작정이었다. 그것에 대비하여 오래전에 신변정리를 모두 해놓았다. 터너 출판사는 직원들에게 양도할 것이며 내 몫의 출판사 지분은 피터 앞으로 상속한다고 유언장을 작성해두었다. 피터가 문학에 흥미를 보이고 있다는 것을 나는 잘 알고 있었다. 또한 첼시에 있는 집도 피터에게 물려주기로 했다. 그 외의 재산은 봉사단체들에 기부하기로 했다. 남은 일은 내가 지니고 있는 몇 권의 『사랑은 의무』의 처리 문제였다. 그것을 넘겨줄 사람은 낸시 픽퍼드뿐이었다. 나는 내가 사용했던 위조 교정쇄도 다 그녀에게 넘기기로 했다. 물론 저간의 사정을 자세히 설명한 편지를 첨부할 것이다.

'당신이 이 편지를 읽을 때쯤이면 나는 아마도 한 줌의 먼지가 되어 있을 것입니다. 내가 조작해낸 세기의 문학사적 음모에 당신이 크게 기여해준 데 대해 심심한 감사의 말씀을 드립니다. 당신 역시 이 비밀을 무덤까지 가지고 가리라 생각합니다. 물론 그 판단은 당신 자신에게 달려 있겠지만요. 어쨌거나 당신은 내가 부여한 역할을 매우 훌륭하게 수행해주셨습니다. 정의를 실현하기 위한 이 시나리오의 중요한 등장인물로 당신을 선택한 것에 대해 나를 원망하지 않으시기를 바랍니다. 나는 당신의 복수욕이 내 복수욕만큼이나 강렬하다고 생각했을 뿐이니까요. 제가 드리는 이 조그만 선물을 기꺼이 받아주시기 바랍니다.'

이 편지는 『사랑은 의무』 나머지 몇 권과 그 책이 위조임을 증명하는 교정쇄 그리고 내 유언장과 함께 커다란 봉투 안에 밀봉되어 내 시골집 금고 깊숙이 보관되어 있다. 만사를 끝장내겠다는 결단을 내리게 되면 그 모든 것을 홀랜드 씨에게 일임하기만 하면 되는 것이다.

나는 여러 번 파리에 전화를 걸어 니콜라가 돌아왔는지 알아보려고 했다. 그러나 매번 희미한 전화벨 소리만 울릴 뿐 아무도 전화를 받지 않았다. 그렇게 한 달이 지나갔다. 어느 날 에어 프랑스의 조종사 한 명이 히스로 공항에서 내게 전화를 걸어왔다. 그는 니콜라의 오랜 친구라고 자기를 소개했다. 니콜라가 두 시간 전에 오를리 공항으로 자기를 찾아와서는 봉투 하나를 건네주며 나에게 직접 전달해달라고 간곡히 부탁했다는 것이다.

나는 니콜라가 보냈다는 물건을 받으러 공항으로 급히 달려갔다. 나는 그 봉투 안에 대체 무엇이 들어 있는지 조바심이 났지만 공항 주차장에 세워둔 내 자동차에 올라탄 뒤에야 봉투를 열어보았다. 봉투 안에는 그가 쓴 긴 편지가 들어 있었다. 나는 즉시 읽어내려갔다.

'자네, 나와 통화하려고 많이 애썼겠지. 실은 전화선을 빼놓았었네. 노라 말고는 내가 브라질에서 돌아왔다는 사실을 아는 사람이 아무도 없어. 나 자신에 대해 성찰하고 내가 처해 있는 불행의 구렁텅이 주위를 빙빙 돌면서 시간을 보낸 지도 벌써 두 달이 되었군. 나는 가슴을 죄는 불안감 속에서 내 기억을 파헤쳐보고 수도 없이 나 자신에게 질문을 해보았네. 이제 와서 새삼 고백하자면, 『사랑해야 한다』를 완성하기 전까지 나는 무척 번민하고 방황했다네. 그 이전의 내 작품들은 뭔가 빠져 있는 느낌을 주었어. 진부하고 생명력이 없었지. 나는 그 사실을 잘 알고 있었어. 그런 작품들을 계속 써내면서 나는 나 자신이 몰락한 가문보다도 더 초라하고 허해지는 것을 느꼈지. 그 작품들은 내가 가진 환상들을 긁어모아 갖은 방법으로 짜깁기한 별볼일 없는 쓰레기일 뿐이야. 하지만 파리다, 일명 야스미나의 이야기를 쓰면서 나는 비로소 다시 태어나는 것 같았네. 그 이야기를 쓰기 시작하자 펜이 어찌나 빠르게 종이 위를 질주하던지 나 자신도 현기증이 날 정도였어. 그 소설은 환희의 외침처럼 불쑥 솟아나왔고 모든 면에서 신선하고 참신했네. 사실, 사막의 소녀 야스미나는 내 아이를 가졌고 내 잘못으로 죽임을 당했다네. 지금껏 나는 그 이야기를 자네에게 한 번도 한 적이 없지. 나 혼자만의 비밀로 간직하고 있었으니까.

일주일 전, 노라가 내 집에 나타났다네. 관리인 아주머니에게 아무도 들여보내지 말라고 신신당부를 했는데도 고집스러운 그녀는 결국 들어오고야 말았어. 그러고는 내 집에서 살기 시작했다네. 나를 이렇게 혼자 놔둘 수는 없다고 걱정 어린 애원을 하는 데는 정말 어쩔 도리가 없더군. 그녀의 그런 이집트 무희 같은 면을 내가 좋아했던 것인지도 모르지. 아니, 그녀가 나를 다시 찾아온 것은 내 운명이 그렇게 정해져 있었기 때문인지도 몰라.

그런데 왜 그녀의 머릿속에 내 책장을 정리해야겠다는 생각이 갑자기 떠올랐던 걸까? 불안해하는 내 마음을 전환시켜주려는 의도였을까?

자네는 내가 책을 절대로 버리지 않는다는 사실을 잘 알고 있을 거야. 어쩌다 한 권을 잃어버리면 즉시 똑같은 책을 새로 사곤 했지. 그렇게 해서 지금까지 모은 책이 6천 권쯤 될 거야. 물론 그 책들의 제목을 일일이 다 기억하지는 못하네.

어쨌든 나는 노라의 제안에 따라 일단 책을 전부 바닥에 늘어놓는 일부터 시작했어. 그 다음에는 저자의 이름에 따라 알파벳 순서로 정리하기로 했지. 그건 제법 시간이 많이 걸리는 일이었는데 하다보니 나도 재미를 느끼게 되었고 아련하게 떠오르는 옛 생각에 잠기기도 했어. 그런데 노라가 저자 이름이 금박으로 새겨진 파란색 장정의 작은 책 한 권을 발견했다네. 그 저자의 이름이 뭐였는지 짐작하겠나? 바로 어윈 브라운이었네!

그때 내가 느낀 공포감을 어떻게 설명해야 할까. 우주 어딘가에 있는 얼음장 같은 구렁텅이로 끝도 없이 추락하는 기분이었어.

재판 때 증거로 제시되었던 두 권의 책과 똑같이 겉껍질은 없었고 표지도 불에 그을려 있었지만 그 밖에는 양호한 상태였어. 면지에는 헌책들이 대부분 그렇듯 책값이 연필로 적혀 있었다네. 책값은 2실링이었어.

나는 그 책을 읽고 또 읽어보았네. 땅을 치고 울부짖어도 시원찮을 일이었어. 어떻게 내 소설이 글자 하나하나까지 브라운의 소설과 똑같이 맞아떨어질 수 있단 말인가? 어떻게 내가 내 무의식 속에 그의 소설을 통째로 완전하게 간직해둘 수 있었단 말인가? 어떻게 어윈 브라운의 소설을 나도 모르는 사이에 마치 사진으로 찍어둔 것처럼 상세하고 생생하게 내 기억 속에 기록해서 내 뇌 속 어딘가에 있는 비밀스러운 미로 속에 삼십 년 동안 묻어둘 수 있었느냔 말이야. 그가 쓴 이야기가 내가 겪은 이야기와 유사했기 때문일까? 아니면 육체적으로 그리고 정신적으로 모든 면에서 야스미나와 꼭 닮은 그 주인공 소녀와의 비극적인 관계 때문이었을까? 하지만 그 소녀와 함께 사랑의 밤들을 보내고, 한밤중에 해변을 거닐고, 파로스 섬에서 미친 듯한 저녁 데이트를 한 것은 나야. 바로 나란 말이야! 그 영국 작자가 내가 사고를 당하기 한참 전에 내가 겪은 일과 똑같은 일들을 꿈에 보았다거나 나와 똑같은 감정을 느꼈다는 것이, 그리고 나와 똑같이 반응하고 행동했다는 것이 가당키나 한 일인가? 돌아버릴 일이야! 정말이지 미칠 노릇이야!

아마도 나는 삼십 년 전에 그 소설을 읽으면서 그가 소설 속에서 이야기하고 있는 것이 내가 어린 시절에 겪은 일과 너무나 유사해서 깜짝 놀라 그야말로 한 글자도 빼지 않고 단숨에 읽어내려갔을 거야. 평소 책을 읽을 때 내 버릇인 여백에 낙서를 할 여유도 없이 말이야. 나는 내 '유죄'를 확신하게 되었네. 그 이유는 내가 그 책을 발견했기 때문이라기보다는 그 책에 내 낙서가 없었기 때문이야. 낙서가 없는 것을 보면 내가 그 책을 읽을 때 정상적인 상태는 아니었다는 걸 알 수 있어.

　이제 한 가지 사실이 확실해졌네. 내가 더이상 글을 쓸 수 없으리라는 사실이야. 내가 쓰는 글이 진정 나 자신의 생각에서 우러나온 글이라고 어떻게 확신할 수 있겠나. 이 문제는 절대로 나를 떠나지 않을 거야. 이 근사한 표현이, 저 찬란한 테마가 진정 나 자신의 것인가? 알 수 없는 노릇이야. 이런 의혹이 내 머릿속을 떠나지 않고 있어! 이제 나에게는 밤의 공포를 몰아내는 기적 같은 각성은 더이상 없을 거야. 이제 나는 악몽과 현실을 구분할 수 없을 거야. 하지만 나에게 글쓰기는 그 무엇보다도 중요해. 나는 글을 쓰면서 삼십 년이라는 세월을 보냈어. 그것에 대해서는 아직도 자랑스럽게 생각해. 내 '광적인 기억상실증'이 그것을 깨뜨리는 것은 절대로 원치 않아.

　『사랑해야 한다』를 둘러싼 추문에는 영광과 모욕 그리고 불가해함이 뒤섞여 있어. 그것은 어쩌면 아직도 몇몇 비평가들이 경의를 표하는 '천재적인 문학 곡예사'의 아슬아슬한 줄타기로 여겨질 수도 있을 거야. 나는 후대의 평가 따위에 대해서는 신경 쓰지 않아. 어쩌면 내 케이스는 정신의학계에 하나의 사례로 기록되어 훗날 학생들이 '파브리 현상'이라는 주제로 시험을 치게 될지도 모르지. 이제 닻을 올려야 할 시간이 되었네. 마지막으로 나는 여행을 떠날 거야. 나는 마지막으로 가는 그곳에서 망각과 휴식을 얻을 수 있기를 간절히 바라고 있네. 나는 겁을 먹을수록 용감해지고 통찰력도 매우 예리해지지. 피터가 자라는 것을 보지 못하는 것이 안타까울 따름이네…… 내가 아직 사랑해보지 못한 여인들에 대해서도 유감스럽게 생각하네…… 하지만 아무도 내가 떠나는 것을 막지 못할 거야. 이제는 세상을 떠난 작가라는 안심되는 위치를 얻고 싶어.

혹시라도 내 마지막 소원을 들어주고 싶다면, 『사랑해야 한다』의 진
정한 아버지는 바로 나라는 사실만 기억해주기 바라네. 그 책이 정통
성을 부여받지 못한 서자일지는 모르지만 나에게는 가장 사랑스러운
아들이니까. 그럼 이만 안녕. 니콜라.'

편지를 다 읽은 나는 수화기를 집어들고 급히 파르망티에의 번호를
눌렀다. 파르망티에는 그 편지가 암시하고 있는 바를 내게 확인시켜주
었다. 노라가 방금 머리에 총알이 관통한 채로 침대에 쓰러져 있는 니
콜라를 발견했다는 것이다.

14

묘지는 조문객으로 가득했다. 니콜라가 아직 사랑해보지 못한 그러
나 니콜라를 사랑했던 모든 여인들이 그에게 작별을 고하기 위해 장례
식에 참석했다. 캐나다에서 재혼한 안은 장례식에 오지 않았다. 하늘
의 뜻인지 피터는 독감에 걸려 그슈타트를 떠날 수 없었다. 반면 공식
인사들이 상당히 많이 참석해주었다. 재향 군인들과 출판업에 종사하
는 거의 모든 인사들이 참석했다. 공기는 코를 찌르는 듯한 향수 냄새
와 분 냄새, 화장품 냄새로 진동해서 지금 한 방탕아의 장례식이 치러
지고 있음을 눈을 감고 있어도 충분히 짐작하게 했다.

사망의 정황이 그러한 만큼 장례식은 그리 길지 않았다. 사제는 죽
은 자의 위대함과 용기, 절망 그리고 하느님의 자비에 대해 간단히 이
야기했다. 그리고 하늘을 우러러보면서 기도문을 외웠다. 이제 니콜라
에게는 닫혀 있는 하늘이었다…… 나는 흙 한 줌을 집어 관 위에 뿌렸
다. 그 순간 내가 어렴풋이 미소를 띤 것을 파르망티에가 감지했다. 파

르망티에의 얼굴에는 슬픔의 기색이 역력했지만 뭔지 모를 거북한 표정도 함께 떠올라 있었다.

노라는 눈물에 흥건히 젖은 얼굴을 검은 베일 밑에 감춘 채 내 손을 한동안 꼭 쥐고는 이렇게 말했다.

"당신은 그의 가장 절친한 친구였어요. 그는 당신을 정말 사랑했고, 알렉산드리아에서 당신과 함께 보냈던 어린 시절 이야기를 제게 많이 들려주었답니다."

그녀의 말이 내 가슴을 찔렀다. 나는 어서 묘지를 떠나 혼자 있고 싶었다. 그러나 파르망티에는 굳이 공항까지 바래다주겠다고 나섰다. 그 제안을 차마 거절할 수 없었다.

우리는 한참 동안 아무 말도 하지 않았다. 파르망티에는 운전을 하면서 훌쩍거렸다. 그는 니콜라의 죽음을 진정으로 슬퍼했던 것이다. 어느 순간부터는 어린아이처럼 엉엉 울기 시작했다.

"제기랄! 나는 그 사내를 정말 좋아했답니다. 그가 마지막에 내게 몹쓸 짓을 하기는 했지만, 그는 정말 멋있고 괴짜이면서도 사람의 마음을 흔드는 데가 있었어요…… 아, 그들이 그의 기억상실증을 증거로 제시하지만 않았다면 나는 그가 표절을 했다는 사실을 믿지 못했을 거예요. 그는 그런 일을 할 사람이 절대 아닙니다. 그는 정직한 사람입니다. 그것만은 내가 믿을 수 있어요. 사실, 나는 지금도 석연치가 않습니다. 아무리 생각해도 찜찜해요. 이 사건에서는 어딘지 모르게 수상쩍은 냄새가 납니다. 분명 뭔가 있을 겁니다. 아! 그게 뭔지 알 수만 있다면!"

나로서는 정말이지 바늘방석이었다. 다행히도 공항까지 가는 길은 그리 멀지 않았다. 나는 죄지은 사람처럼 파르망티에와 서둘러 작별했다. 비겁하게 도망을 친 것이다.

그로부터 이틀 동안 나는 철저한 혼돈 속에서 살았다. 다행히도 처리해야 할 일이 정신을 차릴 수 없을 정도로 많았다. 니콜라의 죽음이 세상에 몰고 온 동요는 곧 가라앉았다. 그의 자살이 자백이라고 여겨진 탓이리라. 며칠이 지나자 신문들은 파브리 사건에 대해 떠들어대던 것을 멈추고 다른 사건들로 지면을 채우기 시작했다. 그 사건에 계속 관심을 갖는 사람은 변호사들뿐이었다. 『사랑해야 한다』의 저작권 문제가 아직 해결되지 않은 채 남아 있었기 때문이다.

영국 법정은 전례가 없다는 이유로 이 문제를 계속 문제 삼지 않고, 『사랑은 의무』의 정통성만 확인한 채 낸시 픽퍼드에 대한 니콜라의 명예훼손 소송을 기각하는 것으로 만족했다. 내가 블룸스베리 출판사의 기금을 모두 매입했으므로, 사실 나는 어윈 브라운의 상속인을 대신해 니콜라의 최신작이 프랑스에서 벌어들인 수익금을 모두 요구할 수도 있었다. 그러고 싶으면 표절시비를 걸기만 하면 되었다. 그러나 나는 모든 면에서 매우 관대하게 처신했다. 홀랜드 씨는 소송을 걸라고 독려했지만 나는 거절했다. 내가 생각하는 정의는 이미 구현되었고, 법률적 의혹이 니콜라에게 계속 남아 있기를 원했기 때문이다.

나는 홀랜드 씨에게 내 충실한 동료 파르망티에 씨를 파산시키는 일은 하고 싶지 않으며, 피터가 자기 아버지의 작품 중 가장 큰 성공을 거둔 그 작품이 가져다주는 수익을 차지하기를 원한다는 의사를 확실히 해두었다. 『사랑해야 한다』의 프랑스 내 판권은 니콜라가 소지하는 것으로 되었고, 나는 당시 내가 개정판을 준비하고 있던 어윈 브라운의 『사랑은 의무』에 대한 전 세계 판권을 가지게 되었다.

나는 그런 관대함을 행사하는 데 조금도 망설이지 않았다. 어윈 브라운의 『사랑은 의무』가 큰 성공을 거둘 것이 불 보듯 뻔했기 때문이다. 파르망티에는 내 처분에 대해 몹시 고마워했다. 반면 피터는 불만스러워했다. 나는 두 작품 사이에 존재하는 '큰 논란을 불러일으켰던 유사성'을 독자가 직접 읽으며 판단할 기회를 제공하는 것이 출판업자로서의 내 의무임을 짤막한 서문을 통해 밝히고 브라운의 생애에 대한 연대표를 첨가해『사랑은 의무』개정판을 발간하겠다고 말했지만, 그 아이는 받아들이지 않았다. 그래서 나는 언론에서 그토록 떠들어댔던 그 문제를 이제는 독자들 자신이 직접 읽고 판단하게 해줄 때라고 그 아이를 설득했다.

그러자 피터는 자기 아버지를 열렬히 두둔하고 나섰다. 니콜라가 살아 있을 때는 한 번도 없던 일이었다. 그는 나를 지독한 인간 취급을 했다. 나는 피터의 그런 열띤 반응을 지극히 자연스러운 것으로 여기고 거기에 큰 의미를 부여하지는 않았다. 자존심과 명예에 큰 상처를 입은 그 아이는 나를 통해 니콜라를 공격하고 있었던 것이다. 시간이 흐르면 그 아이의 감정도 자연히 가라앉을 것이며 파르망티에처럼 나를 고맙게 여길 거라고 생각했다.

그러나 나에게는 시간의 흐름이 전혀 도움이 되지 않았다. 니콜라가 죽었다고 해서 내 창작력이 소생하지는 못했던 것이다. 나는 글을 쓰려고 시도해보았지만 허사였다. 나는 아무 소용 없는 바보짓을 저지른 것인가? 내 문학적 재능은 니콜라의 문학적 재능이 발현되기 전에 이미 사라져버렸단 말인가?

『사랑은 의무』개정판이 발매되고 이 주일이 지났을 무렵, 고대하던 운명의 신호가 울렸다. 스코틀랜드의 뉴턴모어에서 전화 한 통이 걸려왔던 것이다. 전화선 너머에서 조심스러우면서도 홍분에 들뜬 목소리가 들려왔다.

"이렇게 갑자기 전화드려서 실례가 아닌지 모르겠네요. 제 이름은 헨리엣 맥퍼슨이라고 해요. 얼마 전에 한 친구가 『사랑은 의무』라는 책을 저에게 선물했는데…… 아, 뭐라고 말씀드려야 하나! 저는 제 오빠가 소설을 썼다는 걸 전혀 몰랐어요……"

"무슨 말씀이신가요?"

"저는 어윈 브라운의 누이동생이에요."

하늘이 무너지는 것 같았다. 이마에서는 식은땀이 흘렀다. 내가 공들여 쌓은 탑이 단번에 무너지는 것이 눈앞에 보이는 듯했다. 나는 정신을 가다듬으려고 애썼다.

"제가 드리는 말씀이 이상하게 들리더라도 양해해주십시오. 하지만 정말 충격적이군요. 지금 곧 저희 사무실로 와주실 수 있습니까?"

"아, 죄송하지만 저는 뉴턴모어를 떠날 수가 없어요."

그녀는 그 이유를 차근히 설명해주었다. 그녀는 남편이 죽고 난 뒤 스코틀랜드의 외진 곳에서 혼자 종자견을 사육하고 있다고 했다. 그래서 두 시간 이상은 자리를 비울 수가 없다는 것이었다. 그러면 내가 뉴턴모어로 가겠다고 제의하자 그녀는 매우 반가운 기색으로 동의했다. 다음날 즉시 만나기로 했다.

뉴턴모어에 가장 빨리 가는 방법은 일단 인버니스까지 가는 기차를 타는 것이었다. 몇 번 갈아타는 불편함을 감수해야 하긴 했지만 그래도 나는 그 방법을 택하기로 했다. 뉴턴모어에 도착한 나는 자동차를 한 대 대여해 남은 45마일을 달려갔다. 가는 길에 무슨 불상사가 생기지는 않을까 하는 두려움이 내 머릿속을 가득 채웠다. 나는 지난 몇 달 동안 인간이 경험할 수 있는 모든 감정을 경험했다고 스스로 생각하고 있었다. 그런데 이제 와서 또다시 격한 감정의 동요에 휩쓸리다니……마치 바늘로 콕콕 찌르는 듯한 신경성 통증이 피부에 느껴졌다. 마비라도 일어난 듯 팔이 딱딱하게 굳었고 숨을 쉬기가 힘들었다. 그러나 어쨌든 뉴턴모어의 스튜어트 레인 21번지에 도착할 수 있었다. 뉴턴모어는 상당히 아름다운 조그만 시골마을로, 주민은 기껏해야 몇백 명 정도일 것 같았다. 어윈 브라운의 여동생이 살고 있는 이 외진 마을을 눈으로 확인하고 나니, 세상을 그리도 떠들썩하게 했던 '파브리 사건'에 대해 그녀가 전혀 알지 못한 이유를 납득할 수 있었다.

그녀는 동화 속에나 나올 법한 자그마한 집에 살고 있었다. 지붕은 이엉으로 엮어져 있었고, 메꽃과 넝쿨장미가 벽을 타고 기어오르고 있었다. 문턱은 이끼로 덮여 있었으며, 꽃이 가득 피어난 정원의 안쪽에는 지붕이 덮인 가축우리가 있었다. 아마도 그곳에서 개들을 기르는 것 같았다.

초인종을 누를 필요도 없었다. 오십대로 보이는 매력적인 여인이 나와서 바로 문을 열어주었기 때문이다. 그녀의 피부는 신선하고 아직 윤기가 있었으며 전원생활 탓인지 조금 붉은 기를 띠고 있었다. 두 뺨은 통통했고 머리채는 황갈색으로 물결쳤다.

일단 인사를 나누고 나서 나는 그녀를 따라 집 안으로 들어갔다. 거실의 장식들이 집주인의 고상한 취미를 엿보게 했다. 코지 스타일로 여기저기 약간의 변화를 가미한 안락한 공간이었다. 그녀는 여행이 순조로웠는지 정중하게 묻고 자기가 너무 먼 곳에 살아서 미안하다고 말했다. 그녀의 미소는 참으로 매력적이었고, 파란 두 눈은 그녀의 순수함을 잘 보여주었다. 외견상의 부드러움은 일단 좋은 징조였다. 그러나 나는 긴장의 고삐를 늦추지 않았다. 지금 내 눈 앞에 있는 것은 나 자신의 패배의 이미지인지도 몰랐다.

그녀는 꽃무늬 면 커버를 씌운 널찍한 안락의자에 앉으라고 내게 권하고는 문제의 서두를 꺼냈다.

"어제 전화로도 말씀드렸지만 다시 한 번 말씀드릴게요. 저는 제 오빠가 그 소설을 썼다는 것을 전혀 이해할 수가 없어요."

"하지만 그것은 사실입니다, 부인. 그는 블룸스베리 출판사에서『사랑은 의무』를 출판했습니다. 블룸스베리 출판사의 기금은 제가 모두 매입했고요."

"네, 선생님, 알고 있어요. 선생님이 쓴 서문을 읽었으니까요. 하지만 제가 아는 한 어윈은 그 소설을 쓰지 않았어요!"

"어떻게 그렇게 단호하게 말씀하실 수 있습니까?"

"어윈은 제 오빠니까요!"

나는 한쪽 다리를 들어 다른 다리에 포갠 뒤 깊이 한숨을 내쉬었다.

"어떻게 된 일인지 제가 설명해드리지요. 그 소설은 발간되기는 했지만 전쟁과 폭격 때문에 전혀 배포되지 못했습니다. 대여섯 권만 기적적으로 살아남았지요. 당신의 오빠 역시 전사할 당시 자기 소설이 발간되었다는 것을 모르고 있었을 겁니다."

"좋아요, 저는 몰랐다고 쳐요. 당시 저는 열네 살밖에 안 되었으니까요. 어윈은 열여덟 살이었고요. 그 나이 때는 네 살 차이란 상당한 거니까 오빠가 저에게 그런 이야기를 하지 않았을 수도 있어요. 더구나 저는 말馬들에게 정신이 온통 팔려 있었거든요. 하지만 저희 부모님은요?"

"오, 부모님이요! 부모는 자식들에게 늘 속게 마련이지요. 자식에게 무슨 일이 일어나면 부모가 제일 늦게 알지 않습니까?"

그렇게 말하면서도 나는 내 주장에 대해 썩 자신감이 없었다. 나는 나에게 원고를 가져오는 많은 젊은 작가들이 원고의 존재를 부모에게는 비밀에 부치는 경우가 허다하다고, 그것은 대개 부모들은 아무것도 보장되지 않는 작가라는 허황된 직업보다는 공증인이나 은행원 같은 안정되고 수익이 보장되는 직업을 선호하기 때문이라고, 또 그들이 문학에 투신하려 한다는 것을 부모가 알게 되면 반대할 것이 뻔하기 때문이라고 그녀를 설득했다. 그녀는 내 말을 수긍하는 것 같았다. 사실 그녀는 내가 자기를 설득해주기를 내심 바라고 있었다. 오빠 덕분에 생각지도 않았던 저작 권리금이 하늘에서 떨어질 것이기 때문이었다.

그녀는 사진 한 뭉치와 어윈이라는 서명이 들어 있는 편지 두세 통을 나에게 보여주었다. 드디어 비밀에 싸였던 내 작가가 모습을 드러내기 시작한 것이다. 그것은 나에게는 커다란 즐거움이었다. 옆으로 비스듬히 기울여 쓴 그의 필체는 내 필체와 비슷했다. 그의 생애 또한 마찬가지였다. 학구적이었던 사춘기, 책과 비밀스러움에 대한 열렬한 기호, 극도로 소심한 성격 등 모든 것이 나와 놀랍게도 일치했다. 그렇다. 바로 그였다. 나는 그를 알아볼 수 있었다. 많은 시간이 흘러갔지만 내 작가에 대해 몇 시간이고 이야기를 듣고 싶었다. 나는 헨리엣 브라운에게 근처에서 제일 좋은 식당에 가서 그녀에게 식사를 대접하겠다고 제안했다. 그녀는 매우 기뻐하면서 내 제안을 받아들였다. 그때 그녀가 지은 미소가 얼마나 아름다웠는지!⋯⋯

그녀는 꽃으로 치장된 아름다운 시골 여관의 식당을 선택했고, 메뉴를 선택하는 일은 나에게 일임했다. 내가 보르도 산 포도주를 한 병 주문하자 그녀는 몹시 기뻐했다. 평소에 나는 여성과 단둘이 마주하는 것을 불편해하는 편이었지만, 그날만은 부드러운 행복감에 취해보고 싶었다.

인생을 살다보면 아무것도 더 바라지 않고 충만한 행복감만 만끽하게 되는 순간들이 있다. 지금 내가 느끼는 이 평화, 아름다운 눈길을 가진 여인과 단둘이 마주 앉아 있는 이 순간만으로도 내 범죄는 정당화되었다. 여태껏 이런 평화와 부드러움을 느껴본 적이 없었다. 나는 영겁의 세월 동안 알고 지냈던 사람인 것처럼 헨리엣 브라운과 이야기를 나누었다. 그녀 역시 내가 하는 이야기를 눈을 반짝이며 들었다. 그녀는 나에 대한 모든 것을 알고 싶어했다. 내 직업과 내가 살아온 인생, 참전 경험 등등. 내 외모에서 유일하게 특별하다고 할 수 있는 내 눈동자의 색깔에 대해서도 그녀는 놀라움을 표시했다. 그 순간 나는 그녀에게서 한 줄기 애정을 느꼈다.

나는 그녀의 손에 내 손을 올려놓고는 다정한 목소리로 속삭였다.

"마치 우리가 아주 오랫동안 알고 지낸 사이 같은 느낌이에요."

그녀는 손을 빼지 않고 살며시 미소지었다. 그녀도 나를 만난 것을 기뻐하는 것 같았다.

커피를 마시면서 그녀가 갑자기 외쳤다.

"아, 방금 생각난 게 하나 있어요. 바쁘시지 않으면 저희 집 다락을 한번 훑어보실래요? 어원의 트렁크가 하나 있거든요. 옛날에 그가 쓴 종이들이 꽉 차 있는 트렁크예요."

나는 그녀와 함께 그녀의 집으로 다시 돌아갔다. 카드를 쌓아올려 만든 내 궁전을 삽시간에 무너뜨릴 쪽지 같은 거라도 발견되지 않을까 하는 데 생각이 미치자 나는 다시 한 번 불안감에 사로잡혔다. 이를테면 어윈 브라운은 『사랑은 의무』라는 소설을 쓰지 않았다는 것을 증명하는 일기 같은 것 말이다.

헨리엣은 소녀처럼 민첩한 동작으로 자동차에서 뛰어내려 계단을 몇 개씩 건너뛰어 집 안으로 들어갔다. 나도 그녀의 뒤를 따랐다. 심장이 마구 쿵쿵거렸다. 그녀는 낡은 가구들과 온갖 잡동사니들이 가득 찬 곳에서 어윈의 트렁크를 찾아 끄집어냈다.

"아, 여기 있군요. 입스위치에서 이사 온 후로는 한 번도 열어본 적이 없는 것 같아요. 사람 일이란 참 신기하지요! 이 안에 대체 무엇이 들어 있을까요?"

나는 광산을 발견하려는 사람이 땅을 탐지하는 동작만큼이나 천천히 트렁크의 뚜껑을 열었다. 트렁크 안에는 갖가지 서적들과 잘라낸 신문기사 조각, 노트, 독후감, 편지 등이 들어 있었다. 트렁크 밑바닥에는 검은색 인조가죽으로 커버를 씌운 서류철이 하나 들어 있었다. 나는 그 서류철을 꺼내 극도로 불안한 마음으로 들추어보았다. 그것은 3백 페이지에 달하는 어윈 브라운의 원고였다…… 그것은 일기장이 아니었다. 첫 페이지에는 검은색 잉크로 대문짝만 하게 이렇게 적혀 있었던 것이다. '오직 여행만이 중요한 것, 어윈 브라운의 소설.' 나는 안도의 한숨을 내쉬었다. 내 한숨은 아마도 기쁨의 탄성으로 들렸을 것이다. 그것을 보고 기쁨에 들뜬 헨리엣은 나를 얼싸안을 뻔했다. 우리는 조금 무안한 얼굴로 서로를 바라보다가 동시에 웃음을 터뜨렸다. 마치 어린아이들처럼.

그 원고를 팔에 끼고 거실로 돌아온 나는 원고는 읽어보지도 않고 쌍방이 체결하게 될 저작권 계약에 대해 이야기를 꺼냈다. 그러자 그녀는 내 말을 중단시키고는 "원하시는 대로 하세요. 그저 제가 어떻게 해야 하는지만 설명해주시면 돼요" 하는 것이었다.

　나는 가방에서 미리 준비해온 『사랑은 의무』에 관한 계약서를 꺼냈다. 나는 계약서의 항목들을 채워넣고 나서 그녀에게 어윈 브라운의 작품 전체에 대한 독점권 조항에 서명을 하라고 했다. 물론 그 계약 조건은 나무랄 데 없이 정당했다. 서명이 끝난 뒤 나는 『사랑은 의무』의 저작 권리금 조로 5천 파운드짜리 수표를 그녀에게 건네주었다. 그것을 받아든 그녀는 행복에 겨워했다. 그 모습을 본 나는 하마터면 그녀를 껴안아줄 뻔했다.

　나는 런던으로 돌아가는 기차 좌석에 앉자마자 노랗게 변색된 어윈 브라운의 원고를 읽기 시작했다. 마치 니콜라의 초기 작품을 읽는 것 같았다. 니콜라가 아직 우아함을 잃지 않았을 때의 작품들 말이다. 어윈 브라운의 어조는 니콜라의 어조와 비슷했고, 호흡도 비슷했으며, 치기 어린 오만함까지도 유사했다. 나는 내가 운명을 엮어준 두 작가 사이에 존재하는 신비로운 유사성을 보면서 매우 감동했다. 그리고 거기에서 어떤 운명적인 신호를 읽어내기보다는 그저 우연의 일치만을 보려고 했다.

　물론 어윈 브라운의 처녀작은 서투른 데가 많았다. 그 원고를 『사랑은 의무』가 남긴 여운에 부합하는 수준으로 끌어올리려면 처음부터 완전히 고쳐 쓰는 작업이 필요했다.

　그 작업을 하면서 내가 느낀 기쁨과 창조의 희열은 그때까지 내가 그렇게도 고대하던 창작의 열망을 훨씬 능가했다. 마침내 나는 새롭게 탄생한 것이다!

오늘 날씨는 정말로 화창하다. 하이드파크에는 쥐똥나무의 향기가 가득 풍기고 있다. 헨리엇은 나에게 전화를 걸어와 함께 와이트 섬으로 며칠간 여행을 떠나자는 내 제안을 받아들이겠다고 대답했다. 이웃집 여자가 개들을 돌봐주겠다고 약속했다는 것이다. 신문잡지들은 『오직 여행만이 중요한 것』에 대해 기사를 쓰기 시작했고, 로랑 파르망티에는 그 소설의 프랑스어판을 오는 가을에 출판하기로 했다. 모든 사람이 어윈 브라운의 두번째 소설이 나오기를 학수고대하고 있다. 그 '부활'은 내 증오감을 은총으로 변모시켰다. 나는 그 무명의 작가에게 프랑스 작가 알랭 푸르니에나 레이몽 라디게에 버금가는 사후 영광을 안겨주었던 것이다.

나는 다시 시를 쓰기 시작했다. 이제 나는 니콜라 없이도 존재할 수 있다. 니콜라에 대한 기억은 나날이 희미해져갔다. 내 악마를 제거함으로써 잃어버렸던 낙원을 되찾은 것이다.

"지크프리트여, 자, 여기 성배가 있다! 사면赦免이여! 기쁨이여!"

1994년 도서출판 책세상에서 출간되었던 『표절』이 그로부터 10여 년이 훌쩍 지난 오늘, 『편집된 죽음』이라는 제목으로 다시 빛을 보게 되었다. 강산이 넉넉히 한 번은 변할 지난 세월동안 새로운 많은 작가들이 기량을 발휘하였고 뛰어난 작품들이 출간되어 우리를 기쁘게 해주었다. 까마득히 잊혀져 있던 이 작품에게 새 삶을 제공해준 문학동네 여러분에게 먼저 감사드리고 싶다.

작가 장 자크 피슈테르는 스위스 태생의 역사학자다. 사학계에서 권위를 인정받는 전문가로 프랑스 대혁명과 나폴레옹 제국의 역사에 대해 이미 많은 저작물을 출판한 바 있다. 그런 그가 1993년 1월 프랑스 드노엘 출판사에서 『편집된 죽음』이라는 소설을 펴냈다. 말하자면 처녀작이 되는 셈인데, 피슈테르가 스위스 로잔 대학에서 문학박사 학위를 받은 문학도였다는 점을 생각하면 늦깎이로 문단에 데뷔했다는 사

실이 그리 놀라울 것도 없다. 오히려 눈길을 끄는 것은 이 소설이 출판
되자마자 프랑스와 스위스의 유수한 언론으로부터 한결같은 찬사를
받았다는 점이다.

이 소설은 비평가들의 열광적인 반응이 무색하지 않게 1993년 프랑
스 범죄문학상 대상을 수상했으며, 주앵빌 시가 주최하는 시네렉트 상
에서도 월계관을 차지했다. 여성잡지 『엘』이 주관한 문학상에서는 최
종 후보에 올라 수상을 다투기도 했다. 우리는 간혹 모래밭에서 사금
을 발견하듯 신선한 경이감을 제공하는 책들을 발견하는 행운을 만나
는데, 피슈테르의 오랜 구상과 치밀한 작업이 탄생시킨 이 명민한 작
품이야말로 쉽게 만나기 힘든 가작임이 틀림없다.

피슈테르는 십여 년 전에 이 소설을 구상했다고 한다. 『자기 앞의
생』이라는 소설로 우리에게도 잘 알려져 있는 에밀 아자르(본명은 로
맹 가리)의 자살에서 착상했다고 하는데, 아닌 게 아니라 로맹 가리는
제2차 세계대전 당시 프랑스 공군에서 복무했고 전후에는 외교관 직
에 몸담았으며 후에는 소설가로서 크게 명성을 누리다가 1980년 스스
로 자기 생에 종지부를 찍었다는 점에서 이 소설의 주인공 니콜라 파
브리와 몹시도 흡사하다. 로맹 가리의 생애나 성격에는 수수께끼 같은
면이 많아 생전에도 사후에도 많은 사람들의 호기심을 불러일으켰다.

여기서 로맹 가리의 생애를 간단히 살펴보는 것도 흥미로운 일이 될
것이다.

로맹 가리는 1914년 러시아에서 출생하여 그곳에서 유년기를 보내
고 후에 가족과 함께 프랑스로 이주했다. 2차 대전 중에는 자유 프랑
스의 수호를 위해 투쟁했고, 1945년 종전이 되자 외교관 직에 투신했

다. 그는 자신의 이름으로 20편이 넘는 작품을 출판했고, 에밀 아자르라는 가명으로 세 권의 소설과 한 권의 콩트집을 냈다. 포스코 시니발디라는 가명으로도 소설 한 권을 출판한 바 있다. 그러나 무엇보다도 특기할 만한 점은 그가 전대미문의 사기극을 조작함으로써 프랑스 문학사에 신화적인 존재로 남게 되었다는 것이다. 내용인즉슨 1956년 『하늘의 뿌리』로 공쿠르 상을 수상한 바 있는 그가 1975년 에밀 아자르라는 가명으로 『자기 앞의 생』을 발표하여 한 번 더 공쿠르 상을 수상한 것이다. 더구나 그의 먼 사촌뻘이 되는 폴 파블로비치라는 사람이 수상 이후 한동안 자신이 바로 에밀 아자르라고 공공연히 떠들고 다니면서 모든 사람들을 감쪽같이 속인 것으로 더욱 큰 스캔들이 되었다.

로맹 가리가 에밀 아자르라는 이름 뒤에 숨어서 주로 다루었던 문제는 자아의 불확실성과 그에 따른 불안이었다.

로맹 가리의 아내였던 진 세버그 또한 특이한 인물이었다. 1960년대 초 프랑스 누벨바그의 선구자였으며 이제는 하나의 고전이 되어버린 장 뤽 고다르 감독의 〈네 멋대로 해라〉라는 영화에서 크게 주목받았던 진 세버그는 1960년대 미국 흑인 인권운동의 선두에 서기도 한 참여 성향이 강한 여성으로, 로맹 가리보다 한 해 앞서 1979년 자살로 생을 마감했다. 그녀는 흑인 인권운동 지도자와의 스캔들로 세간에 화제가 되기도 했는데, 혹자는 그녀가 그 추문을 견디다 못해 자살한 거라고 말하기도 한다.

로맹 가리나 진 세버그의 자살 원인은 이렇다 하게 밝혀진 바 없고, 그들의 자살이 서로 연관성이 있는지, 로맹 가리가 왜 에밀 아자르라는 가명으로 작품을 썼는지, 그의 친척이 왜 에밀 아자르를 자처하고 다녔는지에 대해서도 시원스런 설명은 없다. 한 가지 확실한 것은 로맹 가리라는 작가야말로 두터운 신비의 베일에 가려진 작가라는 사실이다.

각설하고, 여기서 다시 한 번 강조하고 넘어갈 것은 피슈테르가 이 별난 작가 로맹 가리의 생애에서 『편집된 죽음』의 줄거리를 상상해냈다고는 하지만 이 소설은 완전한 허구라는 점이다.

로맹 가리의 특이한 생애와 종말이야 어떠했든 간에 피슈테르는 '복수'라는 테마를 중심으로 하여 독창적인 플롯과 고유한 문체로 완벽한 허구를 창조해냈다.

매력적인 인기작가 니콜라 파브리는 만인의 사랑을 한몸에 받고 있다. 반면 그의 친구 에드워드 램은 모든 점에서 그와는 대조적이다. 그 누구의 눈길도 끌지 못하며 심한 열등의식 속에서 불행한 나날을 보낸다. 겉보기에 조용한 사람들을 경계할지어다. 반평생을 친구의 그림자에 가려 눌려 지내야만 했던 '어린양lamb'이 급기야 끔찍한 복수극을 벌인다.

그를 꿈틀하게 만들었던 것, 낙타를 쓰러뜨리는 마지막 짐 보따리, 물병의 물을 넘치게 하는 마지막 한 방울의 물, 그것은 젊은 날 니콜라가 그의 여인을 부당한 방법으로 빼앗았음을 암시하는 니콜라의 최신작이었다. 더구나 그 소설이 공쿠르 상을 받고 온 세상의 칭송을 받는다. 부당하다는 쓰라린 감정이 폭발하고 마침내 그는 행동을 개시한다. 격하게 불타오르는 증오심과는 대조적으로 그가 준비한 복수극은 천천히 그리고 완벽하게 진행된다.

복수라는 테마는 이미 많은 문학작품에서 수없이 다루어진 고리타분한 주제일지도 모른다. 그러나 그런 '진부한' 주제에서 출발한 『편집된 죽음』은 복수에 사용된 무기가 책이라는 점에서 특별하다고 하겠다. 더욱이 그 책이 변장된 무기로서 물리적으로 해를 가하는, 즉 움베르토 에코의 『장미의 이름』에서처럼 책장에 독이 묻어 있다거나 하는 것이 아니라 책의 존재 자체가 무기가 된다는 점에서 더욱 그러하다. 인간의 증오심은 수만 가지 형태의 복수를 야기한다. 증오의 감정이 극에 달하면 복수 또한 극단적인 양상을 띠는 법이다.

가장 원시적인 수단부터 가장 세련된 것까지, 복수에 사용되는 무기는 다양하다. 그러나 오랜 세월 축적되고 다져진 에드워드 램의 증오심은 돌발적이고 일회적인 폭력의 행사보다는 잔인하고 냉혹한 완전범죄로 그를 인도했으니, 그것은 치밀하게 조작된 시나리오로 가해자의 손에는 한 방울의 피도 묻히지 않고 희생자를 죽음으로 몰아넣는 복수였다.

이 소설 속에서는 겉으로 드러나는 폭력은 전혀 없다. 어쩌면 그렇기 때문에 완전범죄가 가능했는지도 모른다.

드노엘 출판사는 이 소설을 '스릴러'라고 규정했지만 작가 자신은 '서스펜스 심리소설'이라고 부른다. 기존의 범죄소설이나 추리소설에 비해 심리적 측면이 두드러지는 이 작품은 빛과 그림자 같은 두 주인공의 대조적인 성격 묘사도 뛰어나지만, 특히 물샐틈없는 복수극의 시나리오가 전개되어가는 과정을 따라가면서 끊임없이 자기 자신과 대립하고 모순 관계에 놓이는 에드워드 램의 심리 묘사가 독보적이라 할 것이다.

한편, 예상을 넘어서는 결말은 어찌 보면 비도덕적이라고까지 여겨질지도 모른다. 범죄자가 행복해진다는 것이 가능하단 말인가! 그러나 바로 여기서 우리는 유럽 문화의 진수를 다시 한 번 느끼게 된다. 이 범죄야말로 정당한 것이 아닌가, 누가 진정 그르고 누가 진정 옳다고 판단할 수 있는가 하는 의문이 여운을 남기는 것이다. 소설의 마지막 장을 덮으면서 얻는 메시지라면 '오직 상처받은 자만이 완전범죄를 이루어낼 수 있다'고 할 수 있으리라. 이때 상처를 받은 자와 상처를 준 자, 복수를 하는 자와 복수를 당하는 자 중 어느 누구도 완벽하게 선하지도 악하지도 않다. 둘은 모두 이해와 동정의 여지를 지니고 있다. 따라서 이런 복수가 진정 하나의 범죄로 성립될 수 있는 것인가 하는 의문까지 가지게 된다. 『편집된 죽음』은 선인과 악인의 대립이나 권선징악이라는 테마를 거부하는 지극히 유럽적인 작품인 것이다.

간결하면서도 냉소적인 유머가 가미된 문장들로 꾸며진 이 소설은 한편, 인생과 인간에 대해 많은 것을 생각하게 해준다. 도끼로 끊어낸 듯한 토막난 문체와 빠른 속도감은 작가의 의도에서 비롯된 것으로, 피슈테르 자신은 이렇게 말하고 있다.

"이런 종류의 소설은 일단 효과적이어야 합니다. 해부학적 혹은 화학적이라고까지 할 수 있는 문체가 필수적이지요. 『편집된 죽음』을 써나가는 데는 어떤 연구논문보다도 더 많은 노력이 필요했습니다."

피슈테르는 자신이 가장 좋아하는 작가 버지니아 울프의 '증오라는 감정은 사랑과 거의 분리할 수 없다'는 인용문으로 소설의 시작을 열고, 마지막은 자신의 부친이며 시인인 자크 르네 피슈테르의 시구로 장식하고 있다.

"지크프리트여, 자, 여기 성배가 있다! 사면이여! 기쁨이여!"

여기서 잠시 부연 설명을 하자면, 독일의 서사시 『니벨룽의 노래』에 나오는 주인공 지크프리트는 니벨룽의 보물을 탈취하여 신비로운 권능을 얻은 영웅으로, 애인 크림힐트와 결혼하기 위해 온갖 노력을 하던 중 음모에 휘말려 죽임을 당한다. 그러나 이십육 년이 지난 후 크림힐트는 지크프리트를 죽인 자를 손수 처단함으로써 애인의 원수를 갚는다. 성배는 최후의 만찬에 사용되었다가 십자가에 못 박힌 예수의 상처에서 흘러내린 피를 받은 잔을 말한다. 피슈테르는 지크프리트와 성배를 언급한 시구로 마지막 문장을 대신하여 함축적인 여운을 남기고 있다.

끝으로 알렉산드리아와 영국, 프랑스를 오가는 여정을 통해 이국적 정취를 실컷 즐길 수 있고, 출판계와 문학계, 언론계의 이면을 들여다보는 즐거움도 만끽할 수 있는 이 소설이 우리나라 독자들에게도 새로운 감동을 선사하리라 믿는다.

2009년 봄
최경란

옮긴이 **최경란**

연세대학교 불문학과를 졸업한 뒤 파리 10대학에서 언어학 석사를 수료하고 동대학 언어학 박사과
정을 졸업했다. 양귀자의 『유황불』, 최수철의 『시선고』, 김영하의 『나는 나를 파괴할 권리가 있다』
등을 프랑스어로 옮겼으며, 『태양의 가면』 『신이 된 남자』 『베즈 무아』 『그리스 문명의 탄생』 『유쾌
한 철학자들』 등을 우리말로 옮겼다.

문학동네 블랙펜 클럽
편집된 죽음

1판 1쇄 2009년 6월 1일 | 1판 2쇄 2016년 2월 22일

지은이 장 자크 피슈테르 | 옮긴이 최경란 | 펴낸이 염현숙
책임편집 박여영 | 디자인 박진범 이원경 | 저작권 한문숙 박혜연 김지영
마케팅 정민호 이미진 정진아 전효선 | 홍보 김희숙 김상만 이천희
제작 강신은 김동욱 임현식 | 제작처 한영문화사

펴낸곳 (주)문학동네
출판등록 1993년 10월 22일 제406-2003-000045호
주소 10881 경기도 파주시 회동길 210
전자우편 editor@munhak.com | 대표전화 031) 955-8888 | 팩스 031) 955-8855
문의전화 031) 955-1927(마케팅) 031) 955-2654(편집)
문학동네카페 http://cafe.naver.com/mhdn

ISBN 978-89-546-0684-4 03860

www.munhak.com